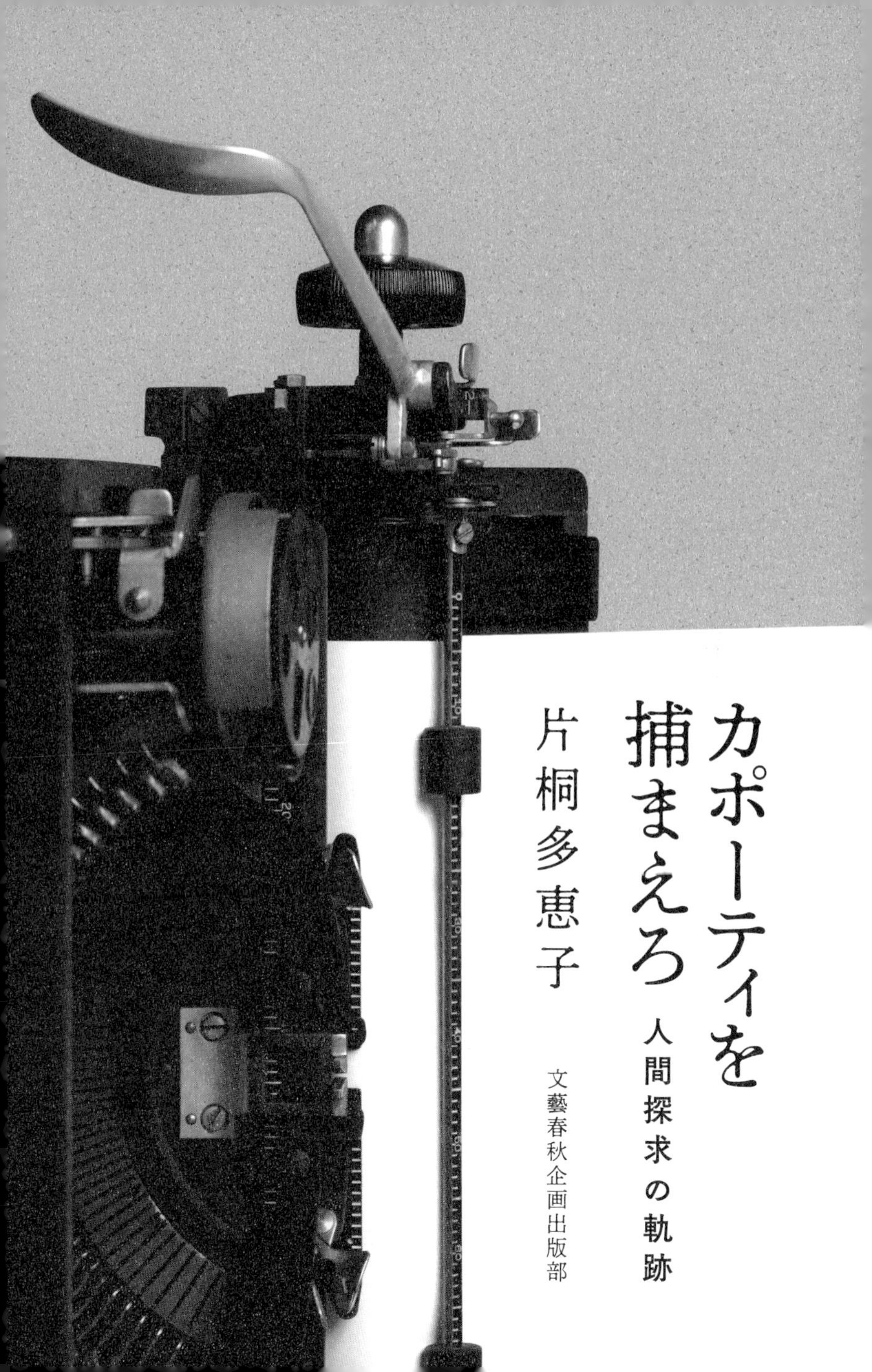

カポーティを捕まえろ

人間探求の軌跡

片桐多恵子

文藝春秋企画出版部

カポーティを捕まえろ　人間探求の軌跡

画・由惟

トルーマン・カポーティの署名（『Books by TRUMAN CAPOTE』 著者所蔵）

まえがき

「頭で考えるより、五感で感じて生きる。その方が人生、ずっと面白い」（養老孟司）

この言葉はカポーティにも当てはまります。そして、彼の小説を読む私たちも「頭で考えるより、五感で感じて読む。その方が読書、ずっと面白い」と言うことができます。

トルーマン・カポーティの名を知ったのは、彼の小説『ティファニーで朝食を』映画化の際の裏話を読んだ時です。ニューヨークを舞台に人間が抱える不安や心の闇を描いた原作が、単なる恋愛もので終わる筋書きに変えられ、主役も彼のイメージとは異なる女優になり、カポーティは激怒・落胆したと言われています。しかし既に一括六万五千ドルで契約していたため一切文句が言えなかったのです。後に彼は「あの映画は的外れでしたね。ヒロインが語り手と結ばれるなんて考えられないじゃありませんか！　彼女は消えてなくなるべきですよ。（小説の）ホリー・ゴーライトリーが消えてなくなったように、……」と語っています。

一方、都会的でお洒落な映画へと明るく着色し、筋書きをハッピイエンドに終わらせたパラマウント映画会社の興行的意図は当たり国内外で大ヒットします。ホリーが早朝に黒いドレス姿でティファニー宝石店の前でパンを食べコーヒーを口にする最初のシーンは、バックに流れる名曲「ムーン　リバー」の音楽と共に名場面として人々の心を捉えました。美しく優雅なオードリー・ヘップバーンが主役を演じたことも映画としては成功の大きな要因でした。しかし実はカポーティは主役をマリリン・モンローにやらせたかったのだそうです。彼女が適役とされるホリーは小説の中ではどのような人物に描かれているのか原作で読んでみたくなったのです。それがカポーティの小説にはまっていくことの始まりでした。

カポーティの小説は私たちに五感で感じながら読む楽しみを与えてくれます。その一つが色彩手法の効果です。先述の『ティファニーで朝食を』（一九五八）においては、ホリーに終始つきまとっている得体のしれない不安や恐怖を「嫌な赤」と表現します。血の赤です。血は体内にあって生命の源ですが、体外に流れ出た時には死につながる恐れの赤となります。現実生活の中で、誰にでも内在している根源的な恐れや不安を「嫌な赤」に象徴させています。「赤」とは対照的な白色を根底に描かれているのは『ミリアム』（一九四五）です。白銀の雪の世界から物語は幕を開け、重要な登場人物ミリアムとミラー夫人が出会う時には、いつも白い雪が降っています。銀白色の長い髪を結ぶ白いリボン、白い花嫁衣装等、ミリアムに塗り重ねられている白や、雪の白さは「過去を保持し、かつ蘇らせる」ことを象徴していて、ミラー夫人にとってミリアムはどのような役割を担っているのか小説の主題と深く関係しています。弱冠十九歳にして世に問うたこの珠玉の作品でカポーティはO・ヘンリー賞を受賞し「恐るべき子」として世の中の注目を集めました。

『マスター・ミザリー』（邦題『夢を売る女』）（一九四九）では、凍り付く氷のような白さと、現実には存在しない空《そら》の青、空《くう》の青が物語の中核をなしています。Master Misery に夢を売り続けて全てを失ったシルヴィアが魔法にかかったかのように風に運ばれていく先は、透明に近い白と実体の無い青に象徴される行き先が見えない不安が漂う空間です。

二年の歳月を費やした処女長編小説『遠い声　遠い部屋』（原題は Other Voices Other Rooms）（一九四八）によって、カポーティは「戦後文学の輝ける星」と騒がれるようになります。作品全体が不気味な雰囲気を醸し出す緑に色濃く覆われています。「蛍光を発する緑色の丸太が、黒い沼の水底に溺死体のように光っている」に始まり、人の「臓腑は緑色の血を吐いて裂け」等、暗い緑一色に塗られています。日本と違って英語圏では、緑は「不安、未熟、嫉妬、病」等ネガティブなイメージが多く、緑によってアメリカン・ゴシックの世界が深みを増していきます。

視覚言語に加えて聴覚言語を駆使した代表作が、二度目のO・ヘンリー賞を受賞した『最後の扉を閉めよう』（一九四七）です。視覚的には狭い部屋の天井でグルグル回る扇風機の回転が、因果応報を彼に感じさせ、更に最終章が第一章へと続く終わりのない小説の円環的構成が小説全体に輪をかけます。聴覚言語として用いられているのは正体不明の長距離電話の声です。自分の言動が原因で不安と恐怖が高まった彼は見知らぬ土地まで逃亡しますが、そこにも「分かっているだろう。長い付き合いじゃないか」と同じ言葉で電話がかかってきます。最終章では、ホテルの隣室の女の子の「何故?」と尋ねる声が段々大きくなる様子が「why? why? WHY?」と視覚的にも表現されています。この「何故?」は、彼の心の問いでもあり、小説の題名は主人公が扉を開け閉めして逃げ惑う主人公の不安と恐怖を表しています。

不安と恐怖は、「夜の物語」と呼ばれるカポーティの作品に共通するテーマですが、それは毎晩のようにホテルに置いてきぼりにされた彼自身の二、三歳の頃の精神状態が色濃く反映されています。彼は字が読めるようになるのが異様に早く五歳頃には文章を楽しんで読み、それらしきものを書き始めたのは七、八歳の頃だったそうですから、三歳頃には既に人一倍感性が豊かで鋭かったと推測できます。一九四三年、弱冠十九歳にして『夜の樹』、『ミリアム』を脱稿し文芸誌に掲載され出版されるのを皮切りに、二十世紀のゴシック小説の旗手として、約五年間の間に『無頭の鷹』『最後の扉を閉めて』『マスター・ミザリー（夢を売る女）』等が出版され「夜の物語」と呼ばれています。

『夜の樹』は、奇しくも「夜の物語」の先陣を切るのにふさわしい題名です。子どもの頃に聞かされた「夜の樹にはお化けや魔法使いが住んでいて、子どもたちをさらっていき、生きたまま食べる」という怖い話に由来しています。十九歳の主人公ケイは、葬儀の帰途、死んだように静まり返った夜行汽車のボックス席で、性を意識させるグロテスクな旅芸人の男女の言動によって幼い頃の「夜の樹」の怖い話が思い出され、不安と恐怖の余り死んだように意識を失っていきます。旅芸人たちの葬式ショウの演目の宣伝チラシの中で、聖書に出てくる「ラザロ（の死と復活）」が目立つ活字で扱われている意味深長な物語です。他の「夜の物語」においても、よく読むと光や再生が暗示されています。

翌年に出版した『無頭の鷹』においては、題辞が提示する主題に関わる重要な三つの言葉、「光に背く」「家を穿《うが》つ」「死の影を怖れる」が文学的に創造されています。物語の冒頭の「ヴィンセントは画廊の明かりを消した」から早々に「光に背く」者が登場します。そして帰途の彼の耳に一気になだれ込んで来る「夜の都会の喧騒」等によって暗示されるのは、光に背く様子がこれから展開されることです。次に「家を穿つ」状態が、登場人物たちの心が壊されていく状態として揺らめきと朦朧《もうろう》性によって描かれていきます。「街を歩く人の顔は波間に漂う仮面のよう」であり、人の声は「何枚も重ねられた毛織物を通した声」のように聞こえるのです。最後に「死の影への恐れ」は、裏切りの愛の破綻によるゴールは死であることを感知したヴィンセントの心理状態と、彼の画廊に「無頭の鷹」の絵を持ち込んだD．J．の言動によって描かれていきます。

『草の竪琴』は「草の竪琴が、かつて生きていた全ての人々の物語」と冒頭に語られ、森の中での主人公や生活が浮き彫りになって今を語ります。樹上の家は自然界に満ちている揺らぎの心地よさと信頼できる人間関係の中で、自分とは誰なのかアイデンティティを問う場所でもありました。「……乾いて、さらさらと弦をかき鳴らしている草の穂に、色彩の滝が流れていた。……去っていった人々の声を集め、その物語をいつまでも語り伝える草の竪琴、ドリーが話してくれた草の竪琴の調べに静かに耳を傾けていた」で幕を閉じます。自伝的要素の濃い作品が、爽やかな洗練された文体で語られるだけに、ドリー役の亡くなった年上のいとこ、スックへの作者の感慨や寂寥感が切々と伝わってくる詩情あふれる作品です。

自伝的色彩の濃い『草の竪琴』や母親に似た主人公ホリーを描いた『ティファニーで朝食を』を出版後、彼はジャーナリズムへの関心が高まっていきました。折しもカンザス州で一家四人惨殺事件があり、綿密な取材を基に五年間をかけたノンフィクション・ノーヴェル『冷血』の単行本を出版し、彼の代表作の一つとなります。しかし彼自身の中での代表作は『冷血』でもなく、『ミリアム』でもなく『最後の扉を閉めよう』や『マスター・ミザリー』であり、大好きな作品の一つが『草の竪琴』です。『遠い声　遠い部屋』に関しては出版して八年後の読後感を次のように語っています。「ほんものの感電力がある。ああいうものが書けてほんとうにうれしい。あの頃でなきゃ、書けない作品だな」（『作家の秘密』より）

カポーティの六十年の人生の臨終の言葉は、「マ、ママ」と母親を呼ぶ声と「僕だよ、バディだよ」とスックに話しかける言葉でした。最後まで母親の愛を求め続け、可愛がってくれたスックが焼いたクッキーの缶を生涯大切に手元に置いて、その思い出に支えられて生きたカポーティでした。そのような彼が描いた珠玉の作品の数々は、通称「夜の物語」と呼ばれていますが、夜の闇のままに終わるのではなく、物語の最後に、かすかな夜明けの光を感じます。通説とは違う「カポーティ追跡」をお楽しみいただけたら幸いです。

凧揚げ　——愛の思い出

カポーティにとって凧揚げは、スックに可愛がられた幼年時代の愛の絆《きずな》の象徴である。子どもにとって、あやつる凧が生き物のように空を泳ぐ様子を見ながら、その動きが細い糸を通して手に伝わってくる感触と感動は特別のものがある。実話に基づく『クリスマスの思い出』の中で、スックとの凧作りや凧揚げの様子が懐かしく描かれている。「お前のために、新しい凧を作ったよ」と言うスックに、カポーティも彼女へのクリスマス・プレゼントに凧を作ったことを打ち明けて、二人は大笑いをする。

成人して、スックの死を遠隔地で知ったカポーティは「心臓のかたちにも似たふたつのまよい凧が、天国に向かって飛んでいくところが見えるのではないかという気がして」、いつまでも空を見上げるのであった。天空へと旅立ったスックとの愛の絆の象徴である凧を探し求めるのであった。

目次

一章　象徴の背後に潜む『ミリアム』のテーマ

一　はじめに

トルーマン・カポーティ（一九二四－一九八四）註[1]は、文壇にデビューした当時から危険な才能を秘めている〝恐るべき子〟[1]と言われたり、彼自ら「私はまだ聖人ではない。私はアル中である。ヤク中である。ホモセクシュアルである。私は天才である」[2]とジョーク混じりとは言え、かなり本気で述べて世間を賑わしていた。彼の晩年の言動は一層その色合いを濃くし、世間の常識では測りがたいその言動は、作家としての彼に対する世間の関心をいやが上にも高めたが、それゆえに彼の作品に対する冷静な評価を狂わせていたかもしれない。「カポーティに対する攻撃は、文学上と言うよりも、むしろ個人的なもののように思われる」[3]。そうだとすれば、彼の作品の文学性を評価する上で、死後の歳月は、有効なフィルターの役割を果たしてくれるであろう。

カポーティは南部のニューオーリンズで生まれたが、離婚した両親と幼い時に別れ、伯母に育てられている。その伯母には可愛がられたようだが、孤独感は否めず、それが彼の文学に大きな影響を与えている。幼いころから文学書に親しんだ彼は、十九歳の時に書いた短編『ミリアム』註(2)でO・ヘンリー賞註(3)を受賞して注目を集めた。この短編『ミリアム』は、のちに彼の他の九篇の作品と共に短編集『夜の樹』註(4)に収録されたが、彼の短編の中で最も愛読され、かつ高い評価を得ている。

いままでのトルーマン・カポーティの研究者たちは、他の多くの作品と同様にカポーティが『ミリアム』において、アイデンティティの探求を問題としていることを自明の理としながらも、孤独なミラー夫人が「狂気」、「破滅」、「敗北」、あるいは「死」へと向かうことをカポーティはテーマとしていると結論づけている。例えば、ヘレン・ガーソンは著書の中で、「ミラー夫人は人生に耐えられなくなって、こうありたいと思うと同時に拒絶したい分身を創造したが、彼女は自分をあらわにすることによって自己破壊し、そこから逃避する道は狂気しかない」(4)と締めくくっている。ケネス・リード(5)は、この物語のテーマを、人生におけるミラー夫人の敗北と解釈しているし、稲沢秀夫は、ミラー夫人が「導いて行かれる先は、生命の世界ではない。彼女がミリアムを通して行くのは、葬儀場なのである」(6)として、ミリアムに死の象徴だけをみる。

カポーティの技法に関しては、「彼の象徴や雰囲気の使用方法は、究極的には主題を明確にしたカフカやフォークナーよりも、エドガア・アラン・ポオの方法に近い」[7]と言われている。つまりテーマを明確にしないで、むしろ、テーマを曖昧にし、「象徴」というスクリーンを通すことによってそれを語らせていると言えよう。彼の象徴主義は、平凡な美感しか持ち合わせない者には到底思いも及ばない研ぎ澄まされた感受性の発露なのである。

確かに、作品全体から伝わってくるものは、都会に住む現代人の不安であり、「孤独」、「破滅」、「死」のイメージを抜きにしてこの作品を評価することはできない。だがしかし、彼のテーマとして意図するところが、都会の、言い替えれば雑踏のなかの孤独を描くだけであれば、あるいは、死が単に消滅としての死をのみ意図しているというのであれば、この小説はテーマの設定において平坦な作品であると言わなければならないであろう。筆者は、カポーティが最後にミリアムを登場させることによって意図した作品のテーマは何であるかに関し、彼の用いた象徴を解読することにより、通説に一石を投じようと試みるものである。

二　象徴によって描きだされる心の世界

象徴とは、「人間の内面的な感情や思考が外面に灯影されたときのイメージであり、目に見えないものを、想像力に訴える何らかの類似によって、目に見える形として表されたしるしである」註(5)。この世のあらゆるものに象徴性があり、その象徴の意味するところは個人を超えて普遍である。文学作品においては、現代作家たちは「言葉」の持つ象徴的意味と「言葉」に内包されるイメージに傾注して、言葉を選んでいるはずである。「人の心の奥底にある琴線にふれ、繊細で言葉の魔術師であった」(8)カポーティは、この古代からの遺産とも言うべき心象表現である象徴を入念な計算の下に、効果的に用いた。カポーティの描く世界は、「生きいきした描写とカラフルな登場人物に満ちており」(9)、効果的に小物を媒介させることにより、読者にリアルに迫っているが、それは、「言葉の象徴性」に重きを置いているからである。ここでは、『ミリアム』で使われている象徴の意味するところを解き明かすことにより『ミリアム』における彼のテーマを考察しようと思う。

まず、登場人物に焦点を当ててみる。『ミリアム』における主要な登場人物は二人の女性、すなわちミラー夫人とミリアムである。この二人の女性に対するイメージカラーとしてカポーティは前者に灰色、後者に白色を与えて対照的に描いている。灰色でイメージされるミラー夫人は、六十一歳の未亡人、髪の毛は鉄灰色で短く切りつめている。顔立ちは平凡で、性格は几帳面である。彼女は暗闇を何よりも恐れていた。いつもは角の食料品店より遠くへは出かけないのに、その日は珍しく映画を見る気になり映画館まで雪の中を、無心に道を急いだ。そして、映画館の切符売場で初めてミリアムに出会うのである。

これが、最初に提示されるミラー夫人の現在の姿である。カポーティは言葉の「象徴」を用いて、ミラー夫人の人物像及び彼女の心の世界を、どのように描いているのか以下、順を追って詳述することにする。

ミラー夫人のイメージカラーである灰色は、「中性、禁欲、ざんげ、空虚、曖昧さ」[註(6)]の象徴とされている。このように一つの言葉が幾つもの象徴的な意味を有するから、その中のどれを選び出すかは、読者の判断に委ねられているが、ここでは短い髪も「禁欲」を表しており、同じく灰色が意味するところと相まって、ミラー夫人が非常に禁欲的に生きてきたことが暗にほのめかされている。次に、灰色の髪は「老年、回顧、やさしさ」の象徴であるが、彼女の年齢は六十一歳であり、初老で過去の自分を回顧する時期にあると言えよう。人生において「六十年は一周期。西洋では六十年は〝支那の周期〟とよばれ、ふたたび新しい周期がはじまる」と言われるが、我が国においても、六十歳を還暦と呼ぶ。六十一歳のミラー夫人は六十年の一周期を終え、新しい周期に入った直後である。つまり、移行期、過渡期、転換期で彼女は不安定な状態の中に居ることを表している。

そのような状態に居るミラー夫人は、見かけも生活も地味で、「髪の毛は無造作」で「化粧品は使わない」し、「着ている服も平凡そのもの」で、女性らしい華やかさは無く、むしろどちらかと言えば灰色がイメージする中性に近い雰囲気を持つ女性である。快適なアパートに住み、死んだ夫が遺してくれた保険金でなに不自由ない日常生活を送っている反面、心のときめくことはなく、几帳面に「二つの部屋をいつも清潔にして」変化のない単調な毎日を送っている。心の中に活気は無く、「もう自分から進んで何かをするなどという元気はほとんどなくなっていた」。「何がほしいのか、何が必要なのか、自分でもはっきりしない」状態だった。

精神分析的に言うならば、「存在論的に不安定な人間で、このような人間は自己を充足させるよりも保持することに精一杯で、アイデンティティと自律性はたえず疑問にさらされているのである」⑽。つまり、自己の存在が非常に不確かな状態、或いは自己が限りなく無に近い状態にあると言える。この状態をカポーティは、彼女の呼称を通して端的に表現している。すなわちミラー夫人の呼称には、苗字は有るが、名前が省略されている。省略されていると言うより、この場合は、死んだミラー氏の単なる奥さんとしての存在しか認めない呼称を用いている。つまり、夫の名前に夫人を付けただけなのである。彼女を固有の名前で呼ばないことによって、カポーティはミラー夫人が彼女固有の生き方をしていないことを暗示している。死んだ夫が、「ほどほどな額の保険金を遺してくれた」とは言え、全くそれに依存した生活をしている彼女は、経済面だけでなく、精神面でも真の自己が確立されていないのではないかと思われる。そして、そんな状態にある彼女は「暗闇を何よりも恐れている」。暗闇の象徴するところは、「死、混沌、精神的危機」等であるが、無意識のうちに彼女が恐れているのは、自分の現在の精神状態ではないだろうか。すなわち、活力がなく混沌としており、或る意味では、危機状態にある自分の精神状態に不安を覚え、そんな状態から逃れたいと無意識に望んでいるのではないだろうか。「角の食料品店より遠くへはめったに足を延ばすこともなかった」彼女であるが、ふと映画を見る気になる。いつも行き慣れている食料品店という日常的・現実的な場所ではなく、映画館という彼女にとっては日常を越えた別世界へ出かける気になったのである。カポーティは、映画館へ急ぐ彼女を、「出口のないトンネルを掘り進んでいるモグラ」に喩えている。モグラは「人間嫌い」を象徴している。

夫人の日常生活において生命を有するものと言えば一羽のカナリアだけで、話し相手は一人もいない。一人暮らしをしており、彼女は人とのつきあいは不得意であった。従って彼女の「アパートのほかの住人たちは彼女の存在にまったく気付いていないみたい」に人間関係を形成してこなかった。行動範囲は狭く、誰とも話をせず、孤独な生活を送っているのであるが、暗闇のトンネルのような閉鎖的な世界から抜け出したくて、出口が分からないままに映画館へ出かけるのである。劇場や映画館が象徴するものは「社交生活」であるから、ミラー夫人は、現在の自分の閉鎖性から抜け出し、人との交わりの中に入りたい、人と対話をしたいと望んでいることが理解できる。この場合、映画館が「社交生活」を象徴していることに加え、リアルな社交生活ではなくて、非現実、ファンタジーの世界であることも競合的に表わされている。そのことを心に留めておかなければならない。ともかく、今までの変化のない決まりきった生活の型を少し崩そうとした、そんな時に彼女はミリアムに出会ったのである。

次にもう一人の主要な人物ミリアムであるが、ミラー夫人の灰色に対して彼女には、白をイメージとして塗り重ねている。以下、順を追って、白が使われている個所を拾い出してみる。

1. 最初にミラー夫人がミリアムに出会った夜は、雪が降っていた。
2. ミリアムの長い髪は、完全に銀白色だった。
3. 一週間、雪が降り続いた後、ミラー夫人のアパートに夜中に突然やってきたミリアムは、髪の毛を白いリボンで結び、真っ白い絹のドレスを着ていた。
4. ミラー夫人の夢に現れるミリアムらしき女の子は、花嫁衣装を身にまとっており、真っ白な霜の花に喩えられている。
5. 雪解けの後、又降り始めたときミリアムは引っ越してくる。

「白」は「純潔、貞節、処女、尊厳、高貴、つめたさ、つめたい愛」の象徴である。このような意味を有する白を、カポーティは、雪、髪の毛、ドレス、花嫁衣装などと結び付け、その象徴性を多重に競合させ駆使して、ミリアム像やテーマを織りこんでいくのである。

先ず、「そんな時、彼女（ミラー夫人）はミリアムに出会ったのである。その夜は雪が降っていた」と、雪によってミリアムに白のイメージを与えている。雪と共に登場したミリアム自身に対して、最初に具体的に付加される色は、髪の毛の銀白色である。銀を付けくわえることによって共通する象徴性の「純潔、処女、無垢、女性」を強調している。灰色の「中性」と対比して、まだ何にも染まっていない無垢で幼い「女性」をミリアムで表している。

髪の毛の長さに関しても、ミラー夫人とミリアムは対照的である。短い髪は「禁欲」を表すのに対して、長い髪は「自由」を象徴しているから、鉄灰色の髪の毛を短く切り詰めたミラー夫人は、禁欲的で自分の中の女性の部分を抑えて生きてきたのに対して、ミリアムは、自由で自分の思う通りに生きていることが推察される。その上、「毛髪を伸ばすと特殊な力（霊力）が増すと言われる」。日本文学における女性研究家の本田和子も、これと類似の指摘をしている。「成長の速やかさと所有者の意志を越えた増殖力のゆえに極めて生命的でもある毛髪は、肉体の表層を覆って内と外の境界に位置する、その境界性のゆえに神秘さと不気味さでしるしづけられ、特別の意味を付与される。魔力や呪力など、しばしば超越的なものと結び付けられる」[11]。「腰のあたりにまで」頭髪を伸ばしているミリアムが、後でミラー夫人を自分の思う通りに操るのも、この特殊な力のせいかと思われる。カポーティは、この点も考慮に入れてミリアムの象徴性に伏線を張っている。

最初はミリアムの容姿の中で、この銀白色で長い髪の毛が目につくが、「ほんとうに目につく彼女の特徴は、その目である」とカポーティは書いている。子どもらしい特徴が全然ない彼女の目は、ハシバミ色で非常に大きい。ハシバミも目も共に「知恵」を象徴しているところから、この表現はミリアムが非常に鋭敏な少女であることを暗示している。その上、彼女は、自立している少女のように描かれている。なぜならば、名前を尋ねられて「ただミリアムだけなの」と答える。何々家の一員であることを表す苗字とは無縁に、ただ自分の固有の名前だけを答えるということは、孤独ではあるが自分の思うとおりに自由に自立して生きていることを表している。

以上、ミラー夫人とミリアムのそれぞれの生き方、および心の内面を描き出したのであるが、このようなミリアムの出現がミラー夫人に如何なる影響を与えていくのだろうか。

ミリアムは、最初の出会いから一週間後の日曜日の夜十一時過ぎに、何の前ぶれもなくミラー夫人の所へやって来る。その時、彼女は白い髪を、「おさげに編み、その両端をとても大きな白いリボンで輪のように結んでいた」。編んだ髪は「連続性」を象徴し、結んだリボンは「友愛」を象徴しているから、ミリアムとミラー夫人との関係は今後も続いていくことが暗示されている。又、この連続性はミリアムの存在とミラー夫人の存在との連続性をも語っている。即ち、時間的に異なるはずの現象が同時に生じたという意味で、二人の出会いは連続的であり同一性を有していると言えはしないだろうか。

髪を編んで現れたミリアムは、コートの下に、「真っ白い絹のドレス」を着ている。絹は「美」

を象徴しており、白衣の女性像は、「愛・生命・死」を象徴していて、宗教的には「人を導き束縛の暗黒を解脱させる女性」あるいは「自力による霊的覚醒」を象徴する。これら一連の象徴性は、後でミラー夫人の夢に現れる少女によって、もっと鮮明になるが、その伏線としてカポーティは、ここでミリアムに白いドレスをまとわせミラー夫人を訪問させるのである。

ミリアムは、戸惑うミラー夫人を尻目に勝手に部屋に入り食事を要求する。その上カバーで覆われた鳥籠の中のカナリアを起こしてしまう。更に寝室のタンスの宝石箱から取りだしてカメオのブローチをせがむ。ミラー夫人は、なんとかしてブローチを奪われたくないと思いながら、「自分には頼れるものは誰もいないのだということがハッとわかった。自分は孤独なのだ。そのことは長いこと頭に浮かんだこともなかったが、事実なのだ。そのことをまざまざと見せつけられて愕然とする」。一方ミリアムは、おやすみのキスを拒否され、花瓶を床に叩きつけて出ていく。

以上、この個所を一読すれば、鳥籠《とりかご》の中のカナリアが、狭い世界に閉じこもっているミラー夫人を表していることは見当がつくが、言葉の象徴性を調べてみると、そこにはもっと深い意味が込められていることが明らかになる。鳥は「魂」を象徴していることからカナリアがミラー夫人を表していることが確かなこととなり、さらに、鳥籠が「保護し養育するもの」の象徴であるということは、ミラー夫人が親の強いコントロールの下で養育されたことを示唆しているように思われる。実際、ミラー夫人は母親の存在を非常に意識している。例えば、子ども禁止の映画館にいるミリアムに、「あなたが今どこにいるか、お母さんはご存じなんでしょ?」と尋ねているし、十一時過ぎに訪ねてきたミリアムに、「夜中のこんな遅い時間にあなたのような子どもを歩きまわらせるなんて、あなたのお母さんはどうかしてるわね、それにこんなとんでもない服を着せて!」と言っている。このような言い方をするのは、ミラー夫人自身が、母親を意識して育ってきたこと、つまり母親の影響を強く受けて、自己を抑制して生きてきたことを推測させる。

灰色や長い髪が象徴するところの「禁欲的で自分の中の女性の部分を抑えた生活」とも呼応して、ミラー夫人の過去と現在とが浮かび上がってくる。

そのようなミラー夫人が、鳥籠の中のカナリアが夜中に起こされて鳴くことを極度に怖れることには、どのような意味が含まれているのだろうか。ミリアムの出現が原因で、夜中なのに朝と同じように鳴きだしたカナリアを見て、ミラー夫人は何故うろたえるのだろうか。朝は「幼児童期」を、夜は「混沌」を、そして歌は「豊饒」を象徴していることを考え合わせると、次のように意味付けられないだろうか。一般には、幼児童期に顕著に見られる本性がミラー夫人の場合、母親の強いコントロールの下で、意識されずに抑えられてきたが、その本性が混沌期の今、自分の中で存在の声を上げることに、うろたえているのではないだろうか。豊饒が意味するところの女としての本能的欲求に満ちた、もう一人の自分があらわにされることを怖れているのではないだろうか。しかし、結局、ミラー夫人は歌い続けるカナリアを見つめざるを得ないのである。

ミリアムは、カナリアを起こして歌わせたあと、タンスから宝石箱を取り出し、中を調べた結果、「ここにはいいものは何もないのね」と言う。宝石捜しは「人間が真の自己を探求すること、またその発見をあらわす」のである。ミラー夫人の宝石箱に何もいいものがないということは、ミラー夫人が真の自己を発見していないことを暗示している。真の自己を認識できないだけでなく、さらに自己を見失い心が粉々になって統一を欠いていく様子が、象徴的に描かれている。「つけている人にそっくりの横顔」のついたカメオのブローチを気に入ったミリアムが、それを、むりやりミラー夫人から取り上げたあげくに、花瓶を割って去っていく場面に、それが描かれている。持っていかれてしまうカメオのブローチは、ミラー夫人の自己を象徴し、粉々にされる花瓶は「心臓」つまり、ミラー夫人の心の状態を表している。

ミリアムの出現によって自己を喪失し、心が粉々になって混乱するミラー夫人であるが、真の自己を探求し、揺るぎなき自己を確立するためには、ミリアムに起こされ鳴きだすカナリアが、自分の中に存在することを認めることが先ず必要なのである。すなわち、本能的欲求に満ちた自分が過去においても現在においても、自分の中に存在することを認めることが先ず必要なのである。

三　象徴によって構築されるテーマおよびミリアムの役割

「つつましく平凡で自己充足的な生活を送っていた未亡人」であるミラー夫人の心に侵入してきたミリアムは、ミラー夫人に対して如何なる役割をはたしているのであろうか。そして、ミラー夫人とミリアムの関係を通してカポーティは何を意図したのであろうか。

ミリアムに翻弄されて疲れ果てたミラー夫人は、不思議な夢をみる。その夢の中にミリアムらしき少女が現れる。この花嫁衣装をまとって、木の葉の冠をつけた、真っ白な霜の花のような女の子は、異常な静けさが垂れ込めた灰色の行列の先頭に立って、山道を下っていくのである。この行列は葬送の行列として読者にイメージされる。

カポーティは、この夢について、次のように描写している。「複雑な交響曲の、とらえがたい神秘的な主題のように、一つの夢がほかの夢のあいだを縫って現れる。しかし、その夢が描きだす光景は、くっきりとした輪郭を持っていた」。ここでカポーティが言わんとする「とらえがたい神秘的な主題」について夢の中の事物は象徴的に何を語っているのだろうか。花嫁衣装、即ち、結婚式における白は、「これまでの生命が死んで新たな生命へと生まれ変わること」を象徴している。また、葬送の行列をリードする白い少女、即ち、葬式における白は、「彼岸での新生」を表す。しかも、木の葉は「人間の生死」を、輪の冠は「新生、再生（死に対する勝利）」を象徴しており、この夢のテーマは、「新たな生命」あるいは「新生」と考えられはしないだろうか。「新生」なら、まさに「とらえがたい神秘的なテーマ」と呼ぶにふさわしい。

さて、このとらえがたい神秘的なテーマ「新生」にミリアムはどのように関わっているのだろうか。夢の中で、行列の後から女性が尋ねる。「彼女は私たちをどこへ連れていくの？」どこへ連れていかれるのか見当がつかないのであるが、実は、この先頭の白い少女は「行列に加わっている人々を導き束縛の暗黒から解脱させ」ようとしているのである。象徴が意味するところによれば、ミリアムは、いろいろなしがらみに束縛され真の自己を失っているミラー夫人を解脱させる存在ということになる。このミリアムは、ミラー夫人の分身であるとするのが通説[註(7)]であるが、カポーティ自身の主人公への命名の仕方からもそれを推測できよう。Miriam は、Mirror I am の短縮形、だとすると、ミリアムは、「ミラー夫人の鏡」つまり「ミラー夫人の分身」ということになる。故に、ミラー夫人を解放させることができるのはミラー夫人その人に他ならないと言える。これは「自力による覚醒」につながり、白衣の女性像の象徴するところと一致する。夢の中で、「あの娘さん、きれいじゃありません？　まるで霜の花みたい――あんなにキラキラ光って、真っ白で」と美しく表現されているミリアムであるが、ミラー夫人にとっては、突然にやってきた歓迎したくない疎《うと》ましい存在である。しかし、人の心をかき乱し破滅や死へと導く存在なのか、それとも、象徴が意味するように「自力による覚醒」に関わる存在なのか、この問いを念頭におきつつ、ミリアムを更に詳細に追ってみることにする。

ミラー夫人が初めてミリアムに出会ったときは、「粉雪がシンシンと降り続いていたが、まだ舗道に積もってはいなかった」。その後、雪は一週間、降り続き「雪の降りしきる静けさの中では、天も地もなく、ただ雪だけが風に舞い上がり、窓ガラスを曇らせ、部屋の中を冷え冷えとさせ、町全体を死の静寂に包んでいた」。そのように雪が降っている夜の十一時過ぎに、ミリアムは突然ミラー夫人のところにやってくる。そして、今までの生活も心も、ミリアムに攪乱《かくらん》されて寝込んで夢を見た翌日は、暖かで雪は溶け始めていた。ミラー夫人は外出し、自分でも説明のつかない奇妙な買物をするが、家路につく頃、再び雪が降り始める。「雪は、すばやく垂れ下がる幕となって降り注ぎ、足跡は記されるはしから消えていった」。予告もなく、又、ミリアムがやってきてベルを鳴らすが、今度は戸惑った前回とは違い、ミラー夫人には、それが誰であるか分かっていて拒否しようとするも、結局ミリアムに部屋に入られてしまう。

以上のように、ミリアムの出現には必ず、雪がからんでいる。雪の象徴性は「白い空無、死、純粋、安全な覆い、豊饒の維持、溶ける可能性のある凍った水、生命、死、再生、過去を保持しかつよみがえらせる」など、幾多の意味を有するが、それらを手がかりにして、ミラー夫人にとってミリアムの存在は何なのかを探索することにする。雪が降り始めるが、積もるほどではない状態でのミリアムとの出会いは、現在の彼女の自己の存在がまだ覆われているわけではないが、やがて現在が覆われて見えなくなることを暗示している。その後、一週間降り続いた雪で町全体が死の静寂に包まれてしまったように、ミリアムの訪れによりミラー夫人の現在の自己は粉々にされて、いわば死の状態を迎える。しかし、ここで大切なことは、雪は「死」を象徴しているが、同時に「再生」をも象徴している点である。死の状態があってこそ再生・新生が可能となるのであるから、再生・新生のためには死を迎え、死を超越しなければならない。ミリアムがもたらす深い孤独感や死に至る攪乱は、新生、再生のためのものであると考えることができる。

前述の夢から覚めた翌日、彼女は雪解けの朝を迎える。雪解けは、「頑《かた》なな心が和らぐ」ことを表しており、これは、頑なに規律を重んじ禁欲的だった彼女の精神が溶け始め、「したい、または、したくない」という本能的な欲求によって行動する部分が顕わにされてきたことを意味しているように思われる。そのような状態の中で彼女は遠くまで買物にでかける。そこで「荷物を一杯抱えた」不思議な老人に出会ったあとミラー夫人は、自分でも説明のつかない買物をする。カポーティは、この買物に深い意味をこめていると思う。その根拠はミラー夫人が街で出会うこの老人の描写にある。この老人は、花嫁衣装の美しい娘に先導される行列の一員として夢に登場した後、街の路上で現れる。彼は、いっぱい包みをかかえていて、見も知らぬはずのミラー夫人に、帽子をつまんで、挨拶したのである。得体の知れないこの老人の正体は、あとでミリアムの言葉、即ち、一緒に住んでいた老人のところからミラー夫人のところへ引っ越してきたとの言葉によって明らかになる。つまり老人は「私は、既に充分な買物をすませました。これからミリアムは、あなたのところに移り住むでしょう」と、同じ精神状態にあった先輩として会釈したのではないだろうか。カポーティは、ミラー夫人の買物について次のように意味ありげに書いている。「なんとも説明のつかない、一連の買物が既にはじまっていたのだ――まるで、前もって立てられた計画――彼女の理解をまったく超えた、彼女にはどうにもならない計画に、従っているみたいに」

そして、その買物の中身は白いバラとサクランボである。共に「処女性」の象徴であることは、偶然の一致とは思えない。買物は真の自己発見のためのものかと思われるが、その過程で何故「処女性」が関連してくるのだろうか。処女性とは何を表しているのだろうか。処女性について、前述の本田和子は次のように記している。「あらゆる異物を呑みこみ、異物としての輪郭すら無化してしまう『母性』に対して、『処女性』は、頑なに己をとざし、異物を拒む。もしかしたら『乙女』とは異性を退け『母性』から身を逸らす存在だと言えないだろうか」と(12)。このことは、ミラー夫人が真の自己探求をするためには、母親から自由になる必要があることを示唆しているのではないだろうか。

グレート・マザー・イメージの強い人は、モラトリアム人間になりやすくアイデンティティが確立しにくいと言われるが、ミリアムに何度も母親のことを尋ねるミラー夫人はこのイメージが強い人である。母性即ち母親から解放されるためには、処女性という買物をしなければならなくてミリアムが何度も欲しがったサクランボを、そして白いバラまでも買ったのではないだろうか。また処女性とは「乙女」を意味するから乙女であった過去の自分を、しっかりと認識することが真の自己探求に必要であることも読み取ることができる。自己の探求とか、アイデンティティの追求といったものは、その人が望もうがそうでなかろうがその人の意志を超えて、すでに計画され準備されている人間の存在の根源にかかわる営みであることを、本文の中の買物に関する一連の表現は語っているように思われる。

そのような、自分でも説明がつかない買物をして帰宅したミラー夫人は、引っ越してきたミリアムに狼狽して同じアパートの住人に助けを求める。しかし彼らにはミリアムの存在は見えず、ミラー夫人の正気を疑う。しかたなく一人戻ったミラー夫人の部屋には、ミリアムが存在した形跡は何も残っていなかった。ミラー夫人にとってミリアムは幻想だったのだろうか。「しかし、そんなことは、重要なことではないのだ。というのも、ミリアムに対して彼女が失った唯一のものは、彼女のアイデンティティに過ぎない」と、カポーティは書いている。

アイデンティティとは、精神分析学者のエリクソンが提唱したものであるが、日本語に翻訳して定義しにくい言葉である。エリクソンは、アイデンティティを①自己の斉一性（個の自分はまぎれもなく自律性をもつ独特で固有の存在であり、いかなる状況においても同じその人であると他者からも認められるし、自分でも認めることができること）②自己の時間的連続性と一貫性（過去の自分も現在の自分も一貫して同じ自分であると自覚することであり、さらには現在の自分から未来の自分をイメージできること）③帰属性（自分がいずれかの社会集団に所属して、その集団との一体感をもつとともに、他の成員からもその一員として是認されていること）の三つの基準によって定義されうる主体的実存的感覚あるいは自分意識の総体であるとしている[13]。『ミリアム』では、とくに自己の時間的連続性と一貫性の基準をないがしろにできない。ミリアムの出現によって、ミラー夫人は少女期の自分を認める作業を始めることとなった。過去のミラー夫人がミリアムのようであったのか、ミリアムのようになりたかったのかは定かでないが、いずれにしてもミリアムの本質が、今も自分の中に存在することを自覚する作業を始めることになった。それは生易しい作業ではなくて、心の中で葛藤と混乱をまきおこしながら進む作業である。

ミラー夫人は、一度目はミリアムと外で出会い、二度目はミリアムの訪問を受け、三度目にはミリアムとの同居を迫られる。しかも、大きな人形を持ってミリアムは引っ越してきたのである。「魂」を意味する人形は、少女期のミラー夫人を象徴していると思われるが、それは「魂の守護神」の意味もあって、ミラー夫人の場合に当てはめてみると、過去の自分を現在の自分の中に同居させることが、現在の自分を生かすことになると、解釈できないだろうか。人形は更に、「豊饒を促進するもの、性的（豊饒）弱化を防ぐもの」の象徴でもある。母親の強いコントロールの下で、倫理性、道徳性などが内在化され「豊饒弱化」の状態にある現在のミラー夫人に、豊饒すなわち生命力を促進する人形やミリアムは必要なのである。精神分析的に表現すれば、超自我は本能的欲求に対して禁止を行うが、心的な力として最も大切なものは本能的欲求であるから、何をする気にもなれないミラー夫人が心的な力を得るためにはミリアムが必要なのである。

超自我的に生きてきた自分と、それに対立する本能的な自分との共生をはかり一貫性を持たせる作業なのだから、精神的に非常な混乱が起こるわけである。ミリアムへのミラー夫人の反応を見てみると、これは人間が「死」を迎えた時の心の過程と似ている。死を迎えた人間の対処メカニズムは、段階的に言えば、①否認と隔離、②怒り、③取引、④抑鬱、⑤受容となると、いわれている(14)。死の訪れに、最初は戸惑い否認しようとするが、それが無理と分かると何故こんな目に遭わなければならないのかと、ことの理不尽さを怒りすら覚える。しかし、どのようにあがこうと怒ろうと死から逃れることはできないことを認めて、最終的には諦めるのであるる。諦めることによって、我を忘れて混乱していた状態から我にかえるのである。ミラー夫人も、ミリアムに対して我を忘れて自分を失っていた状態から、再び自分を取り戻すのだが、それはつかの間の安定に過ぎない。何故なら、やっと自分を見出したと思ったミラー夫人の耳に聞こえてくるのは「タンスの引出しを開けたり閉めたりする音」である。この引出しには、宝石がしまってある。宝石捜しが「人間の真の自己の探求」を象徴していることは既に述べたが、引出しの開閉の意味するところは、自己の発見や探求というものに終了や完成はなく、すぐに過去のものとなり、尽きることの無い新たなる探求がはじまるのである。現に、絹のドレスの音が聞こえ「今晩は」と再びミリアムの声がするのである。

小説はここで終わっていて、ミリアムの服装の色等については言及していない。しかし、四回目の出現も今までと同じように、絹のドレスのその色は、輝くばかりの白のはずであり、又そうでなければならない。何故ならば既に述べたように白い衣の女性は、「新生、死に勝利する再生」の象徴であり、ミラー夫人にとってのミリアムの存在の意味は、そこにあるからである。死は新生の基となる。死を見つめ、死を受容することによって初めて、新たに生きることが可能になるのである。

四　おわりに

カポーティは、ミラー夫人を、客観的には平凡かつ質素で孤独な生活を営む人物として描写し、さらに、内面的には「自ら進んで何かをすることもない」「何が欲しいのか、何が必要なのか、はっきりしない」曖昧で消極的に人生を過ごしている人物として描写している。言い替えれば彼女は主観面においても客観面においても「静―死を感じさせる静」の人生に入り込んでいたのである。カポーティはこの状態を指して、「出口のないトンネルを掘り進んでいるモグラ」に喩えている。すなわち、消極的で単調で変化のない彼女の人生は、単に死を待つだけの、言い替えれば死ぬまで生きるという「負」の意味しか持たなかったのである。もちろん、ミリアムはミラー夫人の生活を内面においても、外面においても混乱させ、少なくとも単調さに関しては破壊する役割を担ったが……。

かかる意味において、いままでのトルーマン・カポーティの研究者たちがこの作品のテーマを「死」「消滅」「破滅」等であると「負」の意味において評価することは、首肯できよう。例えば、繰り返しになるが、ヘレン・ガーソンは、「ミラー夫人は人生に耐えられなくなって、こうありたいと思うと同時に拒絶したい分身を創造したが、彼女は自分を顕わにすることによって自己破壊し、そこから、逃避する道は狂気しかない」とこのテーマを「破壊」ととらえ、ケニス・リードは、「敗北」と解釈しているし、稲沢秀夫は、「葬儀場」すなわち「死」と捉えている。更に、元田脩一は、「その少女のいうままに狂える世界に埋もれ果てねばならないのだ。現実から閉め出されおのれの幻によって孤独を慰める老婦人ほど孤独なものはないだろう」(15)と「孤独」と解している。彼らは、ミリアムの役割をミラー夫人の平穏な生活を混乱させ、耐えがたい孤独感を味わわせ、破滅、死へと導く水先案内人として解釈する結果、この作品は出口のない「負」のテーマを抱えることになる。

だがしかし、カポーティがこの作品において意図したテーマは、はたして「破滅」「死」といった消極的、否定的なものなのであろうか。これを解く鍵は、ミラー夫人がミリアムに翻弄されて疲れ果てて見た夢にある。この夢をカポーティは「とらえがたい神秘的なテーマ」と総括しているのは既に述べたが、この夢において、ミリアムらしき少女は、花嫁衣装と木の葉の冠を身にまとった真っ白な女の子であり、行列を先導して山道を下っていくのである。灰色で表されるこの行列は一般に葬送をイメージするものと解されている。この夢の中で、花嫁衣装すなわち結婚式における白は「これまでの生命が死んで新たな生命へと生まれ変わること」を象徴し、葬送の行列の真っ白な少女、すなわち葬式における白は「彼岸での新生」、輪の冠は「新生、死に対する勝利」を意味するのである。このようにミリアムは、すべて新たな生命、新生を象徴するものを身につけているのである。しかもミリアムの十歳前後という年齢は、これから大人へ、女性へと変化する年頃で、人生がこれから始まるときである。カポーティは「負」の生活を営むミラー夫人になぜこの夢を見させたかを考えるに、ミリアムが導く先に出口があること、生命力に満ちた新たなる人生があることを表そうとしたのではないかと思われる。

そのような夢の暗示は、実際の場面で確実に語られている。ミリアムが生命力の枯渇しているミラー夫人を蘇生しようとしていると解釈できる場面がある。ミリアムは、ミラー夫人の部屋にある造花のバラに触れ、「イミテーションね。なんて哀しいんでしょう。イミテーションって哀しいものね」と言う。しかも、気分を害しての帰り際に、この造花のバラを花瓶ごと、床に叩きつけ足で踏みにじるのである。あたかも「生命の無いイミテーションの人生、真の自己が存在しない人生を生きる運命は、なんて哀しいんでしょう。そんな運命は壊してしまってあげるわね」とでも言わんばかりに、造花を踏みにじったのである。そして、ドアを閉める前に、「いたずらっぽい、無邪気な好奇心を顔にうかべて、ミラー夫人のほうを振り返ったのである」。その二日後、ミラー夫人は説明のつかない一連の買物の中で、造花ではなく、本物の六本の白いバラを買う。ミリアムに造花を壊されたおかげで、ミラー夫人は生命ある本物のバラを買うきっかけをつかむことができたのである。バラの花の意味は、「豊饒と処女性、永遠の生命と死、優雅と肉欲」など両義性をもつが、人間の生の営みの根幹に関わる両義的意味である。なお、数字の六が象徴するものは、「一から十までの数字の中で最も生産性のある数字」であり、カポーティはミラー夫人に六本のバラを買わせているのである。カポーティは生きる活力を与える役割をミリアムに与えていると言えないだろうか。

作品『ミリアム』の最後の個所は実に象徴的に描かれているが、ここでもカポーティはミリアムに生きることへの積極的な役割を与えていると思われる。最後の場面で、ミラー夫人の耳に二重に重なった音が聞こえてくる。宝石が入っている箪笥の引出しを開けたり閉めたりする音と衣ずれの音である。引出しを開閉する音は、やんだあともずっと聞こえるように思えるのだが、その音に重なって絹の服の衣ずれの微妙な音が聞こえてきて、それはどんどん大きくなり、ついに部屋の壁を震わせ部屋全体を呑みこんでしまう。ミラー夫人が身体をこわばらせているところへ、「今晩は、ミリアムです」と声がするのである。既に述べたように、宝石捜しは真の自己の探求を表しているから、ここではミリアムがミラー夫人に代わってそれをしていることが分かる。自己探求に成功の保障はなく、むしろ人間は終わりなき探求を求められているのであろう。ミリアムがミラー夫人の宝石箱を見て、「いいものは何もないのね」と言ったように、また、ミリアムに「魂」の象徴である花瓶を壊されたミラー夫人が買ってきた新しい花瓶は、「グロテスクな俗悪品」に思えるものであるように、真の自己を見出すことは困難で、ミラー夫人のように状態は悪化して死へ向かうこともありえる。

しかし、引出しを開閉する音に重なって聞こえてくるのは衣ずれの音である。これは正しくミリアムが着ていた絹の真白いドレスの音である。「死から蘇ったときのような至福の喜びを意味する」真白い衣装のその音は、ミラー夫人の存在を根底から揺るがし呑みこんでしまったのである。この個所は、旧い生命が死んで、新たなる生命が生まれ出ずるときはかくもありなんと思わせる表現である。この伏線となる夢の中で、カポーティが「まるで霜の花みたい——あんなにキラキラ光って、真っ白で」と描写しているように、ミリアムらしき少女の衣装は新生を表す、あるいは新生へと導く「白」である必要性があるのである。従って稲沢論文の「彼女がまとっている白は『黒』でもよかったのである。それは……喪服であり、言い替えれば、白をまとっている美少女は、ミラー夫人を墓場へ導く、死の案内人だったのである」[16]との解釈には首肯できない。さらに、カポーティが、「黒」でもかまわない色を「白」と記したとは、カポーティの象徴における綿密な手法・技法を考えれば、「白」でなければならないのである。

ミラー夫人の生活を表面的には乱すミリアムであるが、それ故に彼女に、ミラー夫人の生きる意欲に欠けた「負」の人生に生命を吹き込む重要な役割をカポーティは担わせたのではなかろうか。だからこそ、最後に現れる時、ミリアムは前回と同じく絹の白いドレスの音をサラサラとさせているのである。白いドレスに加えて、「雪」についても再度、触れておきたい。ミリアムが現れるときにカポーティは、必ず「雪」を背景に用いている。雪には「過去を保持しかつよみがえらせる」という意味があるように、真の自己を確立するためには、ミラー夫人の中に何度もミリアムが現れて、過去と現在そして未来の時間的連続性の中で自己の一貫性と同一性をはかり続けさせるのである。この作品の最後にミリアムを登場させたカポーティの意図[註(8)]はこれらの点に存すると考えるのである。

一見カオスであり、無秩序に見えるミリアムの言動も、それはカポーティによって緻密に周到に計算されたものであり、彼の意図したところであった。従って、カポーティは最後にもう一度ミリアムを出現させなければならなかったのであり、またそうする必然性があったのである。

註

(1) Truman Capote の「Capote」という名称に関して、わが国においては、「カポート」、「カポーテ」、「カポーティ」の3種類の表記が見うけられる。都築道夫は『奇妙なはなし』(文春文庫、1993)の解説で、「トルーマン・カポーティの『ミリアム』を、私が訳したのは1956年で、この作家が日本では、まだカポーテ、あるいはカポートと呼ばれていたころだった」と同旨のことを述べている。それぞれを年代順に挙げてみると以下のようになる。

「カポート」と記されているもの：

龍口直太郎・大橋吉之輔共訳『アメリカの短編小説』(評論社、1955)
鍋島能弘『現代アメリカ文学』(有信堂、1965)
「カポーテ」と記されているもの:
竹中治郎『アメリカ文学史』(泰山堂、1964)
横沢四郎他編『概説アメリカ文学史』(金星堂、1981)
「カポーティ」と記されているもの:
稲村松雄『現代英米文学作品解説』(北星堂、1966)
元田脩一『アメリカ短編小説の研究』(南雲堂、1981)
岩元巌『アメリカとニューヨーク』(南雲堂、1985)
岩元巌・酒本雅之監修『アメリカ文学作家作品事典』(本の友社、1991)
八木敏雄『アメリカン・ゴシックの水脈』(研究社、1992)
(2)この作品『ミリアム』は、1945年にアメリカの女性ファッション雑誌「マドモワゼル」誌に載り、翌年O・ヘンリー賞を受賞した。日本語訳は下記のものが出版されている。
河野一郎訳『夜の樹・ミリアム』(南雲堂、1957)
河野一郎訳『ミリアム』(〔世界短編文学全集14〕集英社、1964)
宮本陽吉訳『夜の樹』(〔世界文学大系94〕筑摩書房、1965)

龍口直太郎訳『夜の樹』（新潮社、１９７０）
志村正雄訳『アメリカ幻想小説傑作集』（白水ブックス、１９８５）
都築道夫訳『奇妙なはなし』（文藝春秋、１９９３）
川本三郎訳『夜の樹』（新潮文庫、１９９４）

本論文におけるそれぞれの引用個所については、これらの訳を参照しつつ、拙訳を試みた。原文については、Truman Capote, A Capote Reader（New York, Random House, 1987）に拠った。

(3)この賞は、作家O・ヘンリー（本名ウィリアム・シドニー・ポーター）を記念してアメリカ芸術科学協会によって設置され、その年に発表された最も優れた短編に与えられる賞である。「アメリカの芥川賞」とも言うべきもので、受賞作品は「O・ヘンリー記念賞受賞作品集」に収録される。カポーティは、『最後の扉を閉めよう』（１９４８）、『我が家は花ざかり』（１９５１）と3回この賞を受賞している。

(4)『夜の樹』（A Tree of Night and Other stories〔New York, Random House, 1949〕）はカポーティの唯一の短編集で『ミリアム』等10篇が収録されている。元田脩一『アメリカ短編小説の研究——ニュー・ゴシックの系譜』（南雲堂、１９８１）１８６頁においてはトルーマン・カポーティの短編を『ミリアム』に代表される〝夜の物語〟と『誕生日の子どもたち』（Children Their Birthday）など〝昼間の物語〟とに分けている。

(5)象徴の定義は、新村出編『広辞苑』３版（岩波書店、１９８６）に拠った。

J・C・クーパー著、岩崎宗治・鈴木繁夫訳『世界シンボル辞典』（三省堂、１９９２）序においては「シンボルとは、それによって象徴的に表わされる高度な心理の外的表現ないし低次表現であり、また、こうして表現しなければ言語のもつ制約のために曖昧になってしまう実在、的確に言いあらわすにはあまりに複雑な実在を伝達するための手段なのである。シンボルとは、作ろうとおもっても作れるものではないし、まったく個人的な気まぐれのために新しく考え出せるものでもない――それは個人を越えた普遍のもの、生きた霊魂に根ざすもの」であると記されている。

(6)言葉の象徴性を記述するにあたり、下記の辞典・事典から引用した。
J・C・クーパー著、岩崎宗治・鈴木繁夫訳『世界シンボル辞典』（三省堂、１９９２）
アト・ド・フリース著、山下主一郎主幹『イメージ・シンボル事典』（大修館書店、１９９２）
J・ガライ著、中村凪子訳『シンボル・イメージ小事典』（社会思想社、１９９３）
赤祖父哲二編『英語イメージ辞典』（三省堂、１９９３）

(7) Kenneth T. Reed, op. cit., P.39., Gerald Clarke, Capote: A Biography（New York, Simon and Schuster, 1988）P. 84、元田脩一『アメリカ短編小説の研究――ニュー・ゴシックの系譜』P. ２０６、稲沢秀夫『トルーマン・カポーティ研究』（南雲堂、１９８６）P. 11、龍口直太郎「夜の樹」あとがき P. ２９３、川本三郎「夜の樹」解説P. ２８７他。

(8)作品『ミリアム』の最後に関しては、カポーティが最初にこの作品を完成させた当時は、現在のそれとは異なっていた。すなわち、われわれの目に触れる最後よりも5行ほど多かったのである。この点に関して、カポーティ自身は、対談の中で「一度だけ、人の手を借りて自分のかなりいい作品をさらによい作品に仕上げたことがある。私は最後の5行を削っただけなのだが、それだけで単なるいい作品がすぐれた作品に変わった」と述べている。〔ローレンス・グローベル著、川本三郎訳『カポーティとの対話』文藝春秋、1992、P.141

Gerald Clarke によれば、カポーティの最初の原稿を読んだバーバラ・ローレンス（Barbara Lawrence）は、『マドモワゼル』誌に掲載する前に最後の2パラグラフを削除するよう進言した（Capote: A Biography〔New York, Simon and Schuster, 1988〕P.94

カポーティは、この助言に基づいて推敲することにより、作品『ミリアム』をミリアムの登場で終わらせることによって、自己の意図をより的確に反映できる優れた作品になったと満足していることが窺われる。

『ミリアム』──消された最後の5行

カポーティは「一度だけ、人の手を借りて自分のかなり良い作品をさらに良い作品に仕上げたことはある。『最後の5行を削ったら、優れた作品になる』との助言を受けて最後の5行を削った。それだけで単なる良い作品が優れた作品に変わった」と『ミリアム』について語っています。消して良かった最後の5行、読んでみたいが今となっては知る術が無いのが残念です。

二章　『ミリアム』における再生の検証

一　はじめに

一章で『ミリアム』における象徴の意味するところを読み解くことによって、彼の意図するテーマは、「再生」であるとの結論に至った。彼は、ミラー夫人が自己を確立するために、彼女の生活空間の中に何度もミリアムを出現させ、過去と現在そして未来の時間的連続性の中で、自己の一貫性と同一性をはかり続けさせる必要があり、その役割をミリアムにになわせた。そして小説の最後にミリアムを登場させることによって物語としての文学性を高めただけではなく、彼の意図した『ミリアム』のテーマである「再生」を、導き出すためには、そうする必然性があったのである。

もちろん、『ミリアム』のテーマに関して、通説は、「破滅」、「滅亡」と解しているが、その理由とするところは、1、自分のいる部屋が葬儀場に思えたこと、2、眼前の風景を眺めている自分自身の感覚判断の信憑性を疑っていること、3、さくばくとした孤独の世界の住人であるミラー夫人の存在する環境に出現した彼女の分身であるミリアムの行動からミラー夫人を到底救済するものとは思えないこと等であるが、必ずしも説得力のあるものではないように思われる。確かに、この三点の理由を素直に解する限り「破滅」と解することも可能であるが、トルーマン・カポーティのこの作品に込めた意図、テーマはそれほど単純なものであろうか。上記三点の理由をすべて反言と解することができないであろうか。即ち、現在の整然としたきれいな部屋を葬儀場に例えただけなのではないであろうか。葬儀場はもちろん通常「死」と関連のある概念である。そして「死」は「再生」に繋がる概念でもある。そのように考えると、葬儀場に居たのは今までのミラー夫人で、新たなるミラー夫人への再生が始まっている可能性もある。再生が始まろうとしている新たなるミラー夫人を引き出すための重要な役割をミリアムは果たしているのではなかろうか。

そこで二章では、ドイツ文学における『ミリアム』とも言えるであろうマリー・ルイーゼ・カシュニッツ[註(1)]の『太った子』[註(2)]を俎上《そじょう》にのせ、この小説と『ミリアム』が有する数々の共通点および相違点を比較し分析・考察することによって、異なる視点より『ミリアム』のテーマの検証を試みようとするものである。

二 『ミリアム』と『太った子』の共通点

筋書は、全く異なるにもかかわらず、『ミリアム』と『太った子』には短編小説としての分量もさることながら、二つの物語のそれぞれの主人公であるミリアムと太った子には次に記すように、多くの共通点が見られる。1．主人公が少女であること、2．主人公の年齢、3．名前への問いかけ、4．少女の空腹と旺盛な食欲、5．少女の服装、6．少女の人物描写、7．それぞれの相手に対する意識の仕方、8．物語の季節の設定、9．少女の最初の訪問日、10．雪解けである。以上の十項目は物語を構成する上で重要な要素となっているが、かかる共通点が両小説のテーマの共通性にまで言い及ぶことができるものかどうか、上記十項目を「主人公に関するもの」と「客観的な状況設定」の二グループに分けて、共通点を比較することによって両小説の意図するテーマに迫ってみようと思う。

(一) 主人公自身と主人公に付随するものに関する共通点

1 主人公が少女であること

先ず、『ミリアム』も『太った子』も共に主人公は少女であるが、そのことにどのような意味があるのであろうか。少女の象徴的意味、ユングのコレー元型論、本田和子の少女論を参考にすれば、先ず考えられることは、少女の女性的側面である。一般的には象徴的に女性のものとされる「時の円環」、「生——死——再生とめぐる円環」[(1)]は少女にとっても無縁ではない。太古の人々は、太陽の熱である精子の放出の瞬間性を男性にイメージしたのに対し、月の雫である滋養を与える子宮、子宮に回帰する円環を女性にイメージした[(2)]。真の自己の確立をテーマとし、過去と現在そして未来の時間的連続性や、死が再生につながるモチーフにおいては円環がイメージされるので、主人公の子どもは女性の性をもつ少女がふさわしかったのである。

第二に、少女は乙女と意味を同じくするが、乙女からユングのコレー元型を思い起こすことができる。コレーとは、乙女を意味する言葉であるが、ギリシャ神話のペルセポネーの名前でもある。「彼女は、処女、花嫁、を表し、遊び心や独りよがりな英雄主義をもっており、意識と無意識の仲介者であり、死と再生の季節的循環をもたらす者」[(3)]と定義され役割づけがされているが、これらは両小説の少女たちに大部分あてはまるように思われる。処女に関してはミリアムも太った子も十歳から十二歳の少女であるから、設定されている年齢からは処女と考えられ、花嫁に関しては、ミラー夫人の夢の中に現れるミリアムらしき女の子は、真っ白い花嫁衣装をまとっている。遊び心に関しては、誕生日を聞かれて「水瓶座」と答える太った子にも、ミラー夫人の居所を知った方法を聞かれて「あなたの名前は？　私の名前は何だった？」と問い返したり、気分を害しているミラー夫人に「お休みのキスをしてちょうだい」と、たわむれるミリアムにも遊び心を感じるのである。独りよがりな英雄主義とは、どんな主義か判断しかねるので、二人の少女がそれを持っているとも持っていないとも述べることはできないが、それ以外の点では、ペルセポネーと二人の少女は重なり合う部分が多い。意識と無意識の仲介者であり、死と再生の季節的循環をもたらすものとしての役割を担うのは、少女がふさわしいことが理解できる。

第三に、「少女」とは本田和子が言うように、「他者のまなざしによって像を結ぶものであり、彼女たちは、ことばを持たぬものとされているがゆえに、他者のまなざしをその肉身に彫り付けることで、少女としての己れを顕現する」[4]のであるが、この特性は、無意識と意識のそれに置き換えることができる。無意識は、ことばを持たぬものであって、意識のまなざしによって顕わにされ具現化されるのであるから、ミラー夫人や「私」のまなざし、認識を必要とするミリアムと太った子は、やはり少女がふさわしかったのである。

言い替えれば、少女を主人公にすることによって人間の中の無意識の世界、無意識によって投影される自分の影あるいは、自分の中に存在する分身を描くことを、確かなものとしているのである。

2　主人公の年齢

ミリアムの年齢を、ミラー夫人は、「彼女は幾つぐらいかしら？　十歳？　十一歳？」と推測している。一方、「太った子」の年齢を「私」は、「十二歳ぐらいの少女」だと、推測している。つまり、少女は二人とも十歳から十二歳ぐらいということになる。その頃の年齢は、幼児期から成年期への移行期、すなわち思春期前期であり、特に女性にとっては少女から女への移行期であって、身体的にも精神的にも大きな変化が見られる時期である。

「身体的には、第二次性徴を経て生理的に生殖可能な存在となる。周囲の人の視線が今まで以上に気になり始め、体つきに敏感になり異性への関心も高まる。こうしたことは、当然彼女らの心に大きな戸惑いや不安をもたらすのである。思春期前期にみられる感情や情緒の起伏の激しさは、このことを物語っている。それは、しばしば、自分や自分のとった行動をひどく嫌悪し、冷静な目で自分を見ている『もう一人の自分』の存在であったりする」(5)

少女の年齢は幼年期から青年期への移行期にあるが、ミラー夫人（六十一歳）や「私」（五十一歳）註(3)の年齢も移行期という点では同じである。老年期を前にしての更年期は、生殖機能が活動を終える移行期であり思春期と同じように不安定で危機的な時期にあると言える。「幼児初期、思春期、更年期のいずれの期間においても、比較的に自我が弱体化される時代といってよい」(6)。

主人公たちの年齢は、女性の生理が始まる思春期前期と、それが終わる更年期という対照的な時期であることと、自我が弱体化する点では共通な時期であるという二重の関係にある。自我の弱体化とは、自らを個別の存在とする自己と非自己の境界の線びきの弱体化とも言える。いずれにしても主人公の年齢の設定は、それぞれ思春期前期と更年期という点で共通点が見られ、女性として不安定な時期にあると言える。

3　名前への問いかけ

『ミリアム』においても、『太った子』においても少女に名前を尋ねる場面がある。尋ねられた少女たちは、それぞれ「（姓がなくて）ただミリアムだけよ」「でぶと呼ばれてるわ」と、答えている。何の説明も加えず、短く答えているが、この返答の中に、少女たちの本質や心の深層が表わされている。

カポーティは、ミラー夫人には夫の姓名にミセスをつけただけの呼称にし、ミラー夫人が彼女固有の生き方をしていないことを暗示する[(7)]一方で、ミリアムに対しては、姓をつけず名前だけを付けることによって、ミラー夫人とは対照的に家にも人にも縛られないで自分の思う通りに生きていることを示している。名前を尋ねられたミリアムに、このように答えさせることによってミリアムとミラー夫人の性格の違いを浮き彫りにしているのである。一方の『太った子』は、問いに対して本名を告げずに「でぶと呼ばれている」と答える。名前ではなくて、あだなで「でぶ」と呼ばれていたことが、この少女の精神に大きな影響を与えていることを、読者は後で知ることになる。このように、いずれの小説においても、名前を尋ねるこの問いは、相手の本質に触れる問いである。すなわち、名前への問いかけは、それまで意識しなかった存在を意識し、その正体を知りたいことを意味している。

「あなたは誰ですか」と、ミラー夫人も「私」も、それぞれ少女に尋ねているが、少女は分身なのだから、それは同時に自分自身への問いかけなのである。少女に名前を問いかけた時に、自分への問いかけが始まったのである。この段階では、彼女は、まだ本来的な自分自身についてては無意識だったわけである。しかし、分身が現れることによって否応なしに自分自身を意識させられ、分身との戦いが始まることを表している。

4　少女の空腹及び旺盛な食欲

「何か食べるものはないの？　餓死しそうよ」と食べものを自分から要求するのと、「何か食べたいんでしょ？」と尋ねられて、うなずく違いはあっても、空腹で食欲旺盛な状態にあることは両少女に共通である。

二人は食べ方も非常に似ている。ミリアムは、「むさぼるように食べ、サンドイッチとミルクが無くなると、指を皿の上にクモが巣をはるときのように動かして、パン屑をかき集めた」。こここでは、クモに喩えられている食べ方が、『太った子』では次のように、芋虫に喩えられている。太った子は、「パンとソーセージを、芋虫のするように、ゆっくり休みなく、うちからの強制に促されてでもいるように、食べ始めた」。クモであれ、芋虫であれ、いずれも動物的な食べ方であることに変わりはなく、内側からの欲求とも言うべき本能に従った食べ方である。

食べることは、単に肉体的な空腹と関係があるだけではない。「食べることは、社会的な深い意味をもっており、意外な象徴性のもとをなしている。母親が生後数ケ月の幼児に乳を飲ませているとき、彼女は食べものとともに愛情と安全の感情をその子に与えており、幼児は乳が出なくても乳しゃぶりを楽しんでいるのである」(8)。人間は、孤独を感ずるときに、食べものがほしくなることがあるが、この現象は、上記のように、乳しゃぶりの原体験以来、口を動かす、あるいは食べることが持っている社会性と関連がある。即ち、孤独を感ずるとき、人間は愛情と安心を与えてくれた母親の乳房の感触を無意識に求め、口を動かすために食べるのである。芋虫のような食べ方とは、手を使わず、歯も使わず、食するものを口唇でまさぐっていく、まさに乳しゃぶり的食べ方であるし、たぐり寄せるように這うクモの動きに似たパン屑集めの指の動きは、乳しゃぶりのときの指の動きに似ている。

二人が食したものにも共通性がある。ミリアムはミルクとジャム・サンドイッチを、太った子はサンドイッチを平らげたあと、さらにパンとソーセージを、むさぼるように食べるさまが描写されているが、いずれの場合にもパンを欲して食べている。パンの象徴するところは、「肉体と魂の食べもの、目に見える形あるものとしての生命」[9]である。また、ユングによる象徴言語では、「パンは、栄養を与え育むものを意味し、（略）リビドーが前性的段階に退行するやいなや、栄養機能とその象徴、たとえばパンのようなものが性的機能に取ってかわることが予想される。こうして性は前性的段階へ移される。そこでは栄養を与えることが大きな役割を果たすのである」[10]。なぜ、パンに象徴されるところの栄養物が大きな役割を果たすのか、ユングの説明[11]をもう少し参考にすることにする。自然の裁量によって多くの動物は最初は食べることで満足し、その後初めて性器を作り上げる。たとえば蝶は幼虫の時はただ食べる。さなぎになった幼虫は、自らが蝶になることは意識できないから幼虫期の記憶しか利用できない。新しい意識状態に入るためには、意識的なものにくっつく必要がある。段階が要るのである。新しい本能状態が「食べることを思い出せ」と言うのである。さなぎは幼虫のように食べることによって、蝶になっていく。

この説明の中のさなぎを、思春期前期の少女に置き換えることができる。少女は性本能とその満足はまだ知らないが、空腹と栄養物摂取は知っている。まったく新しい、それゆえに困難な状態にある人間は無力で、世話をしてくれる母親の庇護のもとにあった時に帰る。そして、類似性を捜しその類似性によって新しい意識世界に脱出できる。蝶になる前の不安定な状態にある少女が、パンを必要とし、乳しゃぶり的な食べ方で食べる所以は、ここにあるのである。

5　少女の服装

少女がミラー夫人や「私」の部屋に入ってきた時、コートの下のドレスの色は二人とも白であった。ミラー夫人は、「二月というのに白い絹」と驚き、「私」は、「なんてへんな白い服なんだろう」と、冷ややかに眺めるのである。しかし、この白の象徴するところは、「純潔、処女、無垢、女性」等である。まだ何にも染まっていなくて、無垢で女性として花開かんとするミリアムや太った子が着るドレスには深い意味が込められている。白衣の女性像は、「愛・命・死」を象徴していて、宗教的には「人を導き束縛の暗黒を解脱させる女性」あるいは「自力による霊的覚醒」を象徴している[12]。

ミラー夫人を導き束縛から解放する役割が白いドレスのミリアムに課せられているように、白いドレスの太った子にも同じような役割が課せられている。

6　少女の人物描写

「題名は作品の主題とか思想、象徴、あるいは題材や主人公などを何らかの形で表している」[13]と言われるが、この二つの小説においては題名は主人公を表すと同時に影なる分身の本質を象徴的に表している。分身（影）とは、「自分の中にそのような部分を持っていることを認めたくない側面、不愉快で不道徳な側面、我々自身の劣等性、我々には受け入れられない衝動、我々の中の恥ずべき行動や願望を意味する。こうした我々自身のパーソナリティの影の側面を認めるのは困難かつ苦痛のもとである。この影の接近は人を苛立たせ、不安を喚起する」⒁。

ミリアムも太った子も上記の分身の定義に合致する人物として描かれている。先ず、影なる分身を認めたくないということは、分身との出会いを人は望まないということであるが、分身の方から突然にやってきて認知を迫るのである。『ミリアム』も『太った子』も、最初の訪問場面の描写が非常に似ている。ミリアムがミラー夫人のアパートのベルを初めて鳴らしたとき、ミラー夫人は「誰かが部屋を間違えたのだろうと思った」ので、暫く返事をしなかった。つまり、予感していなかったのにミリアムの方から訪れたのである。同じく、太った子も開いていた入り口のドアから入ってきて「全く突然に私の前に立った」のである。ミリアムはミラー夫人の就寝の予定を無視し、太った子は「私」の外出の予定をさえぎる形で、部屋に入り込み、居座ってしまう。

次に、外見は少女であっても、影の側面を持つ分身であるから言動は子どもらしさに欠ける。確かにミリアムにも太った子にも、子どもらしくない振る舞いや、言葉使いが見られる。ミラー夫人に「子どものくせに、大人みたいな口のききかたをするのね」と言わしめるように、ミリアムは年に似合わぬ大人の物言いをし、ミラー夫人への態度も対等もしくは横柄なまでに上位に立った振る舞いをする。一方、太った子も、生年月日をたずねられて、「水瓶座」と子どもらしくない返事をしたり、彼女の「横柄な」話し方は「私」が反感を持つほどに可愛らしさがない点においても、人物描写において共通点が見られる。

7 それぞれの相手に対する意識の仕方

無意識の状況にあった分身を意識化し認識していく過程の描写方法においても、二つの小説はよく似ている。例えば、ミラー夫人や「私」が、少女との関係をしっかり認識していないことを心外に思う少女の心理状態の描写場面に共通点が見られる。最初の出会いでミラー夫人が名前を尋ねたとき、ミリアムは自分の名前を告げながらも、「分かっているのになぜ聞くの」(川本三郎訳)と、不満そうに意外な感じを見せる。この個所の原文の逐語訳は次のようになる。「あたかもその名前が何か風変わりなやり方ですでによく知られた名前であるかのように」(斉藤正一訳)「ミリアム」と、答える。ここで「何か風変わりなやり方ですでに知られている」と表現することによって、ミリアムが分身であることの伏線を張っている。

『太った子』においても、彼女の空腹に「やっと気付いた私に気をわるくしておどろいている」ようなところがあった」ミリアムと同様、太った子も又、自分のことは相手(「私」)によく理解してもらっていると思っているのに、そうでない相手の様子に気分を悪くしたり、驚いているのである。太った子が、最初に部屋に入ってきたとき「私はその子を知っているようではあったが、けれどもほんとうに知っているわけではないように思われた。それに、その子はそっと入ってきたので、私はびっくりしていた」。ミラー夫人はミリアムを、「私」は太った子を、意識下では知っているのだが、意識の上では知らない状態にあることを両小説ともに文学的に似た表現で伝えている。

さらに、このような少女の接近によって生ずるミラー夫人や「私」の心理状態も似通ったものがある。ミリアムの出現は、ミラー夫人にとっては「激しい平手うちが、いつまでも消えない痕跡を残したかのような」大きな衝撃であり、「耐えられないほど頭が重く、心臓の鼓動のリズムが狂うほどの圧迫感」で気分が悪くなり寝込んでしまう辛いことであった。だからなんとかして影なる分身を追い出そうとして次のように叫ぶのである。「お願いだから出ていって！——出て行って、私を一人にして！」太った子に対して、「私」も憎しみや嫌悪や戦慄を覚える。そしてミラー夫人と同じように、「うるさい犬や猫でも追い出すように、この子を両手で部屋の外へ突き出してやりたい気がした」。しかし、結局のところ追い出せないで、苛立ちの感情を心に秘めながら、影なる分身との関わりを続けるのである。

（二）客観的な状況設定における共通点

1　物語の季節設定

ミリアムも太った子も、いずれも冬に現れている。すなわち、物語としての季節の設定が冬にされているのである。

なぜ、季節が冬でなければならなかったのであろうか。その理由の一つとして、英語民族を含め、広くインド・ヨーロッパ語族にとって、特に古い時代においては、冬は非常に重みを持っていたということが挙げられよう[15]。即ち、十四世紀以前においては、彼らの生活が牧畜的であったことにより、一年の区分は「冬」と「冬でない時期」に分けられていたのである。「年は一冬、二冬と数えるのが常であった。冬は牧獣にとってのcritical seasonであったからである」[16]。冬に非常な重みがあり、ひと冬を越すと一年が経ったと実感したのであろう。寒い冬が、生命の存在自体を脅かす〝危険な季節〟であるのは、牧獣に関してだけではなく、人間においても同じことが言えよう。言語上からも窺い知ることができる。winterの合成語のひとつwinteregangの語意は、「冬に起こること」であるが、さらに「運命」「死」をも意味しているように、冬と生死とは深い関係がある。

物語の季節を冬に設定していることは、これらの物語のテーマは、人間の生の根源に関わるものであることを推察することができる。冬の季節にミリアムや太った子が登場することにより、彼女たちが生の根源に関わる存在であることも推察できる。

2　少女の最初の訪問日

ミリアムと太った子が登場の時を同じくするのは季節だけではない。初めてミラー夫人や「私」を訪れるのは、いずれも週末もしくは週末に近い日なのである。すなわち、ミリアムと太った子は、共通して日常性が希薄になる週末、もしくは週末に近い金曜日にミラー夫人や「私」のところにやってくる。

ミリアムがミラー夫人のアパートを訪問したのは日曜日であったし、太った子が貸本屋を営んでいる「私」のところにやってきたのは、金曜日か土曜日であって貸出し日ときめられた日ではなかった。ミラー夫人が外出先で初めてミリアムにあった曜日は定かでないが、ミリアムがミラー夫人のアパートの部屋の中に初めて入ってきたのは日曜日である。部屋の中に入ってくることは、心の中に入ってくることを意味する。太った子が「私」の部屋に入ってきたのも週末である。月曜日からの週日は仕事を中心に現実性と日常性の色濃い日々であるが、週末は、それらの現実性や日常性が希薄になる。非日常性が強まり、無意識の自発的な発現の可能性が大きくなるときである。即ち、仕事をしている週日は外の世界に気が向いているが、現実的な仕事から解放される週末は自分自身に戻るときである。そんなときに、意識は無意識の世界を認識するのではないだろうか。

3　雪解け

ミリアムの出現には必ず、雪がからんでいるように、『ミリアム』の中で、雪には最初から最後まで非常に重要な意味が付されているが、『太った子』の中にも次のように雪解けに関する描写がある。「寒いことはたしかに寒かったが、今や明らかに雪解け模様になっており、家々の屋根からは早くも雪が溶けて滴り落ちていた」。同じように、『ミリアム』の中にも雪解けの描写がある。ミラー夫人がミリアムに心を攪乱された夜、ベッドに入って不思議な夢を見た翌朝、冬には珍しい青空が広がっていて、「大きな銀色のトラックが道路に積まれた雪をかいていた」。

雪解けは、「かたくなな心が和らぐ」ことを表しており、ミラー夫人の場合、かたくなに規律を重んじ禁欲的だった彼女の精神が溶け始め、「したい、または、したくない」という本能的な欲求によって行動する部分が顕わにされてきたことを意味しているように思われる[17]。それでは、『太った子』における雪解けは、どのようなかたくなさの溶解を表しているのであろうか。かたくなさをこだわりと言い替えることができるならば、「私」のこだわりは、でぶと呼ばれるほどに太っていることであろう。そのことに触れられたとき、「太った子の顔が悲しみにゆがんだような気がする」との表現から心の中に固いしこりがあることが推測できる。そんなでぶで不器用な自分に比べ、スマートでなんでも優雅なこなす姉への劣等感も、少女の中で大きなしこりとなっている。思春期前期からのしこりが解け始めたことを雪解けは暗示している。夕暮れが迫った時の雪解けは、人生も晩年になって、自分の容姿も不器用さも気にせずに、あるがままの自分を受け入れ始めたことを表しているように思われる。雪解けによって、雪の下、つまり、意識の下に隠されていた分身が顕わになり、その存在をあるがままに認めざるをえないのである。

三　『ミリアム』と『太った子』の相違点

今まで述べてきたように、この二つの小説は季節や登場人物の設定、登場人物を描写する表現など非常に多くの共通点を有している。そして、これらの共通点を考察した結果、それは、人間とその影なる分身を描く上で必然的な設定であり、表現方法であることが明らかになった。このように『太った子』との共通点を比較することによって、カポーティが意図するところがかなり明白に見えてきた。さらに、両小説の相違点を考察することによって、『ミリアム』のテーマは一層はっきりと見えてくると思われる。以下、六項目について、「明示的表現、暗示的表現の相違点」と「その他の相違点」に分けて比較し考察することにする。

1　明示的表現、暗示的表現の相違点

①　分身の明示的、暗示的表現

ミリアムをミラー夫人の分身であるとするのが通説であるが、作者自身は物語の中でそのことを明示していないから、トルーマン・カポーティ研究者のミリアム分身説の論の立て方にはそれぞれニュアンスの違いが見られる。元田脩一は、精神分析学で論じられる超自我・自我・エスの関係にミリアムとミラー夫人を当てはめて、ミリアムをミラー夫人の「他我・分身」として論じている(18)。川本三郎は、カポーティの他の短編小説との比較的視点から、「ドッペルゲンガー（分身、影法師）はカポーティが好んで取り上げたテーマで、『ミリアム』の不思議な少女は明らかにミラー夫人の分身、影法師である」(19)との立場をとっているが、その理由とするところは明らかではない。ケニス・リードは、ミリアムもミラー夫人もファーストネームが同じであることや、子どもらしさに欠けるミリアムの描写などを根拠に、ミリアムをミラー夫人の分身とし、さらに、ミリアムは、ミラー夫人によって代表される整然として秩序立っている中産階級の表面下に潜む情緒的混乱の表われであると述べている(20)。

ファーストネームが同じであること、子どもらしさに欠けることに加えて、Miriam は、Mirror I am の短縮形で「鏡」を表していると思われることなどを理由にミリアム分身説に筆

者も同意するが、これらの明快なミリアム分身説に対して、作者の意図ははっきりしているが、小説上の表現は暗示にとどめられているとする研究者もいる。稲沢秀夫は、「ミリアムという一人の美しい少女は、――明らかな他者として存在したと考えてもよい。だが、それと同じ程度に、カポーティは、この美少女をミラー夫人の分身として提出し、マーク・ショラーの言うドッペルゲンガーとして描いている」[21]とし、本文の中からカメオのブローチや鏡の役目を果たしている窓ガラスを論拠の要素に挙げている。ジェラルド・クラークも同じ立場をとっている[22]。

一方、『太った子』においては、作者の意図においても小説上においても太った子を「私」の分身とはっきり断定することができる。すなわち、物語の終わりの部分にそれが明示されている。湖から帰宅した「私」は自分の机の上に自分の古い写真を見つける。その写真の女の子は、太った子と同じ服装をしていて、同じように明るい水色の目の色で、同じように太っていた。つまり、太った子は「私」自身だったのである。そして、この太った子は幼少時代の作者カシュニッツであることを、作者自身が以下のように語っている。一九六一年に、ドイツの作家Horst Bienekのインタヴューに対して「太った子は私自身です」と答えている。さらに続けて「姉」は自分の実姉のランジャであることや、子どもの頃、近くの湖へスケートに行き、水の中へ落ちたこと、深さはたった一メートルで小説と同じく浅かったことなどについて語っている[23]。このように、『太った子』においては「私」の分身として太った子であることを物語の中で読者ははっきりと理解することができる筋立てになっている。

②「幻想」に対する明示的、暗示的表現

ミラー夫人とミリアムとの出会い、「私」と太った子との出会いは、それぞれ現実のものだったのであろうか、それとも非現実的な幻想だったのであろうか。いずれの小説も最後の部分に幻想性が表われているので、その部分の大筋を追った後、幻想について若干の考察を試みることにする。

『ミリアム』において、ミラー夫人は自分のアパートに押しかけてきて住みこもうとするミリアムに恐れをなして、下の階の住人に助けを求める。その住人がミラー夫人の部屋を見にいくが誰もいない。自分の部屋に戻ったミラー夫人は暗闇の中で考える。「ミリアムに本当は会ったことが無いとしたら――」。そして、ようやく自分を取り戻したと思った瞬間、ミリアムの絹のドレスの衣ずれの音がして、大きく開いてこちらを見ている目に出会う。「ハロー、ミリアムです」と。

このように最後にいたるまでミリアムの実在性は確かではない。本当にやってきたのかもしれないし、ミラー夫人の幻聴・幻覚・幻想なのかもしれない。結末の文章表現は、読者に矛盾・葛藤を感じさせ引き裂かれた体験を引き起こし、主題を投げかけ、より深い意味を生み出す虚

構性を持っている。

『太った子』において、「私」は太った子の後をつけていって突然、眼前に開けた幼年時代とそっくりの森の中の湖で、太った子の姉との出会いや太った子の溺れかけて助かる場面に遭遇する。かえりに近所の人は、そんな湖岸は今は無いと言う。部屋にもどると、太った子と同じ服装をした自分にそっくりの太った女の子の写真を見つける註(4)。

このように、森の中の湖の氷上での出来事は、完全に「私」の幻想として描かれている。細かい描写の積み上げによって日常的な現実性を強めてきたものが、湖の場面で現実と非現実の境が曖昧になり、最後に一挙に幻想の世界に塗り替えられてしまう。

暗示と明示の違いはあるが、両小説とも幻想文学としての世界を見事に構築している。ちなみにツベタン・トドロフは幻想文学成立の条件として次の条件を挙げている。まず第一に「読者に架空の人物たちの世界が生きている人間たちの世界だと思わせなければならず、かつ喚起される出来事についての自然的説明と超自然的説明との間でとまどわなければならない」とし、第二に「このとまどいはたぶん作中人物も覚え、そのとまどいそのものが作品の主題となる」(24)ことと述べている。とまどいが何故、主題となるかと言えば幻想は単なる非現実なものではなく、無意識の諸情念の表出であるとして価値を見出しているからである。幻想世界に価値を見出す底流には、「眼にみえる世界にたいする痛烈な風刺があるに相違ない。現在の私たちは力にも富にも名声にも美にも不信感しか抱いておれない。とすれば私たちをとりまき、生活のディテールを構成しているものとは何か。不可視の、想像力の羽ばたく領域のみがひとり信頼しうるにたる世界だとすれば、（略）幻想とは単なるイリュージョンでもなければ、ファンタジーでもない。幻想は思考とならんで意識のあり方なのである。それはともに真実を探求する。が、思考が対象を把握する手段だとすれば、幻想は対象を発見する方法である」(25)。両小説の中で見つめられている対象は自己であるから、自己を発見する方法としての幻想であると言えよう。

③「再生」に対する明示的、暗示的表現

従来のトルーマン・カポーティの研究者たちは、『ミリアム』のテーマを「孤独」「破滅」「敗北」「死」など「負の」テーマとして評価してきた。しかし、小説にちりばめられている言葉の象徴するところを読み解くことによって、ミリアムがミラー夫人を導く先は、破滅ではなくて再生・新生であることを論及した。即ち、ミリアムは雪に象徴されているが、雪は「死と再生」を象徴している。又、ミリアムに生命の通っていない造花を踏みにじられて買った花はバラの花であるが、バラは「永遠の生命と死」を象徴している。そして、なによりも作品のテーマと関係が深いのはカポーティが作品の中で「とらえがたい神秘的なテーマ」と総括している夢である。夢の中でミリアムは白い花嫁衣装、輪の冠など新たな命、再生、新生を象徴するものを身につけているし、一見、葬送の行列に見える人々の群れが真っ白の衣をまとった女性に導かれることによって、死を超えて、新たな命の世界へ進んでいくことを暗示している。そして、カポーティはミラー夫人を訪問するときにミリアムにいつも白い衣（ドレス）をまとわせているし、最後の場面も衣ずれの音で白いドレスを暗示している。つまり、再生を暗示している。このように、再生について直接的に語られることはなく「とらえがたい神秘的なテーマ」と提示するにとどめている。しかし、作品の最初から最後まで人間の精神的再生がテーマとして貫かれていることは確かである。

その再生が「太った子」において明示されている。状況説明や「私」の〈内なる目〉を通して、はっきりと再生が明示されている。氷の張った湖でスケートをしていた太った子は、水の中に落ちる。「死に直面して」まるで「燃えるような命」を飲んだかのように「意思と情熱で引き裂かれて」いた。死が近そうだったのだが、桟橋の杭にたどりつき、杭からでている釘や鉤《かぎ》に「実に巧みに」つかまって、ながい闘いを始めた。「長い闘い、殻かあるいはまゆが開くような、解放と変化をもとめるすさまじい苦闘だった」。その様子を見ていた「私」は「もう手をかす必要はない」ことを見抜いていた。

太った子と「私」は同一人物であるから、この個所は「私」が自分の分身と出会い、引き裂かれて死の状態に陥るが、それでも尚、分身と徹底的に対決することによって死からの再生が可能となること、自我確立の基盤が形成されたことを物語っている。生の何たるかを味わって、彼女の中で何かが変わったことが、ハッキリと描かれている。井上勉論文も次のように明快な解釈をしている。「この物語は、心の出来事の形象化であるから、物語における出来事、状況、人物たちをそのようなものとして考察しなければならない。この作品は自我が自らの影と出会い、それを自分の一部として認識し、心の深層へと沈み、象徴的に死に、そして深みにある非白我人格との間に何らかの結び付きを獲得して再生し、再び日常生活に戻るというイニシエーション過程を文学的に描いたものである」(26)。このように、太った子の再生は明確である。再生し、自己確立ができたのであるから、太った子が「私」のところへ再び現れることはないであろう。

それに比べてミラー夫人は、ミリアムが自分の分身であることに最後まで気付いていない。「さっきまでミリアムがそこにいたのに——いま彼女はどこにいるのだろう？　どこに？　どこに？」と自問しているミラー夫人にはミリアムの存在や正体、つまり自分の影なる分身の存在や正体がまだ分かっていない。真の自己の確立は、影なる分身が自分の内に存在していることを認め、対面し、受容することから始まる。従って、カポーティは最後にもう一度ミリアムを出現させなければならなかったのであり、またそうする必然性があったのである。白い衣をまとったミリアムの出現の暗示は、ミラー夫人の再生の暗示でもある。

2 その他の相違点

① 分身の型

太った子は深い部分を傷つけられて少女時代を過ごしたと思われる。「でぶ」とあだなで呼ばれて少女期を過ごすことがどんなに心を傷つけられるか、それは古今東西を問わない事実である。「私もそう（でぶ）呼ぼうかしら」と言われて顔が「悲しみにゆがむ」ほどに心の傷になっているが、このコンプレックスは才能豊かな姉の存在によって倍加する。無口な彼女が姉の才能を語る時は饒舌になるが、自分の才能の無さに思いをいたし「またもやその顔には苦痛と悲しみの影」が浮かぶのであった。

コンプレックスという言葉の意味は多義にわたっているが、ここでは次の定義に基づくことにする。「コンプレックスは非常に強い感情的な色合いをおびた観念または観念群のことである。それはしかし、その人によって認められた他の観念または観念群と相容れないものとして、部分的にまたは全面的に意識下に抑圧されているものである。それは一言で言えば、わだかまり、あるいは心のしこりであるが、そのまま自我に統合されておちついていることもあるが、たえず意識の上に出よう出ようとして本人を苦しめる」[27]。その「非常につよい感情的な色合いをおびた観念群」を受け入れたくなくて、できれば意識下に抑圧して拒否したいからこそ、「私」は太った子の悲しい表情に気付かない、いや、気付きたくないのである。しかし、無視しようとすればするほど、意識の上に出てくるものである。だから「私」は少女のことを「太った子」とか「芋虫娘」とか「脂肪の塊」と残酷なまでに表現するのである。「影なる分身は、私たち自身の劣等性や受け入れがたい衝動、あるいは私たちの中の恥ずべき行動や願望である」(28)と言われるが、その点において、正に太った子は劣等性を感じている「私」の分身である。

一方、ミリアムは対照的である。「やせて華奢」で「飾らない独特の気品」があり、「繊細で音楽でも奏でそうな指」を持つお洒落な少女である。「容姿は十人並みで目立たない」ミラー夫人と対照的である。性格的にも対照的である。平凡で、几帳面で内向的なミラー夫人に対して、ミリアムは自由闊達で自分の意のままに行動する。この美しく自由奔放なミリアムは、ミラー夫人にとって「かくありたい」分身と言える。

さて、これも一種の劣等感の現れである。「劣等感は他人よりも自分が劣っているという感情であるが、他人との比較ではなく、自分自身と比較して悩む場合もある。自分の現状と理想、規範との間に悩みを生ずるのである。自分の現在と過去の然るべき自分とを比較して悩むのである。あるいは将来ありたい自分と現在の自分とのギャップに悩む。それは不全感、無力感、不安感といったものである。こういう自分自身との格闘も発生的に見れば、自分と他人との社会関係が先行して、それが内在化して自己が自己に対する関係になったのであろう。だから、広い意味でいえばそれも自分が他人より劣っているという感情であるといえるであろう」(29)。

このような「かくありたい」思いは、太った子が姉に抱いていた感情でもある。姉はスマートで、勇敢で、スケートも歌も上手である。この姉への強い憧れは、文中の次の個所からも理解できる。「これが姉にちがいないと私は思った。踊りの上手い女の子、雷雨に歌う女の子、私の心にピッタリかなった子。そして、私をここまでいざなってきたものは、この優美な生き物に会いたいという願望にほかならなかったことが、私にはすぐわかった」

ありたい自分と現在の自分のギャップに悩むのも一種の劣等感だとすれば、それらの劣等感からの解放は、先ず劣等性を容認することから始まる。「優美な生き物に会いたい」のは、会うことによって劣等感からの解放を期待しているのではないだろうか。

一見、分身の型が異なっているかのように見えるが、劣等感の側面という点では変わりがないのではなかろうか。

② 文体における一人称視点及び三人称視点

小説の手法に関して『ミリアム』は三人称視点で書かれているのに対して、『太った子』は一人称視点で書かれている。先ず、三人称視点の文学における働きについて考えてみたい。三人称視点は、客観的事実を伝えたり状況説明をするのに適している。日常生活の中では、時や場所、人物について既にお互いに理解している状況の中で情報伝達が行われるのが普通であるから、状況説明をする必要のないことが多い。しかるに、文学においては登場人物およびその行動を読者に理解してもらうために、状況説明を作品の中で与えなければならない。特に「短編小説ではこうした類の情報を冒頭で与えるのが普通である」[30]。『ミリアム』においても、冒頭においてミラー夫人に関する客観的事実の概略が、歯切れよく伝えられている。普通に観察できる出来事を描く場合においては三人称視点が優位である。

『ミリアム』の中に次のような描写がある。

突然、目を閉じると、彼女は深い緑の底から上がって来るダイバーのように上へと向かっていく力を感じた。（略）ミリアムという名前の女の子に本当は会ったことがないとしたら？

カポーティはミラー夫人の内面をこのように描いているのだが、これは本来は観察できないものである。だから「普通は、報告話法を使わないかぎり、第三者について叙述できない。心の神経組織の中で生じることを直接的に描こうとすれば一人称で書く以外にない」[31]。ただし、三人称の視点の場合でも、話者がある人物に寄り添っている時には、一人称の視点の表現と似たようなものになってくる。つまり一人称と三人称の中間的表現になる『ミリアム』は、人間の内面世界を題材としているから、上記のミラー夫人の心の中の描写のように、三人称視点といえども一人称視点が入り混じった文体が随所に見られる。

一方、『太った子』は一人称の視点で書かれている。「一人称視点は『私』なる人物が登場して、『私』の視点から世界やそこに生きる人物たちをとらえる。『私』自身の経験を語るものと『私』は話者として自分自身についてではなく他者について語る場合とがある」[32]。『太った子』の場合は、作者自身の経験を語っていることを、カシュニッツの興味深い発言から知ることができる。現代ドイツ文学をになっている作家の一人であるホースト・ビネックのインタビューに答えて、「自分の短編小説の中で『太った子』が一番強力な作品だと思っている。一番大胆で、一番残酷ですから。あれほど残酷でありえたのは、残酷の対象者が私自身であるからです」と、太った子が作者自身であることを明らかにした上で、一人称の視点で書いたことについて「本当の私小説の中では、それが架空のものでも、一番とらわれずに書けるからです。彼や彼女という三人称の形式よりも自分自身をより強く定義づけることができるからです」[33]と述べている。「私小説というのは作家の『私』をマナ板にのせて、人間とは何かを追求していく文芸の在り方」[34]である。カシュニッツは自分を題材としながら、人間を追求したのであるが、「私」と作者が同一人物であると言っても、小説における「私」は日記や手紙の私とは性質を異にするのは当然である。「文学的書きものにおける『私』は個人の私的な思考、想像、知覚などに関わっているが、それらはいわば隠れ場所から引き出されて客観視される。内なる自己を客観視する行為は、この内なる自己を切り離して三人称的存在のように見ることから成り立っている」(35)。作者が言うように、残酷なまでに自己の内面を客観視することによって『太った子』は小説として成り立っているのである。つまり、小説における「私」は、一人称であるが三人称的色彩が加味された一人称なのである。通常の一人称と三人称が混じりあった独特の意味を持つのである。

このように両小説を見てみると、『ミリアム』の三人称の視点の中には一人称の視点が入っており『太った子』の一人称の視点には三人称の視点が入っていることが分かった。作者は、小説のテーマを表象化するにあたり必ず作者の意図にふさわしい視点を設定するのであるから、それを無視するわけにはいかない。『ミリアム』の三人称、『太った子』の一人称にはそれぞれ必然性があるものと思われる。『太った子』の「私」は、太った子が自分の分身であることに気付いている上に、この「私」は作者自身であるから、一人称の視点で内なる目から描くのが最も小説のテーマを表現化しやすかったのであろう。『ミリアム』の場合は、ミラー夫人と作者は重なりあわないし、物語の上でも、ミラー夫人は最後までミリアムを自分の分身として認識していないから、一人称を使う必然性が無かったのである。むしろ三人称を使うことによって、人物を外からとらえたり、ある人物の視点により添って、〈内の目〉と〈外の目〉を自在に使い分けてテーマの構築を重層化したと思われる。

③〝雪〟に象徴される『ミリアム』と〝水〟に象徴される『太った子』

ミラー夫人が初めてミリアムに出会ったとき、まだ舗道に積もるほどではないが粉雪がシンシンと降り続いていた。このような最初の出会いから、ミリアムの出現には必ず雪がからんでいる。積もるほどではない状態でのミリアムとの出会いは、現在のミラー夫人の自己の存在がまだ覆われているわけではないが、やがて覆われて見えなくなることを暗示している。その後、一週間降り続いた雪で街全体が死の静寂に包まれてしまったときにミリアムの訪問を受けるのであるが、これは、ミリアムがミラー夫人の内なる自分と関わることによって現在のミラー夫人の全てが見えなくなってしまい、いわば精神的に死の状態を迎えることを意味する。このように、さんざん、ミリアムに翻弄された翌日、雪解けの朝を迎えるが、これは現在の自己が粉々にされた結果、かたくなな自己が溶けて自己変革が起こってきたことを表している。雪は「死」を象徴しているが同時に、「生命、再生、新生、過去を保持しかつよみがえらせる」をも象徴しているように、死を迎え、死を超えることによって再生が可能になるのである。

ミリアムが雪に象徴されているのに対して、太った子は水に象徴されている。いつ生まれたのかを尋ねられて、彼女は「水瓶座」と答えるが、ここで早くも水との深い関連が暗示される。彼女の眼は水のように澄んでおり、彼女が食べるときに立てるピチャピチャという音は、森の中の暗い池の中の音に似ている。心理学的に言えば無意識のシンボルである水は「混沌たる状態に自ら戻ること、精神的再生と新生」[36]などを象徴している。この小説において、水に象徴される太った子は混沌たる無意識の世界を表しており、無意識の世界を内的に鑑照することによって、精神的な再生に達することを語ろうとしている。

そのことが一層、詳しく映像的に語られているのが湖でのできごとである。湖は大量の水によって形成されているから、その象徴するところも水のそれとほとんど同じである。即ち、「神秘的なもの、無意識、復活」[37]を表しており、このような象徴性をもつ湖でのできごとは、小説『太った子』のクライマックスである。非常に神秘的で暗示に富んだこのできごとを、ユングの「十歳の少女の水に沈んでゆく夢」及び「七歳の少年が見た水の中で死んでいる少女の夢」[38]についての夢解釈を参考にしながら、解釈してみることにする。

一般に、湖のこちらの岸は、今やすでに過ぎ去った幼年期を表しており、向こう岸には、青年期がある。両岸に橋が架っていればその橋は、幼年期から青年期への移行期である思春期を意味するが、この湖にあるのは橋ではなく船着場である。船着場は向こう岸まで続いておらず、途中で切れて水と境を接している。水はよく知られているように無意識の象徴の代表的なものであるから、船着場は、意識と無意識の境界にあって、思春期へと移行できずに無意識の大波にのみこまれ、水の中、すなわち、無意識の世界に沈み込む場所だと言えよう。そうだとすれば、この光景は幼年期から青年期へと移行する思春期の途中で、太った子が無意識の世界に沈み込むことを表していると解釈してよいだろう。

さて、太った子はその船着場の少し先で氷の張った湖の表面をスケートですべっていて水の中に落ちる。水は既に述べたように、無意識の世界を表すが、属性として水は洪水でイメージできるように破壊性を持っている。この破壊性は無意識の世界の危険を表し、人間はそこに沈み溺れ、精神的な暗闇や不安な状態に陥る。このような破壊性と同時に、もう一つの属性として、水は治癒力と救済力、透明な精神性も持っている。キリスト教の洗礼式に水が用いられるように、水の持つ浄化作用、治癒力、救済力によって水に沈む者は新しい生命の中に浮上することができる。水の中から必死にはいあがろうとしている太った子を「私」はじっと見ているが、「水を覗き見る」ことは「（内的）観照」を表す。つまり、影なる自分をみつめることは自分自身をみつめることに他ならないということになる。自分の中に他者を体験し、他者は私を私として体験する。内と外、あれやこれやと分かちがたく、あらゆる生命が浮かび漂うところ、それが水の世界であり、水の世界を覗くことは、生命の世界を覗くことである。

『太った子』のクライマックスは、無意識の世界が生命に深く関わっていることや、その有り様を象徴的に描いているのである。太った子が落ちたとき水は、しばらくの間、破壊性しか見せないが、やがて治癒力と救済力に変容したことは明らかである。首まで水に沈み、窮地の事態に陥るという深い体験によって、分裂が克服されたのである。深い部分を傷つけられることによって、言い替えれば、深く傷つく自己の痛みに浸されることによって、自己の一貫性と同一性がはかられるのである。

四　おわりに

両小説を比較した結果、筋書きはまったく異なるが、物語の重要な構成要素である主人公の描写や、背景となる季節の設定など数多くの共通点が見られた。これらの共通点から見えてくることを順番に挙げていく。（傍線は共通点を表す）

1．少女を主人公にすることによって、少女のもつ特質から無意識の世界や無意識によって投影される影なる分身の描写が確かなものとなっている。2．小説の中の二人の主人公の年齢を思春期前期と更年期に設定したのは、この時期は女性としての移行期で精神的に不安定になりやすく、無意識の世界が顕現しやすい時期だからであろう。3．無意識の世界が顕現しやすいという点では、少女たちが部屋に入ってくる最初の訪問日を、週末あるいは週末に近い日に設定したことも頷ける。無意識の世界に潜む影なる分身を内なる心の部屋に登場させる週末は、非日常性が強まり、意識が無意識を意識するときであると、意味づけることができるからである。4．意識が無意識を意識するとき、無意識にむかってその正体を問いかける。無意識の正体を意識し始めることから、この物語は始まるのであるから、いずれの小説においても、少女に対する名前の問いかけは重要な意味をもっている。5．少女は、人を不安がらせ、苛立たせ、人に嫌悪感さえ抱かせ、追いだしたくなる存在として描かれているが、子どもらしくない大人っぽい口のききかたも含めて、これらの人物描写は影なる分身の特徴を描きだしている。6．少女の接近によるミラー夫人と「私」の心理状態は、まさに無意識の世界にあった影なる分身を意識化し、認識していく過程を描いていると言える。7．影なる分身を意識し、認識することは容易なことではなく、新しい意識世界に入るための脱皮を必要とする。そのような状態の中で、人は口唇期への退行現象を起こし、動物のように本能に突き動かされて乳しゃぶり的な食べ方で、生命を育むパンを体内に摂取するのである。8．そのように、本能的で受け入れがたい存在の少女であるが、どちらの少女も白いドレスを身にまとっている。白衣の女性は、人を解放する役割の担い手、あるいは、自力による霊的覚醒の意味を象徴しているから、死からの再生に導くのは他ならぬ影なる分身である少女だということになろうか。9．物語の季節は冬であるが、冬は生命にとって非常に重みのある季節であるから、この季節にミリアムや太った子が登場することは、彼女たちが生命の根源に関わる存在であることを表しているのであろう。以上みてきたように、これらの共通点は、「影なる分身を描きだすための手法」であり、その分身が人間の生命の根源にどう関わるかという両小説のテーマの共通性にまで及ぶものであると言えよう。

次に両小説の相違点を比較した結果を簡潔に述べながら、作品のテーマへと論を進めることにしたい。先ず、ミリアムは雪によって象徴され、太った子は水によって象徴されている。一見、別のもののようであるが、象徴の意味するところは、雪も水も「再生、復活」であって共通している。雪は溶ければ水となるから水の一形態として、水の属性を有していると考えることができる。水に象徴される無意識の世界との関わりの中で、再生や復活が可能となることを象徴的に読み取ることができる。次に、一人称視点と三人称視点の違いが挙げられる。人間の内面世界を題材とする場合、登場人物に寄り添えるのは一人称の視点である上に、『太った子』の『私』は作者自身であるから、一人称の視点で〈内なる目〉から描くのが最も小説のテーマを表現化しやすかったのであろう。それと同時に、作者の体験に基づくとは言え小説化するには自己を客観視しなければならず、当然、三人称的視点も加味されており、通常の一人称と三人称が混在したものとなっている。『ミリアム』においては、三人称視点で書かれているとは言え、一人称視点が随所に見られるのは、やはり、人間の内面の世界をテーマとしているからであろう。

さて、共通点で考察したように、ミリアムも太った子もミラー夫人や「私」との関わり方に分身としての特徴が如実に見られるが、『ミリアム』においては、それは最終的には暗示に留められているのに対して、『太った子』においては、最後の部分で太った子が少女時代の「私」であったことが明示されている。「私」の分身である太った子は、文字通り太っていて不器用なのに比べて、ミリアムは美しくスマートで自由闊達である。まったく分身の型が違うが、太った子は劣等感の具現化そのものと言ってもよい存在であるのに対して、ミリアムは、「かくありたい自分」の具現化と言えるのではないだろうか。ありたい自分と現実の自分との狭間で悩むのも一種の劣等感だとすれば、とらえる側面の違いに過ぎない。劣等感は、心のしこりとして意識下に抑圧されているが、それらの劣等感からの解放は、それを認識し受け入れることから始まるのである。

分身としてのミリアムが最後まで暗示にとどめられていたように、最後にいたるまでミリアムの実在性は確かではない。最後の場面も、ミリアムが本当にやってきたのかもしれないし、ミラー夫人の幻聴・幻想かもしれない。一方、『太った子』における森の湖での出来事は、完全に「私」の幻想として描かれている。暗示と明示の違いはあるが、両小説とも幻想世界に価値を見出し、幻想文学としての世界を見事に構築している。幻想は、目に見えるもの、手に触れることができるものによっては発見できない自己を発見する方法であり、日常は意識されないものの存在を映しだし、人間の内面の有り様を認識する方法である。

再生について『太った子』では、長い闘いの末に水の中から、這い上がってくる場面ではっきり明示されている。既に述べたように、この物語はカシュニッツ自身の体験に基づくものであり、「この物語の執筆において自分の影と徹底的に対決したのだと言えよう。この物語を書きながらそこに描かれているようなことを心の中で実際に経験したのだと考えてよいだろう」(39)。太った子が、水の中で象徴的に死に、再生する様子をみながら、「私」は「――要するに私はあの子を認知したのである――」註(5)と語っている。つまり、再生は分身を認知することによって実現したのである。分身によって再生は可能となったのである。カシュニッツは、人生の後半期にそのような体験をしており、その体験を太った子によって表現したのである。作者は、物語の中で太った子に「私」の分身である作者の少女期を演じさせると同時に、更年期にある現在の作者の中で起こった再生の体験を象徴的に演じさせている。ミラー夫人もカシュニッツと同じような年齢にあり、ミリアムを認知することによって再生が可能となると言える。従って、ミラー夫人がミリアムを自分の分身として認知するまで、ミリアムは出現しなければならないのである。

註

(1)周知のことではあるが、マリー・ルイーゼ・カシュニッツ（Marie Luise Kaschnitz）について、ごく簡単に紹介する。１９０１年、南ドイツの男爵家に生まれる。姉2人、弟1人の4人きょうだいであるが、特に才能豊かな次姉Lonjaへのコンプレックスが強かったと言われる。１９２５年に結婚し、一女をもうける。第二次世界大戦直後から本格的な作家活動に入り、詩、短編小説、エッセイ、ラジオドラマなどを次々と発表し、１９５５年のゲオルグ・ビューヒナー賞をはじめとして、数多くの文学賞を受賞した。戦後ドイツを代表する詩人・作家の一人に数えられている。

(2)『太った子』は、１９５２年の作品で、多くの批評家の絶賛を受けた。優れた短編小説作家と呼ばれるカシュニッツの作品の中でも、特に代表的傑作と評価され、最も多く各種のアンソロジーに収められている。日本語訳は下記の中に収録されている。

富田武正訳『ふとった子』（『戦争が終ったとき：戦後ドイツ短篇十五人集』桂書房、１９６８）

田畑和子訳『太った子』（『怪鳥ロック』栄光出版社、１９７４）

西川賢一訳「でぶ」（『六月半ばの真昼時：カシュニッツ短篇集』めるくまーる、１９９４）

本論文におけるそれぞれの引用個所については、これらの訳を参照した。題名Das dicke Kindは、それぞれ「ふとった子」「太った子」「でぶ」と訳されているが、ここでは『太った子』という題名にした。原文については、次のものに拠った。
Kaschnitz, Marie Luise: Gesammelte Werke in seiben Banden, Bd. 4: Die Erza : hlungen. Frankfurt, a.M.: Insel Verlag, 1983

『太った子』の物語の梗概は下記の通りである。

太った子が、スケート靴をぶらさげて、近所の子どもたちのために貸本屋をしている「私」のところにやってきたのは、1月の終わり頃であった。本の貸出し日ではない金曜日か土曜日のことで、全く予期しないときに突然、「私」の前に現れたのである。その太った子とは、その時が初対面のはずであり、最初は無視しようとするが、太った子の方はなぜか自分のことはわかってもらっているはずだとのそぶりを見せる。そのくせ「私」の問いかけに対して無言もしくは必要最小限度の応答しかしない。丸く太った容姿、芋虫のような食べ方をする太った子に「私」は驚きを覚え、不快感や嫌悪感、そしてわけのわからない恐怖感などを感じて追い出したい気分になる。

同時に、一方では、名状し難い親密感を抱き、その子がスケートに行くうしろを追いかける。森の中にある湖の氷の上では太った子の姉が優雅に滑っている。この姉はなんでも見事にこなすが、自分は正反対だと太った子は言う。現に、スケートも下手で氷を破って冷たい水中に落ちてしまう。溺れて水中で闘っている太った子を冷静に見ていた「私」が救助の手を差し伸べようとした時、自力で水中からはいあがる太った子を見て、助けはもう必要ないことを悟る。

帰途、隣人に森の中のことを話すが、そんなものはないとの返事がかえってくる。家に着いて雑然とした机の上に自分の幼い時の写真を見出す。写真の少女は、あの太った子にそっくりであった。

(3)「私」であるカシュニッツ（1901年生まれ）が『太った子』（1952）を書いたのは51歳の時である。

(4)富田武正と田畑和子は「写真」、西川賢一は「絵」と訳している。ちなみに小説に使われている原語（ドイツ語）Bildchen の意味は、1．絵、2．写真、3．比喩、象徴、4．（映った）姿、5．光景、6．（心に描く）像、イメージ等の意味がある。本稿では、「写真」と訳した。写真の方が「私」が太った子と同一人物であることが明確になると同時に、読者に現実感をより強く感じさせるからである。

(5)原文のドイツ語 ich hatte es erkannt を、田畑和子訳や富田武正訳では、原文に忠実に「知っていた」「前からわかっていた」としているが、西川賢一訳では「要するに私はあの子を認知していたのである」と意訳している。

冬の物語　――季節名から心の深層へ

『ミリアム』も『太った子』も冬に現れている。季節は冬でなければならなかったのである。古い時代において広くインド・ヨーロッパ民族にとって、冬は大きな意味を持っていた。牧畜中心の生活であった十四世紀以前においては、一年は「冬」と「冬でない時期」

に分けられていた。冬は牧獣にとって生命の存在を脅かす危険な季節であった。

動物だけでなく人間にとっても冬と生死は深い関係があった。物語を冬に設定していることは、二つの物語共にテーマが、人間の生の根源に関わるものであったからである。

三章　『夜の樹』におけるラザロの死の意味

一　はじめに

トルーマン・カポーティは、処女作に『夜の樹』[註(1)]と題名をつけた。二十世紀のゴシック小説の旗手として、次々に珠玉の「夜の物語」[註(2)]を発表することを予告するかのような題名である。この作品に加えて『ミリアム』『無頭の鷹』『最後の扉を閉めて』『マスターミザリー』[註(3)]の合計五つの作品[註(4)]が「夜の物語」と呼ばれている。これらの「夜の物語」においてダーク性を構成する基本的要素は共通しているが、表現方法はさまざまである。たとえば基本的要素の一つに「死」があるが、『ミリアム』は、雪や服装その他「白」によって死が描き出されており、『無頭の鷹』では誰もが海に浮遊するかのような揺らめきの中で、「溺死」がイメージされる等、死に関する表現の個性化がなされている。

カポーティの作品の中でゴシック小説の流れを汲む「夜の物語」を論ずるためには、そのダーク性を構成する要素を拾いだし、分析と考察を加える必要がある。処女作には、その作家の全てが含まれると、よく言われるが、この言葉は、カポーティの作風の基礎となり、その後の彼の作品に大きな影響を及ぼした処女作『夜の樹』にも当てはまる。

この作品は、題名からも推察されるように、物語のダーク性を構成する要素の中核は「夜」のイメージである。夜は闇を伴い、その闇の暗さを基調として、闇が与える恐怖や不安が主人公の心の中に強まっていく。筋書きは、冬の夕暮れ、叔父の葬式を終えて、うら寂しい駅から汽車に乗り込んだ女子大生ケイが、車内のボックス席で向かい合って座ったグロテスクな男女との関わりと、その男によって連想された子どもの頃の恐怖の記憶があいまって物語は展開していく。題名の『夜の樹』は、この子どものころに親から聞かされた恐怖の話に由来する。夜の樹にはお化けや魔法使いが住んでいて、子どもをさらって、生きたまま食べるという話である。そこで、この作品のテーマを、夜の樹が与える幼児期の恐怖と不安が十九歳の主人公に再現したと解釈する研究者が多いが[註(5)]、主人公の年齢を幼児期ではなく思春期に設定したのには、それなりの理由があると思われる。思春期を迎えたケイの不安と恐怖の正体について、言語の象徴性を分析することによって解読すると共に、不安と恐怖の末に辿る主人公の結末についても考察することにする。

『夜の樹』において、夜は眠りのイメージとも結びつき、眠りは日常の眠りと同時に永遠の眠りである死を表している。冒頭から死のトーンが流れており、それは最後の場面でクライマックスを迎える。カポーティは、文体にこだわる作家であるが、とりわけ最後の部分には工夫をこらす。最後の場面は非常に象徴的で理解が難解であるが、主人公がグロテスクな男女の犠牲になって死を迎えるとの解釈が通説である註(6)。通説のように、主人公は「蘇りの無い死」を迎えるのだろうか。

二 「夜の物語」としての『夜の樹』のダーク性

(一) 「夜の物語」におけるダーク性の構成要素

カポーティの作品の中でも特にニュー・ゴシックの要素が色濃く入っている作品を、「夜の物語」として「昼の物語」から分類したポール・レヴィーン以来、イーハブ・ハッサン(1)も「夜のスタイル」と「昼のスタイル」に分けるなど、カポーティの初期の作品は「昼」と「夜」の二つの世界に分類されることが多い。「夜の物語」は、「暗い物語」(2)或いは「闇の世界」(3)と呼ばれている。これらの「夜」「暗い」「闇」と、各々、表現されているものの中から共通点を抽出したものを、ダーク性と名付けることとする。

さて、そのダーク性を構成する要素は何であろうか。それを探るために作者の作風の系譜から見てみよう。元田脩一は、トルーマン・カポーティをニュー・ゴシックの系譜に位置づけ「ニュー・ゴシックとは、ゴシック・ロマンスの要素を寓話的象徴として用いることにより、あるいは、それを主人公の象徴ないし心理の客観的相関物に変質させることによって、抽象的観念の具象化や、こころの深奥に潜む心的内容の表明に成功した作品であって、ホーソンとポーがこの系譜の創始者であり、――（略）――カポーティ等がその推進者である」[4]と述べている。そして、ゴシック・ロマンスの要素として、「怪奇、恐怖、神秘、幻想、不気味、暗欝、幽隠」[5]を挙げている。ヘレン・ガーソンも、ゴシック・ロマンスの特質を形成する要素として恐怖、死、不安などを挙げている[6]。このような要素を持つゴシック・ロマンスと同じような要素を持つことを特質としながらも、ニュー・ゴシックは、単なる怪奇や恐怖の物語ではなく、心理的象徴の物語へと質を変化させている点が特徴である。八木敏雄も、ゴシック・ロマンスとの質的な差違を「肉体的恐怖・社会的恐怖より心理的・宗教的恐怖にある」[7]と定義づけている。

以上のようなニュー・ゴシックの流れを汲むとされる一連の「夜の物語」のダーク性を構成する要素は何であろうか。『夜の樹』を論ずるに先立ち、カポーティの研究者たちが挙げるこの小説の基本となる構成要素を列挙することにする。まず、ポール・レヴィーン[8]は夢、恐怖、孤立、死、挫折、アイデンティティの探求、内なる世界などを、イーハブ・ハッサン[9]は、孤独、孤立、アイデンティティの喪失、奇妙なものの被害者を、ケニス・リード[10]は、孤立、挫折、犠牲者、死、不安、グロテスクを、稲沢秀夫[11]は、夢、エゴ、恐怖、孤立を、ウィリアム・ナンス[12]は、不安、孤立、内なる世界、捉えられること、愛と自由の不在、不安、挫折、犠牲などを、岩元巌[13]は孤立と挫折を挙げている。

以上の分析を参考にしながら、「夜の物語」としての『夜の樹』においてダーク性を醸し出す上で不可欠と思われる構成要素を分析してみることにする。

(二) 『夜の樹』におけるダーク性の構成要素

作品のダーク性を構成していると思われる主な五つの要素――「死」、「陰気で不気味な雰囲気」、「恐怖と不安」、「餌食」、「孤立」――を順に挙げ、それらがどのようにダーク性を構築しているかを見ていくことにする。

1 死

この作品には、最初から最後まで死のトーンが流れている。「それは冬のことだった」の出だしで始まる『夜の樹』の物語は、主人公であるケイの「頭のうえに、経かたびらのようにレインコートを被せて」幕を下ろすのであるが、その間、作者は幾重にも死のイメージを塗り重ねていく。具体的に物語の最初から、その技巧を追ってみよう。

最初の場面はうらさびれた駅であるが、そのプラットフォームにある「裸電球の列」を形容する「暖かさなどもうとうになくなったような」という表現は、人間の体力や寿命が尽き、正に、暖かさがなくなって冷たくなった死者の列をイメージさせる。叔父の「葬式」の帰途であるケイが、寒々としたプラットフォームから乗り込んだ汽車の車両は、「過去の遺物のように古ぼけて」生気がなく「棺」のようであった。走りだした汽車の窓からは「氷のような冬の月」が見える。そして氷のイメージは、物語の冒頭部分で出てくる「氷柱」を始めとして、随所に効果的に使われている。カポーティは作品ごとに、「白い死」、「緑の死」、「溺死」など、死のイメージを構築しているが、この作品でそれにあたるものは凍りつく「凍死」であろう。

さて、お葬式帰りのケイが車内の同じボックスに座り合わせたのは、ジプシー（ロマ民族）のようにショウをやって旅している奇妙な男女である。そのショウは、男を生き埋めにする一種の葬式ショウである。カポーティは、この男女に名前をつけていないが、一般に文学において、登場人物が死と関係があるとき名前をつけないことがよくある。この二人を最後まで「女」と「男」で通すことによって、彼らは感情の無い人間味に欠ける存在であることを、伝えたかったのかもしれない。その上、見逃してはならないのは、この男が、生き埋めの葬式ショウでは、ラザロと名付けられている点である。ラザロは聖書の中では、マリアとマルタの兄弟で、イエス・キリストによって死者の中から四日後によみがえった人物として記されている。イスラエルでは、ありふれた名前ではあるが、死と再生を連想する宗教的意味合いの強い名前でもある。男をラザロと名付けて生き埋めにする話を女から聞きながら男を見つめていたケイは、「棺桶の中の叔父の白い顔」と目の前の男の顔が似ていることに気付く。「男の顔にも防腐処置をほどこされた死体の、ぞっとするような、なぞめいた静けさと同じものがうかがえた」からである。先にも述べたように、この男は死のイメージを強く感じさせる。口の利けないこのグロテスクな男に見つめられ頰をなでられたケイは、いたたまれなくなって展望デッキに出る。その時の空の色は、「硬直した青色」であった。ちなみにここで空の色に使われている言葉「硬直」は、死体の硬直を表現する時にも使われる。硬直した空で瞬いている星は光が薄れており、その言葉も又、生命力の萎えた、いわゆる「影が薄い、生命力が萎えた」人間の状態を連想させる。

ケイを追って車両から出てきた男の足音は、車輪の響きに消されて聞こえなかったが、ケイ自身の「微妙な無の感覚」が、近づいてくる男の存在を感じ取る。ここで「無」と訳している原語のゼロは、物が凍る氷点を表す言葉でもある。ゼロの感覚すなわち氷点の凍りつく感覚になっているケイ（Kay）は、アンデルセン童話の『雪の女王』のカイ（Kai）を思い出させる。カイは雪の女王にさらわれ、氷の世界に閉じ込められ、ゲルダが助けにいくまで、長い間、凍死の状態が続いていた。登場人物の名前を意味づけることでは定評のあるカポーティのことだから、「凍死」をイメージさせる主人公の名前として「雪の女王」から主人公の名前を取ったと解しても何ら不思議はない。イメージだけでなく、表現上もよく似た個所が見られる。たとえば、「雪の女王（彼女）は、うなずいて、手招きをして窓の方を向いた」[14]との表現と似ているのが、展望デッキで佇むケイに「男は、うなずいて、手招きをしてドアの方を指した」という個所である。少年カイが雪の女王の手招きに従って、気がついてみると氷に閉ざされた世界に連れて来られていたように、ケイも男の手招きによって催眠術にかかったように車内に戻るのである。閉ざされた世界で凍てつくイメージを与えたくて、カポーティは『夜の樹』の主人公にKayと名付け、『雪の女王』でのカイと意図的にオーバーラップさせたのだろう。

さて、展望デッキの強烈な寒さの中で、凍てついて麻痺状態のケイが男に促されて車内に戻ると、「車内は眠っている人間ばかりで静かだった」。ここで使われている眠りを表す言葉は、身体や心が寒さやショックで麻痺するときに使う言葉であるから、車内の人々の眠りは暖かいまどろみとは正反対の、麻痺して無感覚になり、もう何も感じ取ることができない死んだ状態を連想させる眠りである。それだからケイは「車内の人間が、本当は眠っていないのだったらどうしよう？」、死んでいるのではないかと気が遠くなりそうな思いにかられるのだった。ひとけの無い駅を出発した汽車の車両は棺にも似ていた。「ゆるやかな列車の揺れと、かさかさ音を立てている捨てられた新聞紙の他に動くものはなにもなかった」。そんな中で、なぜか「女だけが眠らずに目を大きく開いて起きていた。彼女はひどく興奮しているのがわかった」。なぜ興奮しているのだろう。逃げ出したケイを男が連れ戻してきたからか。それとも人々を身動き一つしないいほどに眠らせてしまったからか。いずれにしても、自分の思い通りに事が運んでいることで興奮しているように思われる。そして、相変わらずケイから「一瞬も目を離さない男」のまなざしの中で、彼女自身も死を連想させる眠りに入っていくことを暗示して物語は終わるのである。

2　陰気で不気味な雰囲気

荒涼とした駅舎の軒からぶらさがっている氷柱を「水晶の怪物のおそろしい歯」に例える冒頭部分から、作者は陰気で不気味な雰囲気の中に読者を投げ込む。駅のプラットフォームは「寒々として吹きさらしで」、「荒れ果てて」いる。続く車内の様子を、「陰気で死んだように淀んだ煙草の煙」と表現しているように文字どおりの「陰気」に加えて「あちこちで破れて朽ちたインテリア」や「悪臭」、「しわくちゃの新聞紙などのごみが散らばった床」や「その床にぽたぽた落ちる水飲み器の水」などによって表現している。さらに汽車の発車の描写では、噴き出す蒸気を幽霊に例えている。

このような陰気で不気味な雰囲気の描写は、ケイが子どもの時に聞かされた『夜の樹』の話の怖さの基調となっているし、物語の冒頭で比喩的に使われる怪物や幽霊は、夜の樹に住んでいると言われる「おばけ」、「悪魔」「生きたまま食べてしまう魔法使いの男」への恐怖に連なる伏線となっている。

3　恐怖と不安

ケイの心理的内面に焦点を当てれば、この作品は恐怖と不安の物語であると言うことができる。一般に、トルーマン・カポーティの初期の短編小説は、どれも恐怖と不安の色彩が濃いが、その恐怖の対象や不安を喚起するものは作品によって異なる。ケイの恐怖と不安の心の軌跡をたどりながら、この作品の特徴を探ってみることにする。

まず、ケイの恐怖の対象を探ってみよう。恐怖の前ぶれは不快感と嫌悪感という形でケイの心に芽生える。男が「何の予告もなく、ケイの頬をやさしくなでた」とき、「その動きが、繊細だが余りにも大胆だったので」ケイは驚き、不快感と嫌悪感を抱く。頬をなでたその男の雰囲気には、何かを思い出させるものがあったが、この段階ではまだそれが何であるかケイには分かっていなかった。本格的な恐怖に襲われるのは、男とペアの女に酒（ジン）を強要された時である。「女は恐ろしい笑みを浮かべ、ぞっとするほど顔を歪めて」「性悪だから一緒に飲みたくないのか」とすごんだ。ケイは恐ろしさに「声が震える」のだった。その震えは声だけにとどまらず、一口のジンで今度は「身体が震えるのであった」。

グロテスクで気味が悪い男女から逃れてデッキに出たケイは、不安と恐怖で「緊張が張り裂けそうな頂点に達し、……神経過敏になっている子どものように静かにすすり泣き始めた」。そして、「疲れ過ぎて本心を隠すことができない」状態になったとき、自分が男を怖がっていることに気付く。さらに、デッキに出てきた男の顔をじっと見ていたケイは、「自分が何を怖がっているのかが分かってきた」。実は、自分が本当に怖がっているのは男ではなくて、男によって喚起させられた子どものころの恐怖の記憶であることが分かってきたのである。子どものころ、恐怖の記憶は「夜の樹の上に広がった幽霊の出る枝のように彼女に上に覆いかぶさっていた」。本心を隠す理性的ゆとりが無くなるほどに疲れ、泣くことによって、心の表面を覆っていた角質が溶けたかのように、心の奥の本心にある怖いものの正体がはっきりしてきたのである。それは、子どもの時によく聞かされた夜の樹に住むお化けや悪魔であり、生きたまま食べてしまう魔法使いの男であった。「魔法使いの男」と目の前にいる「グロテスクな男」がオーバーラップしているのである。閉じられた世界の中でグロテスクなものと向き合うという空間の苛酷さを媒介として、ケイの現在の恐怖は過去の恐怖と関連付けられ連続性を持ち始めたのであった。

恐怖と表裏一体をなし、分かち難い形で主人公の心の中で大きくなっていくのが不安であった。ケイが、汽車の中の閉ざされた空間の中で、目の前にいるグロテスクな男女に抱く恐怖と、それによって想い起こさせられた幼児期に体験した恐怖とが二重に作用してケイを限りない不安へと駆り立てていく。

実は不安の要因は、グロテスクな男女に出会う前からケイの中にあった。いま十九歳で、まもなく二十歳になろうとする年齢は、人生への漠然とした不安を感じる時である。まして、叔父の葬式の帰りである。死への不安も含めて、来し方行末を思って不安になっていたのは想像に難くない。そんな精神状態の中で、目の前のグロテスクなものに巻き込まれて心の中の不安がふくらんで大きくなり、ささいなことにも抵抗できぬほど、精神的自由を束縛されてしまったのである。なお、執筆当時の作者の年齢と同じ年齢に設定しているのも、偶然ではないように思われる。

そもそも不安とは、どんな状態の時に湧いてくる感情であろうか。不安の定義として、宮城音弥は次の三つを挙げている。①明確でない危険ではあるが、危険がきそうだという感情 ②危険に対する警戒態度 ③危険に対する無力感と精神的平静さの喪失(15)の三つであるが、ケイの不安の軌跡は、正にこの順序をたどっている。「危険」とは、この場合、ケイの精神的生命力を脅かす存在としての「グロテスクな男女」であることはいうまでもない。「男に感じる耐えがたい不快感、強い嫌悪感」は不安感の変形であり、「男女」に対する警戒態度は、女が勧めるジンを断ろうとしたり、別の車両に逃れようとしたり、金銭を巻き上げられないように「バッグを脇の下にかくすように入れた」りする行動に表われており、「男女」に対してケイの不安が高まっていることが分かる。デッキに逃れたケイではあったが、男にみつめられて自分の意志を失い男のうながすままに車内へ戻っていく。車内で眠っている人々は死んだように静かで、ケイと関わりをもってくれる人は一人もおらず、ケイは耐えがたい孤立感のために「涙が目からあふれてくるのであった」。そして、今まで買うことを拒んでいた「愛のお守り」を、女から買うことを申し出るのであった。この心理状態は正に目の前の「男女」に対する無力感と精神的平静さの喪失の表われであり、ケイの不安感はここにいったって頂点に達していると言える。

4　餌食

以上、見てきたケイの恐怖と不安の軌跡は、言い方を変えればグロテスクで不気味な男女の餌食となる軌跡とも言える。

餌食になることから逃れるチャンスは三回あったのであるが、三回とも失敗し、しかも回を重ねる毎に自分の意志を失っていく度合いが強まっていく。一回目は、女がすすめるジンを断る時である。結局、事を荒立てたくなくていやいやながらひと口だけ飲むが、この時はまだ残りを捨ててしまうだけのうまく対処する意志と行動力を持っている。二回目は、口実を作って男女とは別の車両に移ろうとする時である。この時も結局、女に手首をつかまれ、嘘の口実も見破られて、別の車両に移ることは不可能となり、精神的に平静さを欠き、車掌に申し出るせっかくのチャンスも逸してしまう。この段階で既にかなり女に逆らえなくなっている主人公の様子が描写されている。三回目は、恋のお守りを買うことを断ろうとする時である。これも結局、女に脅かされ恐怖感と無力感から精神的平静さを失い、男女が望むとおり買うことを申し出るのである。

そして意識がもうろうとしていくなかで、バッグを取り上げられ、経かたびらのようにレインコートをかけられ、ケイは男女の餌食になっていくのである。

5　孤立

孤立とは、ただひとりで助けのない状態と言えるが、物語の最初から作者はケイの孤立を構築していく。汽車の最後部の車両に乗り込んだケイがみつけた空席は、「人に見られることも少ない」、「車両の端の、他の席から離れたボックス席」であった。その上、汽車の車両自体も日常生活から離れた閉ざされた空間である。小説『ミリアム』では雪に閉ざされた狭いアパートの一室が、孤立した主人公の舞台となっているように、カポーティは主人公の精神的な孤立を表すために、しばしば閉ざされた空間を設定する。『夜の樹』においては、古ぼけた車両の中の他の席から離れ、人に見られることも少ないボックス席をケイの精神的な孤立の舞台として用意した。

閉ざされた空間としての古ぼけた車両ではあっても、その中に人っ子一人居なかったわけではない。それどころか「空席は一つしかなかった」ほどに人で一杯だったのである。しかし、ケイとグロテスクな男女以外の人を全て眠らせることによって、集団の中にいるにもかかわらずケイの孤立感を成り立たせると同時に際立たせている。ケイは、不気味な男女から逃れたくて、助けを求めて「大声で車内の人間をすべて起こしてしまいたかった」。しかし、結局、ケイは助けを求めることができない。彼女は「かれらが本当は眠っているのではなくて、死んでいるのだとしたら？」という絶望感で一杯になり、「涙が彼女の目にあふれてきた」のである。死んだような人々ばかりの車両の中の孤立感は、人っ子一人居ない車両以上に、あるいは誰も居ないアパートの一室以上に寒々としたものがある。このように、車内の人々の眠りに死の影を漂わせることによって、カポーティは主人公の孤立感を壮絶なものにしている。

三　『夜の樹』の心理的象徴性

㈠　言葉の背後に潜む「恐怖と不安」の正体

夜の闇を舞台に、「死」のトーンの中で構築されていったのは、ケイの孤立感であり、得体の知れない目の前のグロテスクな男女によって、「不気味」なものの「餌食」となることへの「恐怖と不安」註(7)であった。作品の主人公が感じる恐怖と不安の感情は、確かに、作者の幼少期の体験と無関係ではないだろう。作品で作者の幼少期の恐怖と不安の再現だけを意図したのでないことは、主人公ケイの年齢を幼児童期に設定せずに、思春期に設定したことで明白である。彼女に次のように言わせている。「いま汽車はアラバマを走っている。あすはアトランタに着く。わたしはいま十九歳で、八月には二十歳になる」。この台詞は作者は思春期にあるケイの現在の恐怖と不安に焦点を当てていることが分かる。

ケイは、「自分の声を確かめるために、大きな声で」自分の年齢を言うのであるが、確かめたかったのは「自分の声」よりもむしろ「自分自身」だったのではないだろうか。声に出したのは、「いまはアラバマ、明日はアトランタ。いまは十九歳、八月には二十歳」という内容であり、現在と未来の自分の存在に関する確認がしたいのである。しかもケイが、この言葉を発するのは、走る汽車からである。これは動きゆく人生の移行期すなわち少女から大人の女への移行期である思春期の不安定さの中で自己が揺らいでいる証拠と見ることはできないだろうか。揺らいでいるから声に出して、自己を確認してみる必要があったのではないだろうか。「彼女は夜明けの兆しが見えないかと期待して夜の暗闇を眺めたが、どこまでも壁のように続く木々と、冷たく冴えわたる月が目に入るだけだった」との一文は、ケイの不安定な精神状態を象徴的に見事に表現している個所である。

暗闇から抜け出す夜明けの兆しの見えない中で、見えるものとして作者は木と月を用いている。この作品の中で月は三回出てくるが、いずれもよく似たイメージで用いられている。「氷のような冬の月」、「不吉な月の光」、「冷たく冴えわたる月」と形容されているように、希望に満ちた暖かい光とは程遠く、冷たく人を突き放すイメージである。木（樹）は、この作品の題名にも使われているようにカポーティの作品の中で、重要な役割を果たすことが多い。夜のとばりが明けるまでの隠れ場所として、あるいは、束縛から解放される場所として、あるいは、アイデンティティ探究や自己認識追究の場所として用いられている。このような場所としての樹に、他の作品の主人公たちは登ったり、身を隠したり、直接に樹と関わるのであるが、ケイは汽車の車窓から高くて壁のように厚い木々の存在を眺めるだけである。これは、アイデンティティへの確立の必要性がありながら、突き放された孤立感の中で、夜明けの兆しも見えずに、暗闇の中から抜け出せずにいることを物語っている。夜明けの兆しは、暗闇の恐怖から脱却することの兆しと言い替えることができよう。そこで、言葉の持つ象徴性を分析しながら、十九歳のケイにとっての「暗闇の恐怖」の正体を追ってみることにする註(8)。

物語の「時」については冒頭部分で、「冬の夕暮れ」と規定しているが、これらの言葉は冬も夕暮れも共に「退行」を表す。冬は「再生するためにいったん死ぬ、あるいは眠り」を意味しており、夕暮れは、「朝の再生に備えるために夜の混沌とした闇へ戻ることを表す」。退行のモチーフは「夕暮れ」から「怪物」に受け継がれていく。「怪物」という言葉には心理学的に「退行、人間の卑しい力がまさって、人間の優れた側面がこの犠牲となる」という意味があり、物語では既に怪物としての「男女」と、その犠牲になるケイが暗示されている。主人公ケイについては、心理描写以外にはあまり述べられていないが、色彩的には「グレイ」のイメージを付している。彼女はグレイのスーツに身をつつみ、グレイのハンドバッグを持っている。『ミリアム』のミラー夫人と同じようにケイも「禁欲的で本能を抑制する女」であることが推測できる。髪に関しても、ケイも「きちんと左右に分けて巻き上げており」しかも髪の色は茶色である。茶色は「つつましさ、自制、禁欲生活」を意味している。

さて、そんなケイが乗った汽車の車内は、禁欲とは対照的なものでいっぱいである。リンゴ（「禁断の実、女性性器」）、ミカン（「情欲」）、百合型の紙コップ（「男性のシンボル、官能の杯」）、びん（壜）（「子宮の象徴」）などが長い通路に散らばっているのである。そのような状況の車内の片隅で「グロテスクな男女」とケイは向き合うことになる。女は百合型の紙コップにジンを入れ、むりやりケイに飲ませようとするし、帽子の飾りの「さくらんぼ」を「せわしなくいじくりまわしていた」。さくらんぼに因《ちな》んだ英語表現「lose one's cherry」は「処女を捨てる」意味を表すように、「さくらんぼ」は「処女性」を表しているので、女のこの動作は彼女がケイの処女性に関わる伏線と解釈できる。一方、口のきけない男は、「何の予告もなくケイの頬をなでたり」「桃の種子を、なんともいいようのないいやらしい手つきで、握ったり、愛撫した」後で「歯のあいだに種子をくわえて噛んだ」。そしてその種子を「愛のお守り」と称してケイに買わせようとする。こんな「男女」との関わりから逃げて列車の最後尾の展望デッキにでたケイは、厳しい寒さの中でデッキの片隅にある「ランプ」に触れたい衝動にかられる。「男」が側に来ていることに気付かぬほどランプの光と熱に心を奪われる。これほどまでにケイが必要としているランプや、そこから発せられる光や熱には、どのような象徴的な意味があるのだろうか。まず、「ランプ」は「暗い悪魔からの保護、知性」を表し、「ひかり」は「闇や欲情の反対概念、真実と解脱」を、「熱」は、「(怪物の形をした)無意識界の闇を駆逐する力」を表しているとなれば、ケイは「男」から逃げたくてランプのそばに寄っていったと理解できる。しかし、ランプの光のとどかない暗闇は、彼女を守ってはくれなかった。結局、暗闇の住人である「男」にうながされてケイは車内へ戻っていく。

以上、言葉の象徴するところを分析した結果、ケイの恐怖や不安の正体は、「遠い昔、夜の木の枝のように彼女におおいかぶさっていた恐怖の記憶」とする説(16)よりも「性の淫猥さに対する恐怖」とする元田脩一(17)や「思い起こした幼少期の不安は、大人の不安、すなわちレイプの不安に結びついている」とするヘレン・ガーソン(18)に加担せざるをえない。子どものときに聞かされた怖い話「魔法使いの男がお前をさらっていって、生きたまま食べてしまうよ」という内容が、本能を抑制し禁欲的に思春期を迎えたケイにとっては、性への不安や恐怖となっている、目の前のグロテスクな男から、昔の恐怖がよみがえり思春期の恐怖へとつながっている。これが現在のケイの恐怖や不安の正体なのである。

(二)結末の示す象徴性について

作家は誰でもそうであるが、特にカポーティは作品の結末には推敲を重ねる作家であり、非常に暗示的、象徴的、黙示的な結末にすることが多い。この作品も筋書きは単純であるにもかかわらず、結末に寄せる作者の意図は、いろいろと解釈の分かれるところである。この結末の解釈には数々の説があるが大きく分けると、ケニス・リードや「タイム誌」のジェラルド・クラークたちの主張する「ケイ自身の自己発見・自己認識」との関連において解するもの、稲沢秀夫、ウィリアム・ナンス、元田脩一、ヘレン・ガーソンたちの主張する「死」との関連において解するもの、ポール・レヴィーンの主張する「皮肉っぽい寓話」と解するものに大別できるが、「死」との関連において解するものは、さらに「死」を永遠の死あるいは蘇ることのない死ととらえるものと、性とからめた「性と死」との関連において解するものとに分けられる。以下これらの説を逐一考察することとする。

まず、結末の解釈を「ケイ自身の自己発見・自己認識」との関連において解する説についてであるが、ケニス・リードは「理知的なヒロインが教養の無い女の犠牲になるアイロニーであり、ケイは自己発見、自己認識の時期を逸し、愛のお守りを買った時には時既に遅しであった」[19]とするが、この作品では自己認識や自己発見を中心的テーマとするには無理があるのではなかろうか。何故ならば、車窓から木々を眺めながら声に出して自分の居場所と年齢を確かめる場面はあるが、それ以外には自己認識や自己発見に関係する個所は見当たらないからである。ジェラルド・クラークは「理性的な女性が、隠れたる内なる自分に屈服した」[20]とするが、グロテスクな男女をケイの分身すなわち内なる自分とみなすには、やはり根拠が少な過ぎる。唯一考えられるのは、男がケイをみつめる場面が多いことであるが、それ以外には分身と判断する材料が見当たらない。元田脩一も「白痴と奇形女をケイの原始性が投射された他我・分身とみるわけにはいかない」[21]と述べている。

次に、「死」と関連させて解する説についてであるが、稲沢秀夫は、「最終場面でケイを男の言いなりにさせ、彼が持つ桃の種子の愛のお守りをケイに買わせる。そしてそのとき当然のことのように、ケイは死の衣を頭に被る。そこにあるのは人間の可能性を残さぬ、蘇りのありえない死の世界である」[22]と結末を解釈している。ウィリアム・ナンスも「彼女は、男からと同様、死からも逃れられない」[23]とし、元田脩一も「ケイは、埋葬劇の棺からあらわれたものによって、隠されていた本能むき出しのままの人間の原始性を突き付けられ、いつわりの死から蘇ったものによって、本ものの死の陰に蔽われたのである」[24]と、結末を死と解釈している。また、ヘレン・ガーソンは「言葉の上では、眠りを描いているが、イメージは性的暴行である。棺の中で花婿の衣装を身につけ、生き埋めにされた聾唖者の男は、もはや「愛のお守り」を売る必要はない。魔法使いの男はもはや外から窓を叩く必要はない。彼は、既に内に居て、花嫁を手にいれているのだから、最後の場面は性と死のイメージである」[25]と解釈している。元田脩一が表現した「本能むきだしのままの人間の原始性」は、ここではガーソンの言うところの「性」と言い替えることができよう。

死だけではなく性のイメージを強調する説については、先ず死については上述したことがあてはまり、性については、主人公の年齢からも導き出され得るイメージである。十九歳という年齢は思春期の只中にあり、性への関心が高まってくる時である。関心の高まりの結果は、適応していく場合と、不適応を起こして退行現象が顕われる場合とがあるが、ケイの場合は後者である。元田脩一やヘレン・ガーソンが性を対峙させながらケイの恐怖や不安の正体について論じている点においては、見解を同じくするが、彼らの解釈によっても死はあくまでも再生とは無関係の単なる死で終わっている。筆者は、後述するように、作品の結末の解釈については異なる見解に立つものである。

最後に、物語自体を「皮肉っぽい寓話」と主張するポール・レヴィーンの解釈について論及する。彼は「以前には拒絶していた安っぽいお守りをケイは、結局買わされることになる。カポーティの他の主人公たちと同じように、ケイも異常な力の思うままになっていく」と述べて、最後の場面を引用した後、「物語は、ラザロのけばけばしく皮肉っぽい寓話と読むことができるかもしれない」[註(9)]との見解をとっている。ラザロを単に生き埋めショウの主役の役割だけにとどめず、作品全体に関わる人物として位置づけようとした点は評価できるが、その根拠とするところ並びに理由が記されていないのは論文としては不完全であり、また、「ラザロのけばけばしく皮肉っぽい寓話」との捉え方はカポーティを余りにも浅薄に解するものであると言わざるを得ない。さらに、異常な力に屈するとする最後の場面の解釈には加担できない。そこで、ラザロを作品全体に関わる人物として位置づける筆者の説の根拠と理由を以下に述べながら、最後の場面について新たなる解釈を試みてみることにする。

　ラザロは、ショウを演ずるグロテスクな男の芸名として使われてはいても、物語の中で実在はしていない。しかし、物語のテーマと中心的に関わっている存在と考えられる。ラザロに中心的な役割を与えているからこそ、カポーティは、ラザロの生き埋めショウのチラシの紹介に次のように、かくもスペースを割きラザロの名前は独立させて大文字にして字体にも凝《こ》り、「とくと我が目でご覧あれ」との注意書きまで添えて読者に提示したのである。

What She passed to Kay was a handbill, printed on such yellowed, antique paper it looked as if it must be centuries old. In fragile, overly fancy lettering, it read:

LAZARUS
The Man Who Is Buried Alive
A MIRACLE
SEE FOR YOURSELF
Adults 25¢-Children 10¢

それにもかかわらず今までのカポーティ研究者たちは、そのことにほとんど注意を払ってこなかった。とくと自分の目で見るどころか、一顧だにせず、作品の主題とは無関係のものとして意識の下に埋めてしまっていた。しかし、このスペースと字体が意味するものに目をとめるべきであった。死との関連の中で登場するラザロは、聖書の中のラザロを連想するに難くない。ラザロを通して奇跡とも言うべき「死からの復活」のイメージが読者に与えられる。次にケイの上にも、ラザロのイメージは重ねられる。何故なら、最後の場面は生き埋めショウの再現と解釈することができるからである。ラザロという名前で生き埋めショウをするグロテスクな男は、「自分で自分に催眠術をかけて」ショウに臨むが、この男によってケイも最後に催眠術をかけられると解釈することができる。男はケイが車内のボックス席で向かい合って座ったときから、じっとケイを見続けていた。突然にケイの頰をやさしくなでたのも、催眠術の一部分と理解することができる。頰をなでた後、「男は、しかつめらしく手をおろして、また座席に身体を沈めた。観客の拍手をもとめてみごとな離れわざをやったかのように、間の抜けた笑いを浮かべて顔をくずした」。その様子はショウにおける観客を意識しているかのようである。「男は、見られることに満足していて、自分から見ることには興味を示さない、ガラスケースのなかの陳列物にそっくりの謎めいた静けさ」を持っているのに、ケイに対しては、彼女の頰をなでたり、彼女が自分を見ているか確かめた後、桃の種子らしきものを握ったり撫でたりして積極的に行動する。そして、遂には一瞬も目を離さずケイを見つめ続けるのである。催眠術をかけるときに相手を凝視するのと同じように、ケイを見つめ続けるのである。その凝視のなかで、ケイは自分の精神が眠らされたかのように、さきほどまで買うことを拒んでいた「愛のお守り」を買うと申し出るのであった。「ケイが見つめていると、男の顔は形を変えていき、月の形をした石が水面下を滑り落ちていくように、彼女から遠ざかっていくように見えた。暖かいけだるさが彼女をリラックスさせた」

この描写も男にじっと見つめられて目を離せないでいるうちに催眠術をかけられて、もうろうとした状態になっていくケイの精神状態の描写と解釈することができる。もうろうとしているケイを見て、女はケイのハンドバッグを取り上げ、ケイに経かたびらを被せる。女はここでも、お金を取る役と死への役割を演じている。ショウにおける役割と本質的には同じである。「私たちが誰だか知ったらあんたもそんなすました態度は取れないよ」「チラシをちょっと見れば、そんなすました態度はとれないよ」と女はケイに向かって言う。二度も同じ表現を使って、「何の関係もないかのようにすましているけれど、私たちはお前さんを葬ることだってできる」ことを伝えているのである。このように、催眠術にかけて葬りの真似事をする作品の結末の場面は、ラザロの埋葬ショウの再現とみなすことができる。ここでは、ケイがラザロなのである。

作品の解釈に宗教的意味を付与しすぎてはいけないが、小説『無頭の鷹』（一九四六）のモチーフとして冒頭に旧約聖書のヨブ記の一節[26]を掲げたカポーティだから、聖書のラザロの「死と再生」のイメージを埋葬ショウの男に付したとしても不思議ではない。

聖書の中でラザロの死と復活は、次のように記されている[27]。

――ラザロの死――

ラザロが病気であるとの知らせをうけたイエスは「この病気は死で終わるものではない」と言われる。また、「わたしたちの友ラザロが眠っている。しかし、わたしは彼を起こしに行く」

とも言われる。イエスはラザロの死について話されたのだが、弟子たちは、ただ眠りについて話されたものと思ったので、「主よ、眠っているのであれば、助かるでしょう」と言った。そこでイエスは、はっきりと言われた。「ラザロは死んだのだ」

——イエス、ラザロを生き返らせる——

ラザロの墓に来られた。墓は洞穴で、石でふさがれていた。人々に、その石をとりのけさせ、「ラザロ、出てきなさい」と大声で叫ばれた。すると、死んでいた人が、手と足を布で巻かれたまま出てきた。顔は覆いで包まれていた。イエスは人々に「ほどいてやって、行かせなさい」と言われた。

聖書のこの個所は、眠りと死の概念が一般的意味を超えており、しかもそれが復活と結びついている。他にも聖書の中に似た場面がある。

或る指導者の娘が死んだとき、騒いでいる群衆にイエスは「あちらに行きなさい。少女は死んだのではない。眠っているのだ」と言って、少女の手を取って起き上がらされた(28)。この少女に対しての言葉と同じことがケイにも言えるのではあるまいか。すなわち、ケイは死んだのではない。眠っているのだ、と。眠りには二種類あって、死を表す永遠の眠りと、心身の活動が休止し、目を閉じて無意識の状態になっている眠りがある。後者の眠りは更に、死にいたる場合と、目覚める場合とに分かれる。しかも、聖書では、人間から見れば死以外の何物でもない疑う余地のない死からさえ復活する様が描かれている。

聖書の中で、洞穴になっているラザロの墓は石でふさがれていた。ラザロが生き返ったとき、入り口の石は取り除かれ、彼は洞穴の閉ざされた世界から自由になることができた。束縛された世界から放たれて自由を得たのである。この狭い世界を塞いでいて、のちに取り除かれる石は、『夜の樹』の最後の描写に出てくる石につながっているのではないだろうか。『夜の樹』の最後の場面では、ケイが見つめていると、「男の顔は石に変わり、水面下をすべりおちるように遠ざかっていった」のであるが、ケイの催眠状態に入っていくさまの描写であると同時に、塞ぎの石、束縛の石が遠ざかっていき、「暖かいけだるさが彼女をリラックスさせた」とも解釈できる。そしてケイは眠りに入っていく。そのとき、女は「経かたびらのように、レインコートをそっとケイにかける」のである。この場面は、人々がラザロのことを、「眠っているのであれば、助かるだろう」と言うのに対して、イエスが、「眠っているのではない。死んだのだ」と言う場面を想起させる。イエスはラザロの死を厳然と宣告したうえで、「ラザロよ、出てきなさい」と、呼び掛けるのである。洞穴から出てくる前に、ラザロは死を経験しているのである。埋葬ショウのラザロは、催眠術が溶ければ死んだように見える眠りから覚める。聖書のラザロも、イエス・キリストによって永遠の死の眠りから覚める。それらのラザロと重ね合わせる形で描かれているケイの場合も、目覚めを暗示する眠り、あるいは復活を予知する死と解するべきなのである。

四　おわりに

以上みてきたように、作品に内在する象徴と比喩の言語分析を通して、作品の「ダーク性」を構成する要素を考察することによって、ケイの恐怖の正体は、単なる子どもの頃の恐怖だけでなく、思春期を迎えての性への恐怖と不安に連なるものであることが判明した。これらの恐怖と不安と共に、死もまた色濃く描かれている。冬の夕方にひとけの無い駅を出発し、荒涼とした景色の中を走り続ける汽車の車両を棺に例えられれば、行き着く先として死の世界が想定されるのは当然である。それを肯定するかのように、死をイメージする言葉が次々とくりひろげられる。冒頭の「暖かさが消えた裸電球の列」は、車内で「眠っているのか死んでいるのか定かでない人々の列」と呼応し、「棺桶の中の叔父さんの顔と目の前の男の顔は似ており」、男がショウで使う芸名は、一度は死すべき運命にあるラザロである。そして何よりも主人公ケイの年齢の十九歳は「死」を象徴している。

ケイの死のイメージは、プロットの上からはグロテスクな餌食としての死であるが、ひとつひとつの言葉のイメージを関連させてみると、そこに浮かびあがってくるのは、氷に閉ざされて、囚われの身となり、眠るように氷結していく「凍死」であった。主人公の名前の Kay はケイまたはカイとして親しまれているアンデルセン童話『雪の女王』の主人公の少年の名前でもある。雪の女王に連れられて氷の宮殿に閉じ込められ凍死するケイ少年のイメージを、カポーティは『夜の樹』の主人公に重ねたのではあるまいか。推敲を重ねて命名するカポーティである。怪物のような氷柱《つらら》の強烈な表現で物語を始め、氷のような月などを配している点からも、主人公ケイの名前の由来はアンデルセン童話『雪の女王』であると推測されるのである[註(10)]。『雪の女王』の主人公Kai（カイ）が、ゲルダの愛情によって凍結が溶けて目覚めるように、『夜の樹』のケイにも目覚めの可能性は無いのだろうか。今までの研究では目覚めの可能性を否定するものばかりであるが、可能性を論ずる上で看過すべからざる点を二点挙げておく。一つは、ラザロの生き埋めショウをあのように目立つ大文字で扱った作者の意図であり、もう一つは、作品の最後の部分において、男の顔が遠のいていく場面の解釈である。それを解くキーワードは催眠術であると筆者は考える。男がショウで自分に催眠術をかけたように、ケイに催眠術をかけて眠らせるとの解釈は成り立たないであろうか。最後に、ラザロになるのは、男ではなくてケイである。それは、物語の中でグロテスクな男女によって行われるラザロの生き埋めショウの再現であって、ラザロは聖書に登場するラザロにも通じており、ラザロになるケイの眠りあるいは死は、目覚めあるいは復活を暗示している。言い替えれば、目覚めるためには眠らねばならない、復活するためには死ななければならないのである。

この物語の季節は「冬」である。しかも「夕暮れ」である。「冬」は「再生のための死、あるいは眠り」を意味し、「夕暮れ」は「朝の再生に備えるために夜の混沌とした闇に戻る」ことを象徴している。夜の闇の中で死のイメージを塗り重ねていきながら、主人公ケイを包む闇は、朝の再生に備えるためのものであり、ケイの死あるいは眠りは、これ又、再生のためのものであることを、この物語は暗示しているのである。

註

⑴この作品　A Tree of Night　の日本語訳は下記のものが出版されている。
河野一郎訳『夜の樹・ミリアム』（南雲堂、１９５７）
宮本陽吉訳『夜の樹』（〔世界文学大系94〕筑摩書房、１９６５）
龍口直太郎訳『夜の樹』（新潮社、１９７０）
川本三郎訳『夜の樹』（新潮文庫、１９９４）
本論文におけるそれぞれの引用個所については、これらの訳を参照した。原文については、Truman Capote, A Capote Reader（New York, Random House, 1987）に拠った。

(2) Paul Levine, Truman Capote: The Revelation of the Broken Image, The Virginia Quarterly Review Autumn 1958, Vol.34, pp. 601-604.

ポール・レヴィーンは、『遠い声　遠い部屋　Other Voices, Other Rooms』（１９４８）以前の作品を「昼間の物語 'day light tale'」と「夜の物語 'nocturnal tale'」に分けた。「昼間の物語」は、素朴な人々の世界を少年の視点で描き、ほのぼのとした温かさを有するが、文学的評価が高いのは「夜の物語」であり、その中にはアメリカ短編小説の重要な流れの一つであるニュー・ゴシックを代表する作品がいくつか見られる。

(3)小説　Master Misery　の日本語の題名は、下記のように同一ではないが、とりあえず、ここでは原題を片仮名にしておく。

1.「ミザリー旦那」：稲沢秀夫は著書『トルーマン・カポーティ研究』の中で、「ミザリー旦那」と訳している。（p.68）

2.「マスター・ミザリー」：元田脩一は著書『アメリカ短編小説の研究』の中で、そのまま、片仮名にしている。（p.１８５）

3.「夢を売る女」：龍口直太郎はトルーマン・カポーティの短篇10篇の訳書『夜の樹』の中で、Master Misery　を『夢を売る女』とした理由について、次のように述べている。「〝不幸親分〟とでも訳すべきであろうが、私はこの物語の主人公を、夢を買う男レヴァーコームというよりは、夢を売る女シルヴィアと考えたいので、あえて〝夢を売る女〟としてみた」（p．２９１）

⑷５つの作品のうち『ミリアム』と『夜の樹』は、研究者によって作品に付した年号が異なる。例えば下記の通り、脱稿の年であったり、雑誌に掲載された年であったりして、必ずしも一致していない。

	『夜の樹』	『ミリアム』
William Nance	１９４３年	１９４３年
Kenneth Reed	１９４３年　最初の出版	１９４５年
Gerald Clarke	１９４５年10月　掲載	１９４５年６月　掲載
元田脩一	１９４３年脱稿、45年掲載	１９４４年脱稿、45年掲載
稲沢秀夫	１９４３年脱稿、45年掲載	１９４４年脱稿、45年掲載
Helen Garson	１９４５年10月掲載	１９４５年６月掲載

正確には、『夜の樹』は、１９４３年に脱稿、１９４５年10月に雑誌 Harper's Bazaar に掲載された。『ミリアム』は１９４４年に執筆完成し、１９４５年６月に雑誌「マドモワゼル」に掲載され、Ｏ・ヘンリー賞を与えられた。

右記の出版年は、左記の文献に拠った。

William L. Nance, The Worlds of Truman Capote（New York, Stein and Day,1970）p. 16.

Kenneth T. Reed, Truman Capote（Boston, Twayne Publishers, 1981）p. 138.

Gerald Clarke, Capote : A Biography（Simon and Schuster, 1988）P. 85.
元田脩一『アメリカ短編小説の研究——ニュー・ゴシックの系譜』（南雲堂、1981）pp. 185-186
稲沢秀夫『カポーティ研究』（南雲堂、1986）pp. 7-10
Helen S Garson, Truman Capote（New York: Twayne Publishers, 1992）pp. 77

(5) 最も明確に述べているのは、ウィリアム・ナンスなどであるが、稲沢秀夫教授をはじめ国内外を問わず、この説は多い。
William Nance、前掲　註(4) pp. 18-19
Kenneth Reed、前掲　註(4) pp. 52-53

(6)「蘇りの無い死である」と断定している稲沢秀夫を始め、前述のケニス・リードやウィリアム・ナンスなど、ほとんど全ての研究者は主人公ケイが死を迎えると解釈している。
稲沢秀夫、前掲　註(4) p. 44、William Nance、前掲　註(4) p. 19、Kenneth Reed、前掲　註(4) p. 53

(7)「恐怖と不安」は、「恐怖」と「不安」に分けることも可能であると思われる。マルティン・ハイデガーは「恐怖が臨んでいるところのものは特定の怖いものであるが、不安が臨んでいるところのものは無であり、なんら特定のものは存在しない」（生月誠『不安の心理学』講談社現代新書、15頁）と各々に分けている。これをこの物語に当てはめると、主人公ケイの恐怖は夜の樹に住むと言われるお化けや魔法使いに対してであり、目の前のグロテスクな男女に対してである。ケイの不安は、性や死に対してであって確たる形としては存在していない。不安に関連してメルロー・ポンティは、「自己を認識するのは、ただ脅かされた場合の限界状況においてだけ、たとえば、死の不安とか、私に対する他者のまなざしの不安とかにおいてのみである」（メルロー・ポンティ著『知覚の現象学』竹内芳郎他訳、２９７頁、生月誠『不安の心理学』19頁）と述べている。これをこの物語に当てはめると、叔父の葬儀の帰りの冬の夕暮れの中で感じていたであろう「死」への不安、グロテスクな男に見つめ続けられる不安、そして列車の閉ざされた空間の、助けの当ての無い孤独の中で、グロテスクな男女から脅かされる限界状況の中で、ケイは自己認識を始めたと言うことができる。

(8)言葉の象徴性を記述するにあたり、下記の辞典・事典から引用した。
J・C・クーパー、岩崎宗治・鈴木繁夫訳『世界シンボル事典』（三省堂、１９９２）
アト・ド・フリース、山下主一郎主幹『イメージ・シンボル事典』（大修館書店、１９９２）
J・ガライ、中村凪子訳『シンボル・イメージ事典』（社会思想社、１９９３）
赤祖父哲二編『英語イメージ辞典』（三省堂、１９９３）

(9) Paul Levine, Truman Capote: The Revelation of the Broken Image, p. 609.
下記のように記されているが、出典は明らかではなく、これ以上の記載はない。
On the level the story may be read as a tawdry and ironic parable of Lazarus ——

I am Lazarus come from the dead,
Come back to tell you all, I shall tell you all ——
If one, settling a pillow by her head,
Should say: That is not what I meant at all;
That is not it, at all,

⑽稲沢秀夫は小説『遠い声　遠い部屋』を論ずる中で、『雪の女王』のカイと『夜の樹』のケイの共通点に触れているし、元田脩一も『夜の樹』を含む五つの「夜の物語」の集大成と言われる長編小説『遠い声　遠い部屋』との比較に『雪の女王』の物語を引用している。

稲沢秀夫『トルーマン・カポーティ研究』pp. 56-66

元田脩一『アメリカ短編小説の研究』p. 252

ラザロの復活　——絵画でも有名な新約聖書物語

死んだラザロを生き返らせた新約聖書の物語。マルタとマリアの弟ラザロは病死して4日後、既に墓に葬られていた。墓の前でイエスは祈り、「神よ、わたしの願いを聞き入れて下さり感謝します」と言い、墓の中に向かって「ラザロ、出てきなさい」と大きな声で呼びかけた。その声を聴いたラザロは手と足を布で巻かれたまま出てきたのである。この物語を題材にしたレンブラント、カラヴァッジョやミケランジェロの絵画が有名である。

四章　緑の海に漂う『無頭の鷹』（上）

一　はじめに

『無頭の鷹』の評価は多岐に分かれる。「『夜の木その他の短編』における最高の傑作であるばかりでなく、シュールレアリスムとしての二十世紀のニュー・ゴシックの特色を極めて鮮明にあらわしたものとして、カポーティの名をアメリカ短編小説史上に刻印するもの」(1)とする最高級の賛辞から「構成上不完全であり、芸術的統一性もなく、他の作品に比べて最も面白くない作品」(2)とみる辛辣な批評までさまざまである。作品の評価が大きく分かれる原因はどこにあるのだろうか。その一つは作品の難解さにあるのではないだろうか。

『無頭の鷹』が難解な作品であるという点については多くの研究者が言及している。「カポーティの初期の短編小説の中で最も複雑」(3)、「解き難い作品」(4)あるいは「考える材料を多く暗示する、混とんと謎の作品」(5)といった類の批評は枚挙にいとまが無く、中には「この難解な物語をきれいに裁断できるハサミを持ち合わせていないので、いくつかのヒントを提供することで満足するほかはない」(6)と表現するものさえある。

確かに作品に盛り込まれている内容は多く作品は混沌としているかに見えるが、筆者は「この作品をきれいに裁断するハサミ」があるとすれば、真っ先に巻頭に冠されている題辞（エピグラフ）の裁断に注意を払わなければならないと考える。『無頭の鷹』は『夜の樹』『ミリアム』『最後の扉を閉めよう』『マスターミザリー』と並んでカポーティの初期の一連の「夜の物語」註(1)の中の一篇であることは、今さらいうまでもないことであるが、他の四篇には付けられていない題辞がこの作品にだけ付けられていることに注目したい。これらの五篇の短編小説は、「一連のつながりがある」(7)と言われているので「初期のどの作品にも適用できる」(8)ものを、たまたま『無頭の鷹』に冠したとも言えるが、逆に、他の四篇に付けなかったように『無頭の鷹』にも付けなくてもよかったと言うこともできるのである。そもそもカポーティは献辞を付すことは多いが、題辞を付すことは少ない作家である註(2)。それだけに題辞をあえて付したという背後にはそれなりの積極的な理由があったと思われる。

本稿では今までほとんど顧みられなかった題辞と物語との関わりを考察しながら、作品の主題ならびにその文学的表現の手法を探ってみることにする。

二　題辞――「ヨブ記」からの引用――の意味

題辞は主題に深く関わるものであり、物語の筋における重要な要素と関連している。そこには物語を読み解くための重要な手がかりが隠されている。カポーティは、この小説の題辞として旧約聖書の「ヨブ記」24章からの3節を挙げた。「ヨブ記」は旧約聖書の中でも文学的に評価の高いドラマチックな書であるが、そのような「ヨブ記」自体とは無関係に、この3節のなかに『無頭の鷹』の主題を表す表現を見出したものと思われる。何故なら、引用された個所には2節が省略[註(3)]されているが、この省略部分は「ヨブ記」の流れの中では本質的に省略することが不可能な部分である。しかし『無頭の鷹』にとっては不要であるとカポーティは考えたのであろう。むしろその部分を省略することによって、一層的確な題辞となりうると判断したものと考える。よって「ヨブ記」全体に触れる必要はなく、題辞として用いられている3節の意味のみに焦点を当てることにする。

読者はこの題辞を確かに目にしているのであるが、物語を読み進むうちに忘れてしまいやすい。時の経緯が不鮮明な物語の展開、物語の中の暗示的な絵や夢に出没する〝無頭の鷹〟に代表されるゴシック風の生々しい描写の数々、あるいは映像的ではあるが解釈が難解な物語の最終部分などに心を奪われて、いつしか冒頭の題辞のことは記憶の隅に追いやってしまうのである。

実際、カポーティ研究家たちの中でも、この題辞に言及している人は数が少なく、内容的にも十分とは言い難い。たとえば題辞の存在を紹介しているだけだったり、題辞の冒頭の「光明に背く者あり。光の道を知らず」の部分だけを取り上げて、「ヴィンセントは光が見えない者の一人である」[9]と述べた後、「光が見えない者」すなわち「盲人」、「盲人」すなわち目の見えない「無頭」へと一直線に結び付いていってしまうのである。確かに、この、「無頭」という語彙のインパクトは強力である。「無頭の鷹」として題名にも用いられ、それは映像化されて絵の中にも夢の中にも登場する。「語彙の力が強すぎてしまうと、読者はその語彙、ある物語のなかの文章にふくまれている語彙に気をとられすぎてしまって、そのうち物語の展開を追うことができなくなってしまう」[10]とはカポーティが他の作家の文章を評して述べている言葉であるが、この言葉はそのままこの作品にも当てはまる。彼は自分の作品を読む読者が「無頭」あるいは「無頭の鷹」という言葉にのみ気がとられ物語の一部分だけが強調されて受け取られ、全体として作品を味わうことが阻害されてしまうことを懸念したのではないだろうか。それ故に物語の本筋の重要な要素のヒントを敢えて題辞という形式を借りて提示したのではないかと考える。そこで物語の主題に関わる重要なヒントを探るために題辞を吟味することにする。

この題辞の英語版には、いろいろな訳文があるが、カポーティはＫＪＶ（the King James

Version 欽定訳聖書）の訳文から引用している。この引用句の日本語訳については、龍口直太郎は当時（一九七〇年）、用いられていた口語訳[註(4)]ではなく、明治訳を用いている。川本三郎も一九九四年に改定版を出すに当たって、そのまま明治訳を用いている。それは明治訳の方が題辞（KJV）の訳に近いからであると考えられる。ここで、これらの訳文（Version）を列記し表現の違いを明らかにしておくことにする[註(5)]。

KJV：13 They are of those that revel against the light ; they know not the ways thereof, nor abide in the paths thereof.
16 In the dark they dig through houses, which they had marked for themselves in the daytime : they know not the light.
17 For the morning is to them even as the shadow of death : if one know them they are in the terrors of the shadow of death.

明治訳：13 また光明にそむく者あり。光の道を知らず、光の路に止まらず。
16 また夜分　家を穿つ者あり。彼等は昼は閉じ込もり居て光明を知らず。
17 彼らは晨には死の蔭のごとし。是死の蔭の怖ろしきを知ればなり。

口語訳：13 光にそむく者たちがある。彼らは光の道を知らず、光の道にとどまらない。
16 彼らは暗やみで家をうがち、昼は閉じこもって光を知らない。

17　彼らには暗闇は朝である。かれらは暗黒の恐れを友とするからだ。

新共同訳：13　光に背く人がいる。彼らは光の道を認めず、光の射すところにとどまろうとしない。

16　暗黒に紛れて家々に忍び入り、日中は閉じこもって、光を避ける。

17　このような者には、朝が死の闇だ。朝を破滅の死の闇と認めているのだ。

（傍線筆者）

上記の日本語訳を比較検討してみると、主なる表現の違いは下線部にある。16節において明治訳では「家を穿つ」と表現されている個所が他の訳では「家に忍び入る」となっており、17節において明治訳では「死の蔭」と表現されている個所が他の訳では「暗闇」または「死の闇」と表現されている。この個所はKJVでは'dig through'および'the shadow of death'となっている点から、明治訳がKJVに最も近い訳であることを知ることができる。日本語の聖書におけるこれらの表現の違いは、英語の聖書には見られないのであろうか。いくつかの訳文を比較してみた結果、日本語訳と同じ個所において違いが見られた。

16節においてKJVの'dig through'と同じ表現を用いているものと、NIV（New International Version）のように、'break into'と表現するものが見られた。また17節においてKJVの'the shadow of death'と同じ表現を用いているものと、NIVのように'deep darkness'あるいは単に'darkness'と表現するものが見られた。カポーティは'dig through'（穿つ）および'the shadow of death'（死の蔭）なる表現を必要として、KJVから引用したものと思われる。

さて、前述のように、カポーティは「ヨブ記」24章13節から17節のうち14、15節を省略して三つの節を掲げているが、意味の流れは途絶えておらず一貫性をもっており、しかも各節に重要な表現が含まれている。まず、13節「光に背く者あり。光の道を知らず、光の路に留まらず」の内容が提示するものは、「闇に住む者」である。光に背き、光の道を知らず、光の路にとどまらない者は暗闇を住みかとする。作品『無頭の鷹』が一連の「夜の物語」の一篇であることは既に述べたが、夜は闇を伴い、その闇の暗さを基調として闇が与える恐怖や不安にとりつかれた人間を描いたのが「夜の物語」であるから、闇に住む者を表すこの一節が『無頭の鷹』の主人公（たち）にあてはまるのは当然のことである。主人公ヴィンセントの盲人にも似た歩き方の描写から盲目性が強調され、方向性の欠如という点において共通点を有している無頭の鷹に結び付けられて論じられることが多いが、ヴィンセントと無頭の鷹の方向性の欠如は光の無い闇の中を歩むが故であることを忘れてはならない。言い替えれば、ヴィンセントと無頭の鷹は光があっても主観的にはその光を感ずることができない。しかし物語は客観的にも彼らを取り巻く状況に一切、光を置いていないのである。従って13節からは何よりも「闇」を読み取らなければならない。闇は、聖書の中では光との対比の中で比喩的に用いられることが多く、その暗さはしばしば「死の闇」と表現されているが、この小説においても同じような用い方がされている。

次に16節は「また夜分家を穿つ者あり、彼らは昼は閉じこもり居て光明を知らず」という言葉である。光に背き、光の路にとどまらない者は、光よりも闇を好み、日中は光を避けて閉じこもり、陽が沈む夕方になってから活動を開始し、夜には暗闇に紛れて家を穿つ。16節では特にこの「家を穿つ」という表現を看過してはならない。この個所の出典は旧約聖書「出エジプト記」22章1節「もし、盗人が壁に穴をあけて入るところを見つけられ」にあり、石でできた昔の壁に穴をあけて侵入する盗人の有り様が「家を穿つ」なのである。新共同訳では家の建築材料の変化にあわせ「忍び入り」になっているが、いずれにしても「泥棒のように家に忍びこんで、あちこちを物色して物を取っていく」ことを意味している。ここで使われている「家」なる語は、比喩的な表現であって「人間の内面を意味する。建物の階、地下室、屋根裏部屋は、さまざまな『感情』を象徴する」[11]と言われている。そうであれば、「忍び入り」という表現よりも壁に穴をあけて中に入り込んでくる「穿つ」という表現の方が一層、家の形が損なわれ空っぽにされ揺らいでいくさまを表すのにふさわしい。人間の内面を表す「家を穿つ」とは「闇を住みかとする者が、人間の心の中に入り込んで来て侵食する」ことを意味し、侵食された家は土台が揺らぎ、やがて崩壊していくのである。

最後の17節は「彼らは晨《あした》には死の蔭のごとし。是死の蔭の怖ろしきを知ればなり」と表現されているが、ここでは「死の蔭」という表現を看過してはならない。この個所は「死の蔭」「死の闇」など「死」を用いているものと、「死」を用いずに「暗黒（暗闇）」と訳しているものとがあるが、カポーティは敢えてＫＪＶの訳文を引用し、光の無い暗闇は死に通ずる闇であることを明白にしたと思うのである。光に背き、光を避けて暗闇を常の住みかとし、暗闇に乗じて他人の心の内面に侵入し侵食する者にとっては、光がさしこむ朝は死の闇を意味し、暗闇の中で死の蔭を怖れているのである。このように題辞が提示する主題に関わる重要な表現は、「光に背く者」「家を穿つ者」「死の蔭に怖れる者」であると考える。

これらのテーマが物語の中でどのように文学的に表現されているのか「光に背く者」から順に見ていくことにする。

三　「光に背く者」の創造

「ヴィンセントは画廊の明かりを消した」

この短い一文によって物語は始まる。これは一見何でもない文章のようであるが、実は題辞の最初の13節「光明に背き、光の路に留まらない者」に呼応しているのである。すなわち「ライト（明かり）を消す」ことによってその場所は光のない暗い世界になるのであるから、そのような光の無い状況をつくる「光明に背く者」としての主人公ヴィンセントの絵柄が、はやばやと物語の第一文から織られ始めるのである。さて、ヴィンセントが勤め先の画廊の明かりを消して外に出ると、「今しも雨になりそうな空模様は辺りを暗くしており、厚い雲は夕方五時の太陽をさえぎっていた」。カポーティは、ヴィンセントと同じように自然現象においても、光に背き光のなかにとどまらず暗さに向かって行く設定にしたのである。

このように「光に背き光にとどまらない者」の有り様を、先ずその者を取り巻く自然現象の描写において描き、その後次々に数えきれないほどの暗いイメージの言葉を羅列してその暗さを増していく。このように暗いイメージの言葉を塗り重ねて視覚的に「暗闇」を創造していくと共に、光の対極にある「混沌と不安」の音の暗さを音象言語による表現によって聴覚的に感じさせているのが特徴的である。

まず暗闇を構築するためにカポーティが使用している視覚的言語について、次に聴覚に訴える音象言語について分析することにする。

（一）暗闇の視覚的構築

カポーティは、暗闇に属する言葉を連ねて光に背く者の住みかを作り出している。

序章において特に暗闇の世界を構築している[註(6)]。それは序章から『無頭の鷹』の暗闇の世界にわれわれを入れ込むためである。「小説の冒頭（序章）は、われわれが住む現実世界と、小説家の想像力によって生み出された世界とを分ける敷居に他ならない。したがって、（序章は）まさに作家がわれわれを中に『引きずり込む』場所（括弧筆者）」[(12)]だからである。

さて、序章に出てくる暗闇に属すると思われる言葉は、全体の三割余を占めており内容的にも多種多様である。この『無頭の鷹』を含む一連の短編小説は「夜の物語」あるいは「暗い物語」、「闇の世界」と称されているが、カポーティ研究者たちが列挙する闇を構成する要素[(13)]やイメージ辞典その他の文献を参考にしながら、『無頭の鷹』の序章における暗闇に属する言葉を分析してみると、a 視覚的暗さ、b 気分的暗さ、c 下降、d 衰退、e 恐怖、f えじき、g 不確かさ、h 貧しさや安物、i 閉じられた空間、j 死などを主なものとして挙げることができる。それらを中心に、物語の中から代表的なものを具体的に挙げてみる。

a 視覚的暗さの代表的なものは物語の冒頭に見出される。ヴィンセントが画廊の「あかりを消し」、外に出ると「雨模様の空は暗く」、「雲は太陽をさえぎっていた」。このような黒い雲や薄暗い雨、あるいは暮れていく夕方のイメージは他の「夜の物語」の冒頭にも使われている。『夜の樹』の物語は夕暮れ時に雨が降り、夜の暗闇の中から汽車が姿を現すところから始まる。『マスター・ミザリー』も夕闇が空から落ちてくるところから始まる。『ミリアム』の始まりはもうすっかり夜になっている。そのような他の「夜の物語」に比べても、とりわけ『無頭の鷹』の序章に暗さを感ずるのは、視覚的暗さを有する言語を他の小説以上に駆使しているからに他ならない。

b　気分的暗さとも言いうるものに、不快感や焦燥感、不安、憂うつ、気難しさなどがあるが、それらを表す形容詞や副詞が多く用いられている。

c　下降の表現も多く用いられているが、これは「心理学者と精神分析学者の観察によれば、『光り輝くイメージが上昇と結びついて上機嫌の感情を伴うのに対し、暗いイメージは下降と結びついて恐れの感情を伴う』」(14)からである。物語の中の下降表現は「海の下に入っていく」、「急いで降りていく」、「下降する」、「スピードを落とす」、「物を落とす」などに見られる。

d　衰退も暗いイメージと結びつく。衰退は心身の健康状態の下降と言うことができるから当然であるが、生命力が衰退した時、人間は、「ふらふらし」、顔色は「青白く」、「病気」で倒れ込むのであると、物語の中の言葉を使って言うことができる。

e　先ほど述べたように「暗いイメージは、恐れの感情を伴う」が、「恐れの感情」すなわち恐怖は、不気味なものとも結びついて暗さの源となっている。具体的には「ショックを受けた表情」「恐ろしいできごと」「犯罪栄華」「スパイスリラー」などの言葉によって暗さの密度が増している。さらに「仮面」や「ゴシック風」なる言葉もこのグループに入れることができるだろう。なぜなら「仮面」によって人が己を隠すのは、何かが明るみに出ることを恐れているからである。また、いにしえより悪魔や死神は仮面を被って人の前に現れると言い伝えられていることも、仮面が暗いイメージと結びつけられる一因であろう。「ゴシック」様式は文学では暗澹たる背景の中で怪奇、陰気、恐怖の雰囲気をただよわせるのである。

f　えじきにされるもののイメージは、「夜の物語」の主人公たち全般に当てはまる暗いイメージであるが、特に『夜の樹』のケイや『マスター・ミザリー』のシルヴィアを容易に思い浮かべることができる。えじきにされるもの同様にえじきをねらうもののイメージも暗い。たとえば獲物をみつけた鷹は、獲物の上空で「徘徊し」獲物に「爪」を立て、終には「射止め」てしまうのである。'hovering' はDJが入口で「うろうろしている」さまを表現するのに用いられ、その裏にある意味が重ねあわされて餌食にされるものの暗さを醸し出している。

g　不確かさや朦朧さも光の対極に属するものである。「光の極みとは真昼であり、それは象徴的意味で『不動の時』である」⒂。言い替えれば、暗闇の極みとは夜であり、それは象徴的意味で「揺らめきの時」すなわち「不確かで朦朧とした時」である。それらの表現として、「宙に浮いていたり」「波間に浮かぶ」感覚、「確信が持てない」朦朧とした精神状態の描写などを挙げることができる。

h　貧しさや安物のイメージは、直接には暗いイメージに結びつかないが、少なくとも明るいイメージに変化することを押さえ込む役割を果たしている。「安いちっぽけなライター」や「ペラペラの透明なレインコート」はDJの持ち物であるが、彼女の外見や持ち物は全て貧しく安物のイメージで統一されている。実際、彼女は自分の描いた絵を売りにくるほどに貧しい。貧しさは少なくとも間接的には暗いイメージに結びつくと考えられるのではないだろうか。

i　閉じられた空間にはいろいろな形があるが、この序章に出てくる「屋根裏」と「地下室」もその一形態である。物語の始めにおいてヴィンセントとDJが相前後して足をとめるアンティーク・ストアーは「屋根裏」に喩えられているし、またヴィンセントは「地下室」を住みかとしている。屋根裏部屋も地下室も共に「心理的な翳りの空間、――隠微で、孤独で、翳りを秘めた空間」[16]として秘密の隠れ家のイメージを伴っている。

j　死と闇とは表裏一体を成している。死の住みかとしての闇のイメージから、「闇は当然の結果として《死》のシンボルとなる」[17]。即ち、死を連想させるものは全て、闇に直結するのである。この物語は最初から海の波の揺らめきの中にあり、「海は墓場、死者の還るべき故郷」[18]として描かれている。また、その海の緑は言い伝えによれば不吉の前兆の色であり、「腐敗したカビのように死を感じさせる色」[19]なのである。

以上のように人間の視覚、イメージ、深層心理における暗さに結びつく言葉の多用によって、暗闇が創造されている。ちなみに明るいイメージの言葉は序章において一か所だけである。それは「もし逃げ出すことができたら、ケイプ・コッドあたりに出かけ、日光浴でもしたいものだ」の一文における「日光浴」だけである。そこだけが明るく輝いている。周囲を暗くし、この一点だけを明るくすることによって少なくとも二つのことが伝わってくる。一つは、客観的には光は存在しているのに主観的にはその光が見えなくて暗さの中にとどまっている者の姿である。もう一つは、一点の光によって、周囲の暗さが一層強く感じられるということである。

(二) 暗闇の聴覚的構築

光の対極には暗闇があるが、この暗闇の世界をカポーティは視覚的表現としてイメージによって描写していくと同時に、聴覚的表現を加えることによって一層感覚的に創造していく。人間は視覚的障害がある場合、その障害を補うために聴覚機能が敏感になるのが常であるが、「光の見えない暗闇の中を歩む者」としてのヴィンセントの耳に暗闇の世界に属すると思われる多くの音声が聞こえてくる。それらの音声は、第一は不快な音声の交錯する喧騒、第二は衰退と崩壊、第三は揺らめきの三つに大別することができる。これらの音声が光の対極にあることの根拠を簡単に説明しておこう。第一グループの不快な音声の交錯する喧騒は、まさに音による混沌の世界である。「旧約聖書『創世記』の『光あれ』が混沌からの秩序立て」[20]であるように、混沌は闇に属する。第二グループの衰退と崩壊は生命力や創造に対する負のイメージであって、生命をもたらす光に相対するものである。そして第三グループの揺らめきは、「『光の極みとは不動の瞬間である』との聖ベルナルドゥスの言葉」[21]からもわかるように、光の属性に反するものである。以上の音声を物語の中から具体的に挙げてみることにする。

第一グループの不快な喧騒は、物語の最初から耳に入ってくる。ヴィンセントが「画廊の明かりを消して」外に出ると、街の中は心をいら立たせ落ち着きを失わせる音声で溢れている。「車のブレーキのキキーッときしむ音」、「サンダルのピッシャ、ピッシャという音は、平手打ちの音でもあり、英語では痛烈な非難の言葉の意味にも使う」、街を歩く人々や「いら立たしい低い音」の声、「酔っ払いの笑い声としゃっくり」、「少女たちの上げる金切り声」、「黒人の女の子のカエルのような声」、「中年女のしわがれた耳障りな声」など心の平安を打ち破り人を不安にかきたてる音声が交錯しているのである。それが最高潮に達するのは街の中で都会の喧騒が一気になだれこんでくる時である。「タクシーの運転手のどなり声」、「うるさい音楽をかきならす音」「自動車の警笛」、「轟音を響かせる線路」「行商人がけたたましく鳴らすベルの音」、「ジュークボックスの音の上に轟く銃の音」など「ひどく耳障りな騒音が頭の中でガンガン鳴り響く」のである。

このような耳障りな騒音は彼が見る夢の中でも鳴り響く。「ドラムのドンドンうるさい音」、「ファンファーレを奏でるトランペット」、「朝顔型のラッパを震わせるすれきれたワルツの音色」、「ヴィンセントの声を真似たしわがれた、残忍な声」などである。

次に第二グループの衰退と崩壊を表す音象言語は、上述の夢の中の騒音に多義的に混在して現れる。例えば、ワルツの音色を形容する言葉として worm-out（疲れ果てる）。また、ヴィンセントの声には'cracked'という形容詞が付けられているが、これは物が壊れたり、ひびが入った状態を表す語である。ほかにも「壊れた（broken）ピアノ」などという表現が見出される。このような生命の疲弊や崩壊を表す音声は、夢を見たあと暫くして実際に病気にかかり「息をするのも、話をするのもつらく、自分の発する言葉が痛む咽喉を刺激して、雷のバシッという音のように大きく響くのであった」という表現によって最高潮を迎えるのである。

第三のグループの揺らめきに関する音声は、ヴィンセントが熱にうなされ「身体のなかで骨がばらばらになって浮かんでいるかのように感じ」ている時、彼に向かって喋り続ける管理人の妻の話し方の描写に明白に出てくる。「彼女のお喋りはラジオのように――ヴォリュームが下がったかと思うと、また突然大きく――聞こえてきた」。この管理人の妻の声のヴォリュームが上がったり下がったりする表現は海の波の揺れを連想させる。この海の波のイメージは、先述の「ばらばらになった身体の骨が浮かんでいる」表現とも呼応しているが、次の表現によって一層明確になる。「彼女（管理人の妻）の声は、（撒水車）の轟音の下からサメのように浮上した」

このようにして、視覚的にも聴覚的にも暗闇が構築されると共に、海の波の高低にも似た揺らめきが創造されるのである。

四　「穿《うが》たれる者」の揺らめき

「あの人、きっとわたしを殺すわ。きっと」

これは、ＤＪの叫びである。あの人、即ちデストロネッリとは実際に姿を現すことのない象徴的人物である。その名の示すように生命の破壊者のシンボルであって「家を穿つ者」と言える。その点において『夜の樹』の魔法使いの男や『マスター・ミザリー』のマスター・ミザリーに通ずるものがある。マスター・ミザリーが如何にシルヴィアの心を粉々にしていったかについては、八章で明らかにする(22)。デストロネッリも、ＤＪやヴィンセントを精神的混乱におちいらせる者であり、「夜分家を穿つ者」である。デストロネッリによって穿たれ、侵食された家は土台が揺らぎ始める。前述のように家とは人間の心の内面を表す比喩的表現であるが、人間の内面が穿たれて揺らいでいくさまをカポーティはいろいろな文学的手法によって描いている。

先ず海の中に読者の身を置かせ、水中の朦朧とした聴覚的感覚を呼び起こして波間の揺らめきを実感させ、波の高低を音量の強弱に連動させ、視覚的にも聴覚的にも揺らめきを感じさせていく。そして、その揺らめきや朦朧さは主人公たちの存在のあり方によるものであること、すなわち「穿たれる者」の有り様であることを、（1）全体を流れる揺らめきと朦朧性、（2）主人公たちの影の揺らめき、（3）主人公たちの時の感覚の揺らめきによって表現していくのである。

(1) 全体を流れる揺らめきと朦朧性

この物語は揺らめきと朦朧性の中にある。序章において、聴覚的朦朧性が見事に表現されているのは、「何枚も重ねられた毛織物を通して聞こえてくるように」人の声や物音を感じていたヴィンセントが、ブレーキのきしる鋭い音を聞いた時、突然、我に返り、周囲の状況やその中に身を置いている自分への現実感覚を取り戻す場面である。「突然、綿の耳栓が耳からはじけ飛んでしまったように、街の騒音が一斉に耳に飛び込んできた」という比喩的描写は、それまでの朦朧とした状態から突然に覚醒し、現実の喧騒の中に一挙に彼を引き込む効果を発揮すると共に、朦朧性を事後的に強調する役割も担っている。

このような朦朧性や揺らめきの感覚は視覚的描写によって一層克明に伝えられる。市内バスは緑の魚が泳いでいるようであり、街を歩く人の顔は波間に漂う仮面のようにヴィンセントには映る。海の中にいる感覚に陥ったり、人の顔が揺れ動いて見えるのはヴィンセント自身の精神状態自体が揺れ動いているからに他ならない。精神的な揺れが、体感として表現されているのである。彼は「何かぴったりしないで、足を踏み出しても、前か後ろか、進む方向がまったくはっきりしない」状態に居る。この感覚は、彼が受け取りそこねて転がり落ちていく釣銭のコインにも象徴されている。ヴィンセントのコインだけでなく、ＤＪのボタンもちぎれて転がっていく。ぴったりとくっついているべきところから離れていく二人の有り様は、穿たれて揺らめく者の形として更に克明に描かれていくのである。

(2) 影の揺らめき

この物語の主要な登場人物はヴィンセントとＤＪの二人であるが、二人とも揺らめきの中にある。海の揺れを全体的背景とし、音声的揺れをＢＧＭとして聞きながら、物語の主人公たち自身は、轟音に揺れるショーウィンドウに歪んで映る姿や、揺らめく蠟燭《ろうそく》の光に映しだされる鏡像として描かれる。このように二人の姿や影に揺らめきのイメージが付されて物語は進んでいく。

物語における最初の描写は、頭上の高架鉄道の轟音に揺れるショーウィンドウに映るＤＪに関するものである。「ヴィンセントは彼女の緑色の姿がウィンドーの二重ガラスを通して、歪んで波のように揺れるのを見た」のであるが、この「波のような揺れ」は冒頭のムードに呼応している。その揺れはショーウィンドウのガラスを通すことによって、さらに強調されている。「ガラスと娘はつかの間のもの」という諺にもあるように、ガラスは「はかない美の象徴であり、ガラス越しに覗くのは、曖昧さを表している」(23)。はかなさや曖昧さを加味されて描かれるDJに、特徴的に付けられている色は緑色である。着ているレインコートの色も緑、目の色も緑、そして彼女が買ったポップコーンの袋も緑である。緑色の象徴するものは「両義的で、生命の色であるが死の色でもある。春の芽生えと、かびの腐敗、昼と夜の行き来する色であり、中世には狂気のシンボルであった」註(7)。D．J．の精神的異常さは、次第に明らかにされていくが、精神の崩壊は彼女の場合、揺れによって予感されていく。カポーティは、揺らぎと深い関わりのある曖昧さ、はかなさ、両義性を象徴するものの中で彼女の揺らめく姿をヴィンセントに見させるのである。ガラスが一枚でなく二重になっているのは、D．J．と共にヴィンセントの姿も重ねあわせているのかも知れない。現に次の場面でD．J．と共にヴィンセントの揺らめく姿も鏡に映し出されているからである。

次に二人の揺らめく姿が映し出されるのは、蠟燭の幻想的な光に揺らめく部屋の中である。「心」を象徴する「部屋」そのものが既に揺らぎの中にあるが、その部屋の鏡に映る彼らの影も「蠟燭の光で波のように揺れて、青白く、形がはっきりしないのであった」。それに加えて迫りくる夕闇が人や物の形を不鮮明に、夕闇に続く夜の闇がそれらの形を全く見えなくしてしまった。それが闇の本質である。闇とは対照的なのが光である。光は形を確実なものとする。物語の中にも次のような描写がある。「白んでくる光の中で、庭はその形を、物はその位置をはっきりとさせていった」。形が確かなものとなりその位置が定かなものとなるのは光の中であって暗闇の中ではない。暗闇の中で家（心）を穿たれた者は、「内界としての自己」と「外界としての現実世界」との境界が定かでなくなり、自己は揺らめいていくのである。

(3) 時の揺らめき

カポーティは、人間と時間感覚の関係について自分の考えを語りの形で述べている。ヴィンセントについて、「言いようのない精神の混乱におちいり、時間と自意識の感覚が麻痺してしまった」と表現し、「現実感覚を取り戻すことができるためには、時間と場所を確認する」作業が必要であると述べている。この認識は、自己が不明確になっている神経疾患者の「時間と空間認識」についての精神医学分析に合致している。それによれば、「あらゆる精神症状の中で、自己とか自分とか言われるものの異常が最も明白に患者自身によって体験されるのは『離人症』と呼ばれる症状においてである」[(24)]と言われる。その離人症患者の自意識の麻痺や喪失は、「まさしくこの日常的理解における時間と空間との不成立ということにほかならない。時間の連続的な流れがなくなっていること、空間の拡がりがなくなっていること、これは要するに時間と空間とが、彼らの中で、その日常的、常識的性質を完全に喪失しているということなのである」[25]。このような人間理解は、『無頭の鷹』の主人公たち、とりわけD．J．に当てはまる。彼女の空間（場所）の感覚の喪失は「どうして私はここにいるの？」との問いの中に端的に表れている。彼女の時の感覚の喪失は、ヴィンセントのアパートで初めて泊まった翌朝の二人の会話に如実に見ることができる。彼女は曜日だけでなく、今が何月かもわからない。ヴィンセントの返答のあと二人の会話は次のように続く。「四月なの。——私、ここに長いこといるの？」「せいぜい昨日の晩から」「まあ」時間や時の概念は本質的に迷宮性を持っているが、曜日や月を忘れ、さらに男のアパートに初めて泊まった「昨夜」からの時の経過の感覚すら意識にないところに、時の感覚が揺らめいているD．J．が浮き彫りにされている。D．J．と時との関係については次のような記述も見られる。「彼女は一体いつの時代に生きているのか不思議な気がした。彼女には、過去を質問しても無駄だとはわかっていた。それでも現在のことは時々しか意識しないようだし、未来はなんの意味もないようだった。彼女の心は、からっぽの部屋の中の青い空間を映している鏡のようだった。」ここで彼女の心の状態を表現するのに用いられている青は「行方知れぬ不安の色」[26]である。空《くう》なる不安の中で自分が揺らいでいるD．J．においては、時は点となってしまって連続的に流れておらず、現在の時の意識すら希薄なのである。「時間を意識することは、絶え間なく変化するものに抗して、内部に変わることなく静止して存在するものをもつ者

だけに可能である。『我ここにあり』との感がなければ、そこには私たちの生成感も時間ももはやないのである」(27)

さて、主人公の時の意識の朦朧性や混乱を、小説の構成上の手法によって読者も体感させられる。時間の輪郭を曖昧にさせ、時の秩序を崩壊させて創造している時の混乱の諸相は三つある。まず、小説全体の時の流れの朦朧性を挙げることができる。小説は全三章から構成されているが、序章の時の流れは第三章に続いていることを、ポップコーン、階段、花売りの屋台、雨の描写の連続性に気付くことによって辛うじて知ることができる。

次に、第二章の行間のスペースの取り方を挙げることができる。第一章（八段落）と第三章（二段落）においては、いずれも段落の間にスペースを取らず、時間は単純に流れている。しかし、第一章の時から過去にフラッシュバックし、小説のプロットの中心をなしている第二章においては、七か所において段落と段落の間に二行のスペースをとっている。同じ二行のスペースであるが、その前後における場面転換の有無と時の移動のさせ方は次のように七か所七様である。即ち、1　場面転換あり、時の経過は数時間、2　同じ場面、時の経過は一晩、3　場面転換あり、時の経過は一ケ月、4　場面転換あり（現実から夢へ）、時の経過は短時間、5　場面転換あり（夢から現実へ）、時の経過は瞬時、6　場面転換あり、時の経過は不明、7　場面転換あり、時の経過は有りそうで実は無い。一方、場面なり時なりに変化があるにもかかわらず、段落の間にスペースを空けないケースも二か所ある。さらに段落も変えずに同じ段落の中で場面が転換したり時の移動が見られることもある。このように場面転換や時の移動のさせ方に規則性はなく、余程注意深く読まないとその変化が理解できない。すなわち読者も、小説の中の場所や時の境界が朦朧としてくるのである。

最後に意識の流れの手法を挙げることができる。この手法を用いているのは第二章の最終部分である。窓から突然入ってきた蝶々の羽を切ろうとして誤って絵の中の鷹の心臓にはさみを突き刺してしまったヴィンセントは、蝶々と鷹について以前に語っていた彼女の言葉を思い出す。彼の意識に甦る彼女の言葉と言葉の間に、その時の彼女の様子が挿入され彼女の言葉から引き続き現在へと時は移動する。書体の変化によって彼女の言葉は他から区別されているが、スペースは全く空けられることなくヴィンセントの意識の流れに沿って言葉が連ねられている。ここではヴィンセントの心理的な内面の時間への遍歴を「意識の流れ」の手法によって試みているのであるが、この個所だけでこの手法を用いているので、読者は外見上の時の流れの不連続さに混乱を覚えるのである。それも当然のことであって、そもそも現代小説に取り入れられた「意識の流れ」の手法の根本には、人生や精神は論理を組み立てて描けるものではないという考えがある。表現上、つじつまが合わず読者が戸惑うことがあっても、それらが意識化される様子をそのまま言語化して伝えるのが作家の仕事であるとの考え方から、この手法が現代小説に取り入れられたのである。人間の心の中で時の境が揺らめくさまを描くためには、この「外見上の不連続性」が必要だったのであろう。

五　補遺

この小説の冒頭に付されている題辞は、旧約聖書「ヨブ記」から引用されていることは既に述べたが、信仰の書としての「ヨブ記」についてはカポーティ作品の中で全く触れていないので、ヨブの信仰の在り方と作品の関連性を考慮する必要はないと思われる。カポーティは自分の小説の題辞としてこの三つの節の表現が必要であった。小説の内容を絞りこんで提示するものとしての役割を最も担っているのは「題名」であるが、作者の意図をより明確に伝えるために、この題辞を敢えて題名のあとに加えたものと思われる。これまで一般に、題名に用いられている「無頭の鷹」について論じられることが多かったが、テーマにおいても文学的手法を論ずる上においても題辞が示唆している三つのキーワード「光に背く者」「家を穿つ者」「死の蔭を怖れる者」は、看過すべからざるものなのである。

作品において、先ず、「光に背く者」としての「暗闇」が、人間の五感に関する言語によって感覚的に創造されている。特に暗さを視覚的にイメージ化し、深層心理に結び付けて、豊かな言語表現によって「暗闇」が構築されている。とりわけ序章において暗い世界が創造されているが、カポーティは序章全体を暗くするのではなく、一点だけを明るくしている。その遠くの一点の光によって、周囲の暗さが一層強く感じられると共に、客観的には光が存在しているのに主観的にはその光から遠ざかり、暗さの中にとどまっている者の姿がクローズアップされる。このような「暗闇」の構築は、暗さを感じさせる音象言語によって更に確かなものとされている。それらは主に不快な音声の交錯する喧騒や、衰退と崩壊のイメージを伴う音声などである。そして人間の話し声の強弱や高低の描写は、海の波に揺れる人間描写との相乗効果によって、暗闇と揺らめきの中に読む者の身を置かせるのである。

次に「家を穿つ者」についてであるが、この場合の「家」は前述したように人間の心の比喩的表現である。「家を穿つ者」によって心を穿たれ自己が揺らめいていくさまを、以下に述べるさまざまな揺らめきによって描いている。この揺らめきはD．J．だけでなく、ヴィンセントも含めて主人公たちの存在のありようであること、すなわち「穿たれる者」のありようであることを、全体を流れる揺らめき、影の揺らめき、時の揺らめきによって表現している。その表現方法については詳述したところであるが、簡潔にまとめれば次の通りである。全体的な揺らめきを海に託して描くと共に、影の揺らめきを、轟音に揺れるウインドウガラスに映る影として、或いは、ろうそくの光によって鏡に映し出される揺らめく影として作り出している。鏡像は自己認知の仕方や対人関係を反映すると言われるが、主人公たちが自己や人間関係に揺らめいているさまが映し出されている。そして、時の揺らめきは、小説の構成、段落の置き方、「意識の流れ」などを活用して、主人公たちの時の感覚の揺らめきを共有する形で読者に感触として伝えられる。この作品は時の揺らめきを通して、時間感覚と人間が人間でありうることとの深い関係を提示している。この作品におけるさまざまな「揺らめきの創造」は、「家を穿つ者」「家を穿たれる者」の文学的表現なのである。

以上の考察によって明らかになったことは、この作品のテーマや文学的手法を論ずる上で題辞が重要な役割を担っていることである。或る批評家の目には、構成上不完全あるいは芸術的に不統一とさえ映ったこの難解な作品は、題辞を通してみることによって、構成上の全体的枠組みや作者が試みている芸術としての文学が浮き彫りになった。

さて、この小説では最初から「海」、「D．J．」、その他のものに緑色が用いられているが、これは「不吉な前兆」、「死」を象徴するものである。さらに、海もまた「死」を象徴する。小説の最初からカポーティは、そのような緑色の海を漂う者として、さらに「死の蔭」に包まれる者として主人公を描いている。五章ではそのような緑色の海の中を漂う「無頭」の主人公、題辞の最後の一節「死の蔭を怖れる者」について述べる。

註

⑴ポール・レヴィーン（Paul Levine）が論文 Truman Capote：The Revelation of the Broken Image,（The Virginia Quarterly Review Autumn, 1958, pp.601-614,）の中で、『遠い声　遠い部屋』（１９４８）以前の作品を「昼の物語」と「夜の物語」とに分けて以来、それが通説となっている。「夜の物語」に属する小説は、『夜の樹』、『ミリアム』、『無頭の鷹』、『最後の扉を閉めて』、『マスター・ミザリー』の５篇である。

⑵初期の作品においては、一連の「夜の物語」だけでなく「昼の物語」と称されるものにも『無頭の鷹』以外には題辞は付されていない。『無頭の鷹』以後、題辞が付されるのは取材・調査と著作に６年の歳月を費やして１９６５年に発表されたノンフィクション『冷血』においてである。『冷血』の題辞は或る絞首刑囚の墓碑銘の言葉から引用されている。また観察者に徹して書かれたエッセー集『犬は吠える』（１９７３）にはアラブの諺「犬は吠える、がキャラヴァンは進む」が題辞として用いられており、その諺を引用したいきさつが序文に記されている。『冷血』や『犬は吠える』には題辞と共に献辞も付されている。献辞については、まとまった作品としてはカポーティの最後の作品である『あるクリスマス』（１９８２）に至るまで、村上春樹言うところの一連のイノセンス・ストーリーを中心に身近な人々に献辞を

呈している。

(3)省略されている2節（「ヨブ記」24章14、15節）を下記に記す。

明治訳(14)人を殺す者よあけに起きいで受難者やまずしき者を殺し、夜は盗賊のごとくす。(15)姦淫する者はわれを見る目はなからんと言ひて、その目に昏暮を窺い待ち、而してその面に覆ふ物を当つ。

(4)日本語訳聖書の歴史を概略すると、出版年は次の通りである。

明治訳聖書（1887年、明治20年）、大正訳聖書（1917年、大正6年、旧約の部分は明治訳のままで、新約の部分だけが改訳された）、口語訳聖書（1955年、昭和30年）、新共同訳聖書（1987年、昭和62年）

(5)旧約聖書のヘブライ原典の表現ではなく、英語訳の表現を検討するのは、この小説は英語で書かれており、作者は英語訳の旧約聖書から題辞を引用しているからである。

(6)暗いイメージを与える言葉を配置することによって、視覚的に暗さを構築している様子を、それらの言葉に網かけをして一部分、提示しておく。

The window was like a comer of an attic; a lifetime's discardings rose in a pyramid of no particular worth: vacant picture frames, a lavender wig, Gothic shaving mugs, beaded lamps. There was an Oriental mask suspended on a ceiling cord, and wind from an electric fan whirring inside the shop revolved it slowly round and round. Vincent, by degrees, lifed his gaze, and looked at the girl directly.

She was hovering in the doorway so that he saw her greeness distorted wavy through double glass; the elevated pounded overhead and the window trembled. Her image spread like a reflection on silverware, then gradually herdened again : she was watching him.

(7)「緑色は、中世には狂気のシンボルであった」ことを意識しているかのように、カポーティは緑色と狂気に加えて、中世のイメージをD．J．に付している。例えば、彼女の顔を「中世の若者たちを描いた絵のなかにときおり見られる種類の顔」と表現したり、彼女の自画像の女性に中世の「修道士のような服」を着せたりしている。

五章　緑の海に漂う『無頭の鷹』（下）

一　はじめに

『無頭の鷹』の序章は、人の心を不安にさせる緑色が色濃く漂う深海の世界である。どんよりと重くよどんでいる深海の水底は、ほとんど光の届かぬ闇の世界でもある。闇は光の対極にあり、このように暗く揺らめく深海の世界は「光に背く者」の住みかにふさわしい。トルーマン・カポーティは『無頭の鷹』の序章において、先ず「光に背く者」の住みかとしての闇を構築し、その闇の中で光に背く者たちが「家（心）を穿ち、穿たれる」様子を形象化する手法として「揺らめき」を用い、序章ならびに第二章においてそれを多種多様に描いた。

右記の「光に背く者」および「家を穿《うが》つ者」なる表現は、この作品の冒頭に掲げられた題辞の中に見出される。題辞は旧約聖書「ヨブ記」より三節を引用しており、三節目の「死の蔭を怖れる者」を含めて、これらの表現を含む題辞にこの作品のモチーフがあると考える。すなわち、この題辞は、小説『無頭の鷹』における作者の意図をより明確にするために付されたのであると考えられる。しかし今までの作品論においては、題辞を看過しているもの[註(1)]、あるいは看過しないまでも最初の節の「光に背く者」なる表現のみを抽出して主人公ヴィンセントを形容し、主人公の盲目性もしくは方向性の喪失と結び付けているだけのものが多い[註(2)]。それらは作品論を展開する手がかりを「無頭の鷹」の象徴性に求めてしまっている。「無頭の鷹」は題名にも用いられ、絵や夢にも出てきており、その象徴性を論ずることなしにこの作品を論ずる事は不可能であることは確かであると言えよう。しかし混沌として難解なこの作品の構成の完成度や芸術的統一性を測る手がかりは「無頭の鷹」の象徴性よりもむしろ題辞に存在すると考えられはしまいか。今までに、題辞を手がかりに作品を論じている論文も皆無ではないが、それらも題辞全体をひとくくりにしていて「光の道」または「光と闇」がモチーフと捉えている[註(3)]。しかし、「光」や「光に背く者」だけではなく、三節の引用句の一節一節に意味があり、各節に作品を読み解くキーワードが含まれていると考える。

次の三点、すなわち①題辞そのものについて、②題辞の中で「光に背く者」「家を穿つ者」「死の蔭を怖れる者」なる表現がキーワードであること、③「光に背く者」「家を穿つ者」なる表現の作品における形象化については既に論じたところである[註(4)]。

本稿は、その続稿として、最後のキーワード「死の蔭を怖れる者」の形象化の跡をたどり、作品論の手がかりは冒頭の題辞に込められているこの三つのキーワードにあることを最終的に明らかにすることを第一の目的とする。

第二の目的は、作者が主人公を通して描いた作品の総括として、大勢を占めている「方向性の欠如した主人公の行く末は死以外には無く、一筋の光も見えない」註(5)とする解釈に対して新たなる見解を提示することにある。従来の解釈が示すように、「無頭」は方向性の欠如を意味しており、方向性の無いぐるぐる回りの円環の手法を物語構成として用いるなど、作者が「人生の方角を見失い無頭になる」(1)者としての主人公を描いた意図に異論はない。自由に飛翔するイメージの強い鷹を題材に用い、その鷹を無頭にすることによって「人間が真の自由を得ることの不可能さを描いている」(2)ことにも首肯《しゅこう》できる。獲物を見つけたら絶対に餌食にしてしまう残忍なイメージの強い鷹を無頭にすることによって、「餌食にするものが、餌食にされるものともなる」(3)ありさまを描いているとする点にも納得できる。問題は「主人公の行く末は死以外にな く、一筋の光も見えないかどうか」という点にある。

主人公の死を最も連想させるものは彼の見た夢の結末である。作品の中でこの夢が大きな役割を果たしていることも確かである。しかし、夢の結末を根拠に主人公の行く末を死と推定するのは早計である。なぜなら夢は物語の途中に出てきており、この夢を見たことによってある種の自己認識、自己覚醒を促された主人公の有り様がその後に描かれているからである。夢の役割は、主人公の死の暗示というよりも、むしろ、主人公の自己認識・自己覚醒にあると考える。このことについては、夏目漱石の『夢十夜』の中の「第三夜」との比較によって論ずる。

また、作品全体の構成上からも、作者が「主人公の救いのない死」を意図していると断ずることは困難である。作品全体の構成を分析するならば、短いとは言え第三章の果たす役割を見逃すわけにはいかない。本稿の第二の目的は、最終章である第三章の光景描写にみるメタファー、とりわけ結末の象徴手法の中に光を暗示する小説手法を読み取り、新たなる解釈を提示することにある。

二 「死を怖れる者」の形象化

(一) プロットと主人公の人物像

『無頭の鷹』は三部から成っている。序章と最終章は時間的・場所的には連続性・接着性を有しており、その間に挿入された第二章は映画のフラッシュ・バックのように五ケ月以前の過去にさかのぼりそこから物語が展開される。プロットとしてはこの第二章が作品の中心を成している。

冬のある日、主人公ヴィンセントが勤める画廊に一人の娘が自作の絵を売りに来る。最初は絵を断る気でいた彼も、奇妙な風体の彼女の様子や、その彼女が脈略も無く口にする「デストロネッリ」という言葉などが気になって結局、絵を見ることになる。値段の交渉をしているうちに彼女は「D．J．Y．M．C．A．」とだけ自分の名前と住所を記し、自作の絵を置いて立ち去ってしまう。ヴィンセントは、この絵の中に「自分特有の、表現不可能な知覚」と思っていたものを見出し、「自分を知っているこの人は一体何者だろう？　どうやって知ったのだろう？」と娘に関心を持つが、その後彼女は現れない。彼女が置いていった絵は、ヴィンセントのアパートの壁に掛けられ、彼の自己認識、自己覚醒を促すことになる。そして、自分しか知らないと思っていた自分の本質を描き出しているこの絵を描いたD．J．を憑かれたように捜し始めるが、当てもないままに冬の日は過ぎていった。

春の訪れた四月のある日、安物店のアーケードになっている遊技場の人ごみの中に彼女を見つける。再会の夜から二人は同棲を始めるが、彼女の言動は宙に浮いたようで確かさがない。五月下旬、彼女の十八歳の誕生日の夜にヴィンセントは夢を見る。この夢は作品の中で大きな役割を担っているが、その象徴性や作品における役割については後で詳述することにする。さて、真夜中に夢から覚めたヴィンセントは、彼女の姿をベッドではなく暗い庭に見出す。庭で訳のわからないことを口走り、「ここで、あの人を見た。危ないから出てこないで」と囁く彼女に、「気でも狂ったのか」と日ごろから感じながら言葉にすることだけは避けてきた言葉を遂に口に出して言ってしまう。この時、彼は「愛する者を、かばってばかりはいられない」と自分を擁護する思いを抱く。それと同時に、それ以上にこれは愛する者への自分の裏切り行為であるとの思いを強くするのである。過去に彼が関わった男女を次々に思い出し、彼らが皆、彼によって「裏切られた者たち」であること、そして実は、どの恋愛においても初めから「一度も心から愛したことのない恋人」であった自分、相手を初めから裏切ってきた自分を今一度認識するのである。この「愛への裏切り」のモチーフは、次作の『最後の扉を閉めよう』に引き継がれていくが、『無頭の鷹』においては裏切られる対象は、愛する他者だけでなく愛する自己をも含んでいる。それは、絵によって自己認識を促された彼が次のような自己分析をおこなっていることからも明らかである。彼は自らを「詩を書いたことの無い詩人、絵を画いたことの無い画家」であると分析している。文中の作者の言葉で言い換えれば、天賦の「才能を開発してこなかった」という点において「彼は自分自身をも裏切ってきた」のである。

また彼は自分を「けっして航海に出ず」「岸から五十マイル沖合いの海に居る男」とも称している。人生という航海に果敢に誠実に漕ぎ出すこともせず、大地に足を踏みしめているわけでもない。彼の自己描写は生きている実感が持てない曖昧な状態の人生・生命の有り様を表現しているのである。そのような人間はいずれ「自分か他人によって殺される運命にある犠牲者」であるとヴィンセントは自分自身を捉えている。作者はヴィンセントに自らを「殺される運命にある犠牲者」と表現させることによって、「死の蔭を怖れる者」としてのヴィンセントの姿を明確に打ち出しているのである。

ヴィンセント以上に明確に、終始、「死の蔭を怖れている」人物として描かれているのはD.J.である。彼女がよく口にする「デストロネッリ」とは、彼女にとっては文字通りデストロイアー（破壊者）すなわち殺人者のことであり、彼女はいつもその影におびえている。無頭の女性の自画像は、とりもなおさず「殺される運命にある犠牲者」としての意識の表われである。デストロネッリはいろいろに形をかえて——他の男、子ども、鷹、蝶などに形をかえて——現れると信じている彼女は、ガスの検針人をデストロネッリと思い込みハサミで切りつけてしまうほどに、狂気を伴う極度の死への怖れを抱いている。ハサミで切りつけるD.J.の姿は、ヴィンセントの姿でもある。高熱による衰弱によって正常な精神状態を逸していた彼は、部屋に飛び込んできてD.J.の自画像に止まった蝶々をハサミでちょん切ろうとして、無頭の鷹の心臓にハサミを突き刺して絵を切り刻んでしまう。これは、ヴィンセント自身が意図するとしないとにかかわらず、デストロイアーとしての自己の本性が顕わにされた瞬間である。外なるデストロイアーだけでなく、内なるデストロイアーが存在している人物としてヴィンセントを描いている。

そんなヴィンセントの人間関係、特に恋愛における人間関係をカポーティはワルツによって伝えている。ワルツは円を描きながら踊るダンスであるが、円は閉ざされた円環を表しており、夢の中で現れる過去の恋人たちと次々に相手を替えながら踊るヴィンセントのワルツは、閉塞的で同じことのくりかえしである彼の愛の軌跡を象徴している。そもそも次々と相手を替えるのは、死を怖れているからではないのか。愛の破綻した状態を続けていった場合のゴールは死であることを予感し、ゴールが近づく前に相手を替えて新たなる関係を築こうとするが結局、同じことを繰り返してしまう。彼の愛における死は、人との関係を不可能にする断絶を意味しており、彼の運命は一段と悪しきものになってゆく。

一方、D.J.の場合は最初からデストロネッリという形を借りて、死が飽くことなく絶えず彼女を脅かす存在として現れており、死の問題は最初から深刻に彼女に付きまとっている。彼女のD.J.という名前からして死（Death）と関係があると推測することができる。登場人物の名前に非常に凝る作者であるから彼女の名前も深い意図のもとに付けられているに違いないが、作品の中では明らかにされていない。このD.J.の意味に言及した研究者はいない註(6)。筆者はD.J.の意味は〝death of Jesus〟ではないかと考える。J.は題辞と関わりのあるJobではなくてJesusの頭文字と解釈する。イエスと同じく彼女は最初から最後までこの世の豊かさとは無縁である。身にまとっているものは全て安物であり、自画像を売りに来るほどに貧しい。しかしヨブは元来貧しいわけではなく何もかも失うのは神に試される過程においてであって、最後は繁栄を約束される生涯である。作者が題辞をヨブ記から引用した意図は引用された三節に作品のモチーフを見出したからであって、登場人物のイメージを重ねることには無理がある。むしろD．J．のイメージはイエス・キリストのそれに近いものがあると考えられる。その根拠は次の点にある。イエスは生涯、貧しさの中にあり、無垢でありながら殺される運命にあることを早くから予知していた。D．J．も貧しく、無垢で、殺される予感につきまとわれている。D．J．はヴィンセントに自己覚醒させる役割を担っており、無垢なるものとしてヴィンセントの救いと関連づけられている。これは正にイエスにそのまま当てはまる。厳密に言えば「イエスの死」にそのまま当てはまる。「イエスの死」は、人間に原罪の自覚と贖罪の可能性をもたらすものであるから、彼女の名前のD．J．は「Death of Jesus」を表していると考えられるのである。そして、彼女が名前の頭文字と共に記した住所「Y．M．C．A．」は、安い宿泊施設のイメージを浮かべると同時に、キリスト教青年会が経営しているという点でイエス・キリストを連想させるものがある。いずれにしても、D．J．のD．はDeath（死）を表していると思われる。

このようにカポーティは、死でプロットと登場人物を包みこみながら、「死を怖れる者」を描いたのである。次にD．J．が描いた絵とヴィンセントが見た夢における「死を怖れる者」の形象化の跡をたどってみることにする。

（二）絵と夢による象徴的手法

D．J．が描いた絵には自画像とも言うべき中世の修道士のような衣装をまとった無頭の女性が描かれている。その頭は長い髪をつけたまま女性の足元に転がっており、その髪に真っ白い子猫がじゃれている。無頭の女性の背後には、真紅の胸と同色の爪をもった無頭の鷹が巨大な翼を広げている。

ケニス・リードなどが指摘しているように「この絵の無頭の女性はD．J．自身を表している」(4)と理解するのが自然である。無頭の女性にもD．J．にも「中世」に関するものを意図的に共通に付しているのが一つの根拠である註(7)。何よりも、殺される不安に始終、怯えていた彼女が無頭の自画像を描くことに不思議は無い。無頭の女性像の後ろには翼を広げた巨大な鷹が描かれているが、女性はこの鷹の犠牲者と考えられる。鷹はデストロイアーの具体化されたもので、「デストロイアーは鷹にも男にも蝶にも子どもにも、あなたにも私にも誰にでも形を変える」とD．J．は言う。絵の中の鷹も無頭の鷹として描かれている。無頭の鷹は残忍な加害者の象徴であると同時に、盲目となり方向性や飛翔する自由を失った犠牲者の象徴でもある。

のちにヴィンセントが見る夢にも出てくるのは、この無頭の鷹と子猫である。「無垢の象徴」のような真っ白い子猫は、夢ではD．J．の背中の女の子に抱きしめられているものとして登場する。この絵もD．J．もヴィンセントに自己覚醒を促す役割を担っている。この絵が基になって、ヴィンセントは夢を見る。カポーティは、無意識の世界に迫る手段として、作品の中でよく夢を用いる。無意識は人間にとって見えない存在であるから、その深淵に何が存在するのか窺い知ることのできないものであるが、夢によってそれを垣間見ることができる。夢は無意識の世界へと読者をいざなう案内人とも言える。絵がヴィンセントに自己認識・自己覚醒を促すきっかけになるのであるが、のちに見る夢にも「真っ白い雪のような子猫」と「無頭の鷹」の二つは出てくるので、この二つが特にヴィンセントの無意識の世界に関わり、自己認識・自己覚醒を促したことが分かる。先ず、作者が、無垢の象徴として小動物の子猫と精神障害者のD.J.とをからめて登場させているところに、アメリカの作家カポーティの無垢への憧憬を明白に見る思いがする。「いうまでもなく、『精神的障害者』も『身体的障害者』も、そして『小動物』も、アメリカ文学のなかでは肯定されるべきプラスのイメージを帯びている。――『精神的障害者』も『身体的障害者』も『小動物』も実は他ならぬ『無垢』のシンボル」(5)であるからである。自分がもはや無垢ではない自覚があると逆に無垢への憧憬が強くなるものであるから、カポーティはヴィンセントの無垢への憧憬を表現することによって、無垢の対極にある主人公の自覚を明らかにしていると言えよう。夢でヴィンセントの背中にくっつくのは老ヴィンセントである。この老ヴィンセントは「身の毛もよだつような」醜い老人で「四つんばいになって這い寄り、クモのように背中によじのぼって」くっついてしまう。まわりの客たちも邪悪な自分自身を背負って二人ずつ組んで石のように立っている。老ヴィンセントのように背中にくっついているものを、カポーティは作品の中で「その人の影」、「自分自身の邪悪な姿」、「内部の腐敗が外側で形を成したもの」などと表現している。

夢の中で、やがてワルツが流れダンスが始まる。彼のパートナーとして次々に現れてくるのは、かつて彼が愛を裏切ってきた女性や男性たちである。D．J．もその一人として、白い子猫を抱きしめた女の子を背に現れる。「わたし見かけより重いのよ」と言う女の子に対して、老ヴィンセントは「おれが一番重い」と言い返す。その二人の手が触れ合った瞬間、ヴィンセントは自分の上にのしかかっていた重さが消えるのを感ずる。老ヴィンセントが彼を離れて消えていき、彼自身の身体も宙に浮いて上がり始める。救いの予感がする瞬間である。しかし、その時、主催者が「無頭の鷹」を舞い上がらせる。「どうってことないさ。盲の鷹なのだから。盲目のものの中では邪悪なものも安全さ、とヴィンセントは考える」。しかし鷹は爪を突きたてて彼めがけて舞い降りてくるのである。「逃れるすべは無いと遂に彼は悟る」。そこで夢は終わっている。

この夢とよく似た話が夏目漱石の『夢十夜』の中で「第三夜」の夢として出てくる。夢の概要は次の通りである。背中に自分の子どもを背負って闇の夜道を歩いている。その子は盲目で、声は子どもだが言葉つきは大人で、盲目のくせに何でも知っている。その子に「今に重くなる」「丁度、こんな晩だったな」と言われ、問い返すと「わかっているじゃないか」と返事が返ってくる。なんだかそんな気がしていると杉の根方を指して「おまえがおれを殺したのは今から丁度百年前だね」と言う。その言葉に、百年前に盲人を一人殺したことを思い出す。その途端、背中の子どもが急に重くなるという筋である。

ヴィンセントが見る夢と「第三夜」の夢は、幾つかの共通点がある。①背中に自分の分身（と呼ぶべきもの）を背負っていること、②その分身が自らの重さを口にすること、③盲目なもの（鷹または子ども）が主要な役を担っていること、しかも最初、主人公はこれらのものを盲目ゆえに馬鹿にしていること、④過去における人の死（自殺または殺人）を自分が原因と思い始めていることなどである。二つの夢の主な共通点は以上であるが、比較の範囲を二つの夢の周辺すなわち『無頭の鷹』と『夢十夜』まで広げると、共通点はさらに加えられる。たとえば、「第三夜」の「闇」や「雨」は『無頭の鷹』の全体を包んでいるし、ヴィンセントの夢の「閉じられた空間」は、『夢十夜』「第九夜」に用いられている。「臆断になるが、漱石もまた（第九夜の子どものように）闇の中で限られた空間を這い回ったことがあるに違いない。——子どもの日から内面の深部で生き続けていた怖れを蘇らせていることだけは疑いがない」[(6)]との越智治雄の漱石作品論は、そのままカポーティ作品論に適用することができる。

以上のように共通点の多い二つの夢の最大の共通点は、二人の作者が表現しようとした主題にあると考える。夢は人間の意識を拡大して見せてくれるが、それを手法的に利用して作者が表現しようとした主題を、『夢十夜』特に「第三夜」を手がかりとしながら、ヴィンセントの夢に焦点を当てて考えてみたい。

漱石の『夢十夜』については、伊藤整が作品解説註(8)の中で、「現実のすぐ隣にある夢や幻想の与へる恐ろしさ、一種の人間存在の原罪的な不安がとらへられている」(7)と記している。その後、荒正人は、『夢十夜』のなかでも特に「第三夜」は原罪的意識が基調となっていると「漱石の暗い部分」(8)の中で述べている。江藤淳もそれを受けて、作品のモチーフの一つを「裏切られた期待」であるとし、「このモチーフは、ある絶対的な力、超越的な意志に対立する、人間の無力感のようなものに帰着する。『原罪的な不安』なるものは、いわばこの成就されざる人間的意志の無力感の転移なのだ。運命的な、得たいのしれぬ力が、常に人間の期待を拒否する。その力に合体も出来ず、さりとて、その前で自らを否定することも出来ぬ故に、人間は、自らの忌わしい、どうすることも出来ぬ『我』の存在をひっさげて立ちつくしていなければならぬ」(9)と述べている。

「第三夜」は『夢十夜』の中の傑作としてだけでなく、漱石文学の重要な主題の集約として今ふたたび、存在論的な観点から取り上げられているが、カポーティの『無頭の鷹』では、その主題が一層明確にされているのである。いずれにしても、ヴィンセントの夢は、無意識の中にある不安感、罪悪感、無力感などを表しており、死についての拭い去れない不安が夢の底に流れている。

このように「死を怖れる者」の形象化が、プロット、主人公の人物像、絵やヴィンセントの夢などによって成されているが、小説の結末までそれが続いているわけではない。この小説の最終章について今までの作品論はほとんど論じていない註(9)。しかし小説の最終部分は作家の最終的な意図が示されるところであるから、作家が最も腐心するところである。そこでこの小説の最終部分の表現方法を論じながら作者の意図を探ってみることにする。

三　光を暗示する最終章

(一) 円環による小説作法

最終章である第三章は、非常に短い。冠詞や前置詞を含めても四百語足らずの長さである。そして、この短い最終章は時間的経過から言えば序章からの続きである。カポーティが物語の構成に円環手法、時の流れを過去に戻したあと再び現在に戻る円環手法をしばしば用いることに思い至らないと、この作品の序章の終わりが最終章の初めに続いていることに気づかないかもしれないほど、この「時の接続」は明白ではない。しかし序章の終わりと最終章には「階段の上に佇む娘」、「娘の足元に散らばったポップコーン」、「花売りの荷車」などの共通項があり、

「階段を降りていったヴィンセント（序章の終わり）と階段を上がってくるヴィンセント（最終章の初め）」、「今にも雨になりそうな空模様の序章と降り出しそうな空に雷鳴がとどろき遂に雨が降ってくる最終章の天候」などに「時の接続」を見出せば、最終章が序章の続きであることは疑うべくも無い[註10]。

この「時の接続」から物語構成の円環が見えてくる。カポーティは、しばしば小説構成にこの円環手法を用いる。用い方はいわゆる「昼の物語」と「夜の物語」では異なり、「昼の物語における円環構成は過去のエピソードを挿入する形のものが多く、そこで語られるものは大切な思い出として主人公の心の中で現在に引き継がれている」[10]。この場合の円環は、「外界から胎児をまもる子宮を象徴しており」[11]、その中に居る者は子宮に保護され羊水の中に居るかのような安らかな平和に満たされている。一方、「夜の物語では円環は主人公の絶望や活力の枯渇した存在からの変革の不可能さを暗示している。ここでは円環は不条理劇のそれにも似て、何物も変え得ないし、何も変わらないことを示す効果がある」[12]。循環するのみで、方向性の無い性質のものとして用いられる円環は、「夜の物語」の一つである『無頭の鷹』でも幾つか使われている。具体的イメージとして象徴的に用いられているものには、骨董品店の窓越しに見える「回転する扇風機」、夢の中のダンスや蝶々の舞いとして出てくる「ワルツ」などがあり、大きな枠組みとしては、「小説全体の構成」に関わる円環がある。「回転する扇風機」は「物語全体の円環の具体化」[13]であり、次作『最後の扉を閉めよう』においては、この「回転する扇風機」のイメージを中心に物語が展開することになる註[11]。次にワルツに関しては、ぐるぐる回るだけで「方向性に欠けたヴィンセントの人生」[14]、「前進性・向上性に欠けたナルシスト」[15]としての主人公の姿を表しており、ワルツに象徴されるヴィンセントの愛の軌跡については既に述べたところである。

さて、『無頭の鷹』の小説全体の構成としての円環は、概観すれば「閉ざされた円環」[16]である。それ故に、「超自我の懲罰」[17]、「愛における死」[18]、「創造力の挫折」[19]、「ヴィンセントの救いの可能性を否定している」[20]などの作品論が展開され光の道は閉ざされているとの解釈に立っている。それに対して「光の道」が暗示されているとする作品論もないわけではないが、それらの根拠は説得力に欠けている。たとえば、「驟雨の中での Vincent とD．J．の再会という『開かれた結末』で終わっている」[21]とあるが、D．J．がヴィンセントの後をアパートの前までついてきたところから始まる最終章の二人は「驟雨の中での再会」とは読めない。あるいは、「光の道の可能性」の根拠を夢に置き、夢における無垢なものとの交感によって「生来の自我の真実が再確認され……『光の道』を発見することをも可能ならしめるのである」[22]としているものもある。この夢の役割が「真実の自己確認」にあるという点においては首肯するが、それはこの夢が無頭の鷹による自らの死を暗示して終わっているからこそのことであって、無垢なる者との交感

――背にくっついている老ヴィンセントの重さが無垢なる者に触れること――によって軽くなるのは一時的なことで、この段階を根拠に「光の道」が提示されていると論じても、「あの夢の中でヴィンセントの罪の呵責の念が軽くなるのは一時的なもの」[23]との反論が出るのは当然である。むしろ、この夢によって主人公は死に至る以外にない自己を確認するのである。

本稿は、「光の道」の可能性の根拠を小説構成と最終部分の描き方に置く。先ず、小説構成についてであるが、『無頭の鷹』のそれは、よく観察すれば円環は閉ざされた後、その先端がほんの少し先に進んでいるのである。完全に閉ざされた円環手法を取るのであれば、ポップコーンその他、序章の終わりとの共通項をちりばめ、ヴィンセントとD.J.の動きに接続性を持たせた時点で小説を終わることも可能であった。しかし、最終章は序章との「時の接続」の機能を果たす第一パラグラフだけで終わらせずに、非常に象徴性に富む第二パラグラフを加えて終わっている。しかも、この最終章自体が、全体の構成の凝縮版とでも言いうる構成方法を取っている。つまり最終章の第一パラグラフは、序章の最後の「時」すなわち現在に接続した後、この一ケ月間の主人公の精神状態を簡潔に語り、再び現在時点からの第二パラグラフを加えて終わっているのである。つまり、第二パラグラフの存在によって、物語構成は、完全に閉じられた円環の形ではなくなっている。ほんの少しではあるが、方向性を感じさせて終わっているのである。方向性が無いことが闇の為せるわざとすれば、ほんの少しではあるが光が感じられるのである。

さて、循環する性質を持つ円環は、中心を囲む枠である環状としての性質も兼ね備えている。太陽や月の周りに見られる円環のように、中心になるものを囲み中心の本質を伝える環状・枠のような働きをする。『無頭の鷹』に用いられている円環は、この役割も担っている。そしてそれは冒頭の引用句の出典である「ヨブ記」にも言えるのである。人間の壮大なドラマである「ヨブ記」の「序曲と終曲とは、詩人によって書かれた二つの短い章句によって中間の討論部分に結合されて」[24]いる。『無頭の鷹』の序章と最終章も共に短い文章によって中間のプロットに結合されており、その文体は詩人によって書かれたとの表現がふさわしい象徴性に満ちたものなのである。「ヨブ記」の枠は、「詩文の著者によって主題の深さを引き出すために用いられているのみならず、散文の解釈の視点をも与える」[25]ものと言われるが、『無頭の鷹』の枠も主題の深さを引き出し、作品解釈の視点を与えるものであると言える。

(二) 結末にみられる象徴的手法

序章と最終章は、象徴で織りなした玉虫色の円環である。「ドイツ語では象徴は Sinnbild であって、これは意味（Sinn）という言葉と絵あるいは像（Bild）という語の合成である。つまり、まずイメージとして立ち現れ、見る者に意味を与える者であるということが分かる。――ここでイメージというのは、かならずしも目に見える姿ばかりではない」[26]。たとえば、音象言語は

『音の風景』のイメージをリアルに再現させる。擬音語は、特異な視覚的イメージ喚起のポテンシャルもあわせもっている」[27]。擬音語の音は、音の域を越えて言語的な感性を表現しているのである。その意味において、ここで言う象徴とは視覚は勿論のこと聴覚や触覚など感性を通して伝えるもの全てを含んでいる。

最終章の最終部分である第二パラグラフは、短いが象徴的描写に満ちている。地下から階段を上がってきたヴィンセントが、「街灯の下で立ち止まると、突然、灯りがつき、石畳の上に複雑な光を扇形に広げた」。ヴィンセントが立ち止まると突然、頭上の街灯に灯りがついたということも意味ありげであるし、その光に「複雑な」という形容詞を付しているのも意味ありげに受け取れる。これに続く一文も、これまた意味ありげである。「彼が待っていると、雷鳴がとどろいた」という内容の文であるが、突然灯りがついた街灯の下で何を彼は待っていたのか、その対象は隠されている。最後の文からの推測ではあるが、彼が待っていたのはD．J．だったのではないかと思われる。「彼女が、ゆっくりとすり足で街灯の下にやって来て、彼の横に立つ」からである。その時、再び雷鳴がとどろく。雷鳴は神の声の象徴とされており、「とりわけその正義と怒りを表す。神による絶滅の脅しの場合もあれば、天啓のお告げの場合もある」[28]。雷鳴が神の声を予感させるものであったとして、この場合は「死の脅し」なのだろうか、それとも「光を暗示する天啓」なのだろうか。少なくとも、街灯の下で彼が待っているときの雷鳴は

「光を暗示する天啓」と受け取れる。なぜなら続く光景描写の中に、明るいイメージにつながる語句が数多くちりばめられているからである。「上を振り仰ぐ顔」、「微風」、「手をつないで回転木馬のように跳ねる子どもたちの笑い声」「グラジオラスや蔦で一杯の花売りの車」「避難場所」「チリンチリンという音」など視覚的にも聴覚的にも快適な明るいイメージが目白押しに並べられている。舞台のステージに繰り広げられる華やかなフィナーレにも似た言葉の饗宴である。

しかし、その饗宴は「バタンとドアを閉める音」「窓を引きおろす音」によって、一瞬のうちに反転して静寂と化し静かな雨音だけが聞こえる。その時、彼女が灯りの下に佇むヴィンセントの脇に立つのである。「すると、空が、まるで雷鳴でひび割れた鏡のようになり、粉々に砕けたガラスのカーテンのように雨が二人の間に降ってきた」。こうして物語は幕を閉じるのであるが、あまりにも象徴性に富んだ結末である。この場合の「雷鳴」の解釈は、雷鳴によって砕かれる「鏡」の解釈に委ねられる。鏡の象徴性もまた両義的であって、ナルシストに欠かせない鏡と解釈すれば、砕かれることはナルシストからの脱却への促しと取れるが、鏡を自己認識するためのものと解釈すれば、砕かれることによって自己認識は粉々になって自己の確立は遠のいてしまう。「鏡」のあとに続く最後の文もまた象徴的・多義的である。「あたかも雷雨の夜の稲妻のように、私たち二人の間に横たわる深淵をのぞかせる」というモーパッサンの言葉を借りるまでも無く、空の鏡を割ったように降ってきた雷雨は人間関係の断絶の深淵を連想させるものがあることは確かであるが、相手がD．J．の場合、断絶は孤独の深淵をのぞかせるとは限らない。すなわち、この最終時点でのヴィンセントにとってのD．J．の存在の解釈によっては、この雨は恵みの雨ともなり得るのである。過去の数々の愛の裏切りへの罪責感をD．J．に集約させ、過大な罪責感にさいなまれるとしたら、それを断ち切ってくれる雨は恵みの雨である。なぜなら「自我の分裂を引き起こす最も顕著な症状として過大な罪責感があり、この罪責感が強力な死の恐怖を育み」(29)、死に至ることもあるからである。このように結末は謎に満ちている。

四　おわりに

「はじめに」でも述べたように、本論の第一の目的は作品の題辞の三番目のキーワード「死の蔭を怖れる者」の形象化を論証することにあった。それを①プロットと主人公の人物像、②絵と夢の象徴的手法の二つの観点から論じた。先ず、主人公ヴィンセントの死への怖れを、彼の恋愛の軌跡に見た。彼の恋愛の軌跡はワルツによって表現されているが、このワルツは、相手は替わっても同じことの繰り返しである閉塞的な円を象徴している。次々と相手を替えること自体が彼の「死への怖れ」と解釈できる。裏切りによって愛の破綻した状態のゴールは死であることを予感し、死に至る前に相手を替えるのである。新たなる相手D．J．に対してもその軌跡は変わらず、「愛への裏切り」を続ける自己を再認識することになる。この「愛への裏切り」の対象は他者だけでなく自己をも含んでいる。すなわち自らの天賦の才能を開発してこなかったという点で、自分を裏切ってきたのである。与えられた才能を十分に伸ばすことなく人生の波間を漂うヴィンセントに死の蔭は色濃く漂う。もう一人の主人公D．J．は一層、「死の蔭を怖れる者」として描かれている。いつもデストロイアー（殺人者）に怯えている彼女の自画像には、無頭の女性とその背景に無頭の鷹が描かれているのである。そんな彼女の名前の最初の頭文字はDeathを意味していると推測される。このように死を象徴し暗示するものに主人公たちを包みこみながら、カポーティは「死の蔭をおそれる者」の形象化を図っている。以上の形象化にも増して明確な形でなされているのはヴィンセントが見た夢である。この夢はD．J．が描いた自画像が基になっているが、夢にでてくる「背中にくっついた醜い自分」の意味はとりわけ大きい。この夢を漱石の『夢十夜』「第三夜」と比較させながら、この夢が原罪的不安を基調としており死についての拭い去れない不安が夢の底に流れていることを明らかにした。

本稿の第二の目的は「主人公の行く末は死以外に無く、一筋の光も見えない」との従来の解釈に新たなる見解を提示することにあった。題名にも用いられている「無頭の鷹」にこだわって無頭の鷹が登場する夢の終わりを小説の終わりととらえ、夢から覚めてからのヴィンセントを無視し、とりわけ最終章の第二パラグラフの存在を無視すれば、従来の解釈論は可能である。

しかし夢の終わりは小説の終わりではなく、夢は小説の途中に出てきて、その後のヴィンセントに自己覚醒を促す役割を果たすのである。そして物語はプロット上は大して意味のない最終章が短く加えられて終わっているのである。この終わり方は序章の時の流れに接合する「円環手法」を取っている。この小説の構成について、従来の作品論においては無頭の鷹の方向性の無さとも結び付けて、概観上の閉じられた円環の意味だけが論じられてきた。しかし、この円環はよく見ると序章に接合して閉じられた後、その先端がほんの少しではあるが前へ進んでいる。何も変わらない閉塞的な状態から脱却して、一歩ではあるが方向性を指し示す形の構成になっているのである。その部分が、最終章の第二パラグラフである。そのパラグラフには、光を象徴する明るく楽しげなイメージの視覚言語や音象言語がちりばめられている。ヴィンセントが街灯の下に立ったときに突然灯りがつく描写は、とりわけ象徴的である。

カポーティは最終章に第二パラグラフを加えることによって、小説構成においても文体においても光を暗示したのである。この光はあくまでも暗示にとどめられている。最後の一文は両義的で死への道の暗示とも光の道への暗示とも解釈できるのである。あからさまに語らず、ほのめかすだけで謎のままに終わっていることにより、一層、主題は深められているのである。

結末の部分は、物語を平明に合理的に結論づけるためではなく、むしろ非合理な謎をますます深めて、深い謎のまま提示するように機能しているのである。光に背き、自己を穿たれ、他者を穿ち、忌わしい存在として原罪的不安・死の怖れの中にある者は死への道しかないのか、光の道の可能性はあるのか無いのか、作者は作品を通じて謎めいた問いを突きつけてくる。この作品が現代的なのは、答えが幾つもある謎の創造性にあるのかもしれない。

註

(1) Helen T. Garson, Truman Capote（New York, Twayne Publishers, 1992）は、トルーマン・カポーティ研究書の中では、説得力のある研究書であるが、冒頭の題辞には触れていない。また日本でトルーマン・カポーティ研究書としての単行本は、筆者の知る限り稲沢秀大『トルーマン・カポーティ研究』（南雲堂、１９７０）の一冊だけであるが、『無頭の鷹』を論ずるに際し題辞には触れていない。William Nance, The World of Truman Capote（New York, Stein and Day 1970）においては、題辞全部を紹介してはいるが「初期のどの作品にも適用できる」ものと述べているだけである。『無頭の鷹』における特別の役割を認識していない点においては看過しているとみなしても大差ないと考える。Irvinig Malin, New American Gothic（Southern Illinois University Press, 1962）も題辞の一部分を紹介しているに過ぎない。

(2) Kenneth T. Reed. Truman Capote, (Boston, Twayne Publishers, 1981) は、「小説の冒頭にヨブ記から引用されている。『光に背く者』は、17歳の少女ではなくて、ヴィンセントのことである」(p. 39)と述べている。元田脩一は『アメリカ短編小説の研究』(南雲堂、1972)の約3分の1をトルーマン・カポーティ研究に充てているが、『無頭の鷹』における題辞については、序章におけるヴィンセントの描写に「見られる転落のイメージャリーは、この作品の冒頭に掲げられたヨブ記の一節『光に背く者―』の内容を具象化したものといえるだろう。――光の道を知らず、光に背く者の一人になり下がっているのである」と、光に背く者ヴィンセントの観点のみである。

(3) 岡田春馬『現代アメリカ文学の世界 ――南部作家の「孤独と愛」を中心に』(八潮出版社、1971)の中にはT・カポーティの他の3作品論と共に『首を切られた鷹』と『首を切られた鷹』再考が収められている。そこで岡田は「ヨブ記(23章13、16、17)からの引用文はこの短編の中心点を集約したものである」と述べている。光冨省吾は「この短編の冒頭には、ヨブ記の一節が引用されている」つまり、光の道(＝神の教え)に背く者には救いのないことが書いてある作品であるとして、彼の論文の目的を、ヨブ記の光と闇のイメージャリーを作品から読み解くことに置いている。(光冨省吾「『首のない鷹』の光と闇について」『福岡大学総合研究所報149巻』福岡大学総合研究所、1993、p. 8)

(4) 小説のモチーフは冒頭の題辞に存することを明らかにするために、聖書の訳文比較などによる題辞の吟味、視覚的・聴覚的暗闇の構築による「光に背く者」の形象化、影や時の揺らめきなどによる「家

（心）を穿ち穿たれる者」の形象化については四章で論じた。
(5)ケニス・リードは、ヴィンセントにもD．J．にも「一筋の光もない」〔註(2)、p．41〕、稲沢秀夫は、「ヴィンセントも、結局は方角を見失い、無頭になるのだ。無頭とは、創造力の挫折・死と解釈できないのか」〔註(1)、p．15〕、光冨省吾は、「ヴィンセントにせよD．J．にせよ、彼らが分裂した人生を生きることを意味し、光（＝神の救済）を受けられないことを暗示しているのである」〔註(3)、p．9〕などを始め、ほとんど全ての研究者が「最終的に光は無く死が暗示されている」との解釈をしている。
(6)筆者の知る限り光冨省吾だけである。彼は、「D．J．の意味は〝death of Job〟〝darkness of Job〟、〝destroyer of Job〟〝double of Job〟のいずれかまたはその全ての意味を含有していると考えても妥当であろう」（註(3)、P．10）と述べている。
(7)「中世」とD．J．とのイメージの連結は、小説の初め（序章第4パラグラフ）において早々になされている。彼女の顔を「それは中世の若者たちを描いた絵に時折見られるタイプの顔立ちであった」と特徴付けているが、特異な形容の仕方であり意図的にこの語句「中世の若者たち」を用いたような感じがして印象に残る。それ故に次の章でD．J．が持ち込んだ自作の絵の描写の出だし、「A headless figure in a monlike robe」を読んだとき、monlike robe が中世のイメージと重なって、この絵の無頭の女性はD．J．であると気づく。そして「緑色は中世には狂気のシンボルであった」（『世界シンボル大事典』大修館書店、1996、p．953）ことを考え合わせると、「中世」と「緑」の二つのイメージを付された彼女の狂気の伏線が、この段階で既に用意されていることをも知りうるのである。

(8)漱石の『夢十夜』は、さまざまな評価の変遷をたどっている作品の典型と言われる。最初は、他の作品に比べあまり注目を浴びていなかったが、伊藤整の作品解説によって一躍脚光を浴びることになったと言われている。

(9)『無頭の鷹』に関する論文の研究者たちの多くは、国内外共に、小説の最終部分に触れていない。ウィリアム・ナンスは最後の描写場面を紹介し、この小説において作者が過多にシンボルを用いているために、彼の全短編小説の中で最も複雑なものとなっていると評論しているが、最終部分自体に対しては言及していない。本文で既に述べたようにヘレン・ガーソンはそれについて簡単にコメントをしている。

(10)ヘレン・ガーソンは作品論を物語の円環構成から始めている。龍口直太郎は訳者として「あとがき」の作品解説において「物語は三部に分かれているが、第一部と第三部が七月のある一日の出来事で、連続していることは、パプコーンと雨と花屋が証明している。第二部は、時が逆行して、ヴィンセントとD．J．の出会いから別れまでのいきさつが語られ、これが物語の主体になっている」と詳しく解説している。（T・カポーティ著　龍口直太郎訳『夜の樹』、新潮社、１９７０、p．２９４）

(11)扇風機の回転の視覚的イメージである円環の意味するものとして、「私（アイデンティティ）の不在、汝―我関係の不在、方向性の喪失などについて言及し、聴覚的イメージの意味するものについても言及した。

主人公の見る夢――夏目漱石『夢十夜』との共通点

夢の中で主人公ヴィンセントの背中にくっつくのは身の毛もよだつような醜い老ヴィンセント、「四つん這いになって彼の背中に這い寄り、蜘蛛のように背中にくっついてしまう。逃れる術はないと遂に彼は悟る」。そこで夢は終わっている。

この夢と筋書きが似ているのが漱石の『夢十夜』の中の「夢三夜」である。闇の夜道で背中の盲目の子が「丁度、こんな晩だったな、お前がおれを殺したのは。丁度百年前だったね」と言う。その言葉に百年前に盲人を一人殺したことを思い出した、その途端に背中の子どもが重くなるという筋書きである。

六章　『最後の扉を閉めよう』における〝扇風機の回転〟の意味

一　はじめに

トルーマン・カポーティにとって短編『最後の扉を閉めよう』註(1)は、『ミリアム』に続く二度目のO・ヘンリー賞受賞作品である註(2)。

前作『ミリアム』が今もなお高い評価を受け、愛読者が多いのに比べると『最後の扉を閉めよう』の影は薄く、代表作の一つに挙げられることはあっても、この作品に関する評論や論文はあまり無い。しかも、それらの論文も、彼の作品全体の共通テーマの範疇の中で論じられてはいても、この作品の独自性についてはあまり論じられていない。すなわち、他の作品と同じように不安、孤立、人生への敗北などがテーマである註(3)としながらも、それを表現化するための、この作品独自の手法については深く考察されていない。

しかし、この作品には他の作品に見られない手法上の特徴がある。作者自身もこの作品を気に入っていたようで、「『ミリアム』なんかより『誕生日の子供たち』や『最後の扉を閉めよう』なんかの方がいい」とパリ・レビュー誌の会見記の中で述べている註(4)。この理由については述べていないが、作品のリズムやスタイルが気に入っていたのではないだろうか。リズムについては「それぞれの作品には独自のリズムがある。私自身のリズムを見つけようとしているのではなくて、登場人物や状況にリズムを合わせようとしているのである」(2)と語っているし、スタイルについても「もっとも重要なものはスタイルである。私が何を言うかではなくて、いかに言うかであり、表現方法が内容の上位にある」(3)とはっきり語っている。作者としては、主題と表現方法がうまく合った作品として『最後の扉を閉めよう』が、気に入っていたと推測できるが、主題については暗示的な個所が多く、作者の意図は捉えにくい。そのせいか、手法はもとより題名と主題との関わりや、作品の中で主要な役割を担っていることが明らかな〝電話の正体〟などについて今まで充分に論じられていない感がある。

そこで、回想に始まって回想に終わるこの作品において、回想する主人公の視野の中に必ず存在し、作品の主題の本質へ読者を導いていく狭い部屋の〝扇風機の回転〟を中心に、作品独自の手法を分析し、主題と題名や電話との関わりについての考察を試みるものである。

二　「扇風機の回転」の視覚的イメージ

この物語には何度も回転する扇風機が登場する。

ホテルの狭い部屋のベッドにあおむけに横たわって、これまでのいきさつを回想する主人公の目に入るのは天井に取り付けられた扇風機である。回想シーンから現実の場面にもどる度に扇風機を登場させることによって、作者は主題に迫っていく。扇風機は、八月の暑さの中でグルグル回転している。この場合、扇風機は絶対に回転していなければならない。

水の円環性を念頭に置いて命名されたと推測される主人公ラニー・ウォルター註(5)の頭上で回転する扇風機は、この作品におけるモチーフを具体的に表す重要な役割を果たしており、多重な意味を担っている。先ず、視覚的に捉えると、これはグルグル回る円環を表している。グルグル回る円環は、エンドレスの概念と結び付いて、自分のまいた種は巡りめぐって自分が刈り取ることになる意味を含めてプロットに用いられている。この円環の概念は小説の構成にも用いられていて、第一章の始まりは最終章の終わりから続いており、始まりは終わりであり終わりは始まりであって、言い替えれば始まりもなければ終わりもない構成になっている。さらに、始まりも終わりもなく回り続ける円環は、方向性を喪失していると言い得ることができ、又円環の形がゼロに似ているところから無の概念、さらには風の概念を生み出している。

このように、扇風機の回転を具体的なイメージの中心に据えて、そこに象徴される円環の概念をプロットにも、小説の構成にも使い、言葉の選択や句読点や文字の配列も円環と関連づける工夫を凝らしながら、トルーマン・カポーティは何を言おうとしているのだろうか。

先ず扇風機の回転に込められた視覚的イメージ「円環」の意味するものについて考察を深めてみることとする。

(一) プロットの円環に見る「私」の不在

「ウォルター、私の言うことをよく聞いて。みんながあなたを嫌い、あなたにたてつくからといって、勝手な奴らだなんて思っては駄目よ。こんな状態になるのもあなた自身のせいなんだからね」

この言葉によって、第一章は始まる。これは主人公の親しい友人アンナが、因果応報と呼ぶにふさわしい主人公の言動の結末について、当の本人に自覚を促しているだけでなく、物語を総括する言葉でもある。物事はまわりまわって自分に戻って来ることを示唆していて、まさに「因果の車は丁度一回転する」とシェークスピアが『リア王(第五幕三場)』註(6)の中で言っている通りである。因果は一回転して自分に戻って来るのである。

しかしウォルターはそれを自覚していない。アンナの言う「こんな羽目に陥る」ことになった原因は、彼が流したいくつかの噂話（ゴシップ）に端を発しているのであるが、自分にも責任があるとは露ほども思っていないのである。さて、噂話は人の口から人の口へと伝わっていくものであるが、彼はグルグル回転する天井の扇風機を眺めながら、次のように回想する。彼が言った、あなたが言った、彼らが言った、私たちが言った、とグルグル、グルグルまわっていく。このように、原文の文体は、幾つかの主語が一つの文の中でコンマで区切られることもなく滑らかに続いていく。人から人へと言い伝えていくさまが扇風機の回転に似ていることを視覚的に表現している。さて、言い伝えていく主体に目を向けて見ると、そこには「私」は見当たらない。自分が発端でありながら、噂話の円環は「私が言った」で始まらず「彼が言った」で始まっている。これは、他の人々がウォルターを指して「彼が言った」と言っているのであって、ウォルター自身はそれを認めない。

ウォルターはつぶやく、「起こったことはみんな彼自身の責任だ、とアンナは言うが、よっぽどうかしている。もしほんとうに自分が間違いをしでかしたとするならば、それは自分の手におえない環境の力によってそうなったにすぎない」、そして、「自分ではコントロールできない環境の力」の具体例として、母親や父親、姉などを挙げるのである。自分の非を認めようとしないが、もし認めざるを得ないとしても、そんな自分にした環境が悪いのだと彼は思っているのである。

冒頭のアンナの友情あふれる忠告が、何の功も奏していないことが最終章の次の個所からも分かる。「四枚の回転する扇風機の羽根。車輪、車輪。声、声。グルグル、グルグル。そして、結局、彼がたった今悟ったように、網のようにはりめぐらされた悪意には、終わりがない。絶対にない」

彼は自分自身のことを、「張りめぐらされた悪意の網」にかかってしまった犠牲者だという自己認識しか持てない。最後の場面で、隣室の小さな女の子が「なぜ？　なぜ？　なぜ？」と尋ねるが、これはウォルター自身の問いでもある。カポーティは、小さな活字から段々大きな活字にすることで、主人公の心の中の叫びがどんどん膨らんでいることを表現している。自己と向き合おうとせず、他人に原因を求めようとするところには主体的な一人称としての〝私〟の存在を見出すことはできない。これは人の声の円環の中に〝私〟が見出せないことと呼応する。

ところで、英語の人称の区別とは、鈴木孝夫によれば、「話者が自分の取り巻く世界をどのようなものと見るか、ある特定の対象に対して話者がどのような心的態度をとるかを、言語的に表現する非常に心理的な現象なのである」(4)。心理的に一人の自立した人間として相手と人格的に向かい合う時、「私とあなた」の関係が成立する。ウォルターは、そのような人格的関係が持てない人物であることがプロットの円環から窺い知ることができるが、それは円環の時間感覚の手法からも描かれていることを次に詳述する。

(二)「円環の時間感覚」に見る一人称・二人称の不在

耳を澄ませて、あの扇風機が、囁きつつ回転している音の声を聴け――彼が言った、あなたが言った、彼らが言った、わたしたちが言った、グルグル、グルグル、速く、遅く、時間は止めどないおしゃべりのうちに自分を思い出す。古い壊れた扇風機が静寂を破っている――八月三日三日三日。

第四章は、このような文章で始まる。第一章の始まりと同じく、場所はニューオーリンズの狭いホテルの一室で、天井の扇風機を眺めながらのウォルターの心の中の言葉である。この文章の続きは、「八月三日金曜日」の記述のもとに、その日にニューヨークで起こった出来事が記されていくのであるが、このニューヨークでの八月三日とニューオーリンズに居る「今」との時間的関係は、よほど注意深く読まないと分からない。最初の正体不明の電話の呼出しが、「たった三日前のこと」であるとの記述しかないからである。最初の電話が解雇を言い渡された日と同日であることに気付かないと、八月三日が今から三日前であることは読者には分からない。従って、現在とは関係なく「八月三日金曜日」だけが強烈に印象づけられる。

現在とは無関係に「八月三日金曜日」が存在する。この現在とは無関係の「何月何日何曜日」という時間表現と、現在を基点とする「昨日・今日、明日」的な時間表現との間には、どのような違いがあるのだろうか。心理学者である熊谷高幸は、後者を「相対的な時間」もしくは「一・二人称的な時間」、前者を「絶対的な時間」もしくは「三人称的な時間」と名付けている。時間というものを彼は次のように分析している。「時間は二十四時間周期で循環し、曜日は七日間周期で循環する。だからこそ、時間軸上を一次元的に進んでゆくはずの時間を、時計の文字盤や時間表のように二次元表面で表すことができるのである。ただし、わたしたちは、時計の針が回転すると、そのたびに違う時がきざまれるものと感じている」(5)。違う時が刻まれていくと感ずるのは、時を一次元的な軸の上を進むものとするアナログ的な捉えかたであると、熊谷高幸は説明する。さらに、一次元的な軸の上でとらえる「昨日・今日、明日」的な時間表現は「相対的」で「一人称・二人称的」な時間感覚であるとする。「現在時刻はたえず変動していくから、昨日・明日・さっき・すぐに、は特定できない相対的な位置にあることになる。日常的な時間は、私とまわりの人が経験する出来事の連続的なつながりの中で測られるものである。自分一人で、あるいは人と一緒に過去を振り返る時に目の前にひらけてくる時間の形である」(6)。それに対して「何年何月何日」というのは、特定できる「絶対的」な時間表現であって、「私」とも「あなた」とも直接に関係のない時の捉えかたであるので、「三人称的な時間感覚」であると言える。三人称的な絶対的な時間感覚においては、時は時間軸上を一次元的には進まず、時計の文字盤のように二次元表面を循環するのである。既述したように、時計の文字盤が循環の時を刻んでいても、普通は新たな時へと進んでいると感ずるのであるが、のちに詳しく述べるが自閉症の人は循環の時を刻むと言われており、ウォルターにはその徴候が見られる。

以上から見て、ウォルターの時の捉えかたは三人称的であると言える。何故ならニューオーリンズに居る「今」から三日前としての時の認識はなく、「八月三日」だけが繰り返されるからである。これは、主人公が周囲の人々と一・二人称的な関係のもとで係わってこなかったことを意味している。ウォルターの「私」はグルグル循環する円環の中に居て、時とも人とも相対的に関わろうとしない。周りの人たちと共感的に生きることはなく、人々の中にあっても孤立しており、自分自身もそこには無く、誰のものでもない三人称的な時間の過ごしかたをしてきたことを意味している。つながりと広がりを持った時の中を生きることができず、循環する時の平面を生きてきたのがウォルターなのである。

(三) 方向性の喪失

〝扇風機の回転〟は、一回転すれば同じところに戻って来る。それは方向性を失った運動とみなすことができる。円環の持つこの性質はウォルターの一面を象徴しているのである。稲沢秀夫は、ウォルターのことを「過剰な自意識に悩まされ、孤独の円環の中で自閉症をおこしている主人公」[7]と称しているが、自閉症について熊谷高幸は次のように述べている。「巨大組織をいくつも抱えた人の脳は、全体として調和的に機能する時には驚くべき能力を発揮するが、統合を欠いたときには、方向性を見失った迷える生き物になってしまう」[8]。自閉症的なウォルターは方向性を喪失しているから、迷うのが怖くて外へは歩み出せず内側に止まろうとするのである。

ウォルターは、息の詰まるようなホテルの部屋で道に迷うことへの恐れを感じていた。彼は、「ホテルを出ていくのは怖かった。もし道に迷いでもしたらどうなるだろう? ほんのちょっとでも迷ったら最後、西も東も皆目わからなくなるだろう」と考える。

さて、回転の軌跡を静的に捉えれば、それは閉じられた回路のようであり、「外側から見れば、円の内側は混沌から守られたもの」[9]であり、「保証された保護のシンボル」[10]である。このように保護されている円の内側から不安で外に出られないのである。母胎の羊水の中で安らかな胎児のように、何故、これほどまでに円環に保護された場所に止まろうとするのかについては、三―(四)の「幼児体験による強迫観念説」で私見を述べることにする。

(四) ゼロと無と風の概念

「何をしようと、どんなに一生懸命つとめようと、結局、すべては無（ゼロ）に帰してしまう」と主人公ウォルターに語らせる作者は、翌年（一九四八年）に出版した小説『遠い声 遠い部屋』の主人公ランドルフにも「どんなに無力であるかがわかった――ひとたび外にただ一人で放り出されるや、ただ円をその無価値のゼロを描くより他にどうしようもない」[11]と語らせる。ここでは、円は無ともゼロとも言い替えられている。人が言うことも、なすことも結局、価値の無いゼロに帰する円環だとの見方なのである。

ゼロは無に通ずる一方で「カタツムリで表され、カタツムリには子宮を表す象徴性があり、ゼロは胎児の生命とも関係がある」[12]。この象徴性は、先に述べたように円環の中の羊水の中で保護されていたい主人公の幼児性と合致する。この幼児性は、幼児期に充分な愛情を注がれなかったが故であり、大人になった今も愛情の求め方や愛情表現は子どものそれであり、円環から外の世界へ踏み出せないのも幼児性と関連がある。

さて、最後の場面はウォルターの「何も思うまい。ただ風にだけ心を向けよう」との心の中の台詞で終わっている。部屋には扇風機が回っており、その風を感じながらの思いであろうが、「無」は「風」と同義語になっており、ヘレン・ガーソンも「ウォルターは風の音、無の音に心地よさを感じている」と述べ「風」を「無の音」と言い替えている[13]。これは風の象徴するところとも合致する註(7)。「無」を表している点において円環と風は共通しているがそれ以外にも共通点がある。始めもなく終わりもない円環と同じく、風もいつ発生したのか、何処から吹いてきて何処へいくのか始めもなく終わりもない。又、風は目に見えないけれども、存在していることは感じ取ることができる。神は風のやさしいつぶやきや嵐の中に姿を表すと言われるが、たしかに、扇風機の回転によって起こる音は、やさしいつぶやきにも取れる。このように風を神の息とする場合には、風は方向性を伴う(14)。

風の持つこの相反する二面性はゼロにも言えることである。ゼロは無価値を表すと同時に価値を生み出す場合もある。「ゼロは周期的な再生のシンボルでもあって、トウモロコシの発芽の過程でいうと、ゼロは種子が地下で分解する瞬間である。この後、新芽が出てトウモロコシから小さな茎が伸びてくるのであるから、まさに反転の瞬間と言える」(15)。この反転の瞬間は、三度目の電話にウォルターが出るか出ないかにかかっている。何故なら「三度目の三という数字は基本の数であり、完成を表す数である。三は四を解き放つ」(16)と言われる。この三の象徴性を根拠にすれば、三度、同じことをすることにより、新たな展開が起こることになる。物語は主人公が枕に顔をうずめ電話の音に耳をふさいでいるところで終わっていて、このあとの展開については暗示すらないが、最後の扉を閉めたあとでは閉じられた世界と外界をつなぐものは電話だけであることを考えると、三度目の電話に応答するか否かによって展開は大きく異なると解さなければならない。

三　「扇風機の回転」の聴覚的イメージ

自分で蒔いた噂の種が人の口から口へと伝わり、最後は自分に巡って来る場面や、正体不明の長距離電話の声を聞くシーンが展開される第四章は、次の文章で始まる。「扇風機の音に耳を傾けよう。ささやくように回り続ける扇風機に」。このような扇風機の回転の聴覚的イメージに注目し、人の声の円環、電話の声のイメージ、電話の声の正体を中心に論を進めることにする。

（一）「扇風機のささやき」は「人の声の円環」

作者は、扇風機の回転する音を「ささやき」と表現している。ささやきとは元来、人の声によってなされるものである。人間の場合、発声の代わりに息をもって発話するささやきは息と表裏一体を成している言葉である。ささやかに発せられる人の声の調子をなぞって、木々や水の流れや微風などが、ささやくように立てる音を表すことは多々ある。しかし、扇風機の音の表現に使うことは少ないと思われるが、ここでは使う必然性があって使っているのである。ゴシップをささやき合う人の声がめぐり巡って自分に戻って来るモチーフを表すものとして、回転する扇風機のささやきは最も適切な題材なのである。

(二)「扇風機のささやき」は「長距離電話のささやき」

第四章を「扇風機のささやき」で始めたカポーティは、この章の最終部分を「長距離電話のささやき」で締めくくっている。突然かかってきた長距離電話の声の主は、「ハロー、ウォルター」と言った後は、「ただ力のこもった規則正しい呼吸の音」だけを発する。それは「彼の耳に唇を押しつけて」いるように感じられるほど、間近な呼吸音であった。このように、扇風機の回転のささやきは、息や呼吸音において共通性のある長距離電話へとつながっていく。正体不明の長距離電話は、この時を皮切りに三回かかってくる。この長距離電話は、物語の中で重要な役割を担っているが、電話の正体については意見の分かれるところである。

(三)「電話の声の正体」諸説への疑問

ケニス・リードやイハブ・ハッサンは、ミラー夫人にとってのミリアムと同じように、電話の主はウォルターの分身であると解釈している(17)。それに対してガーソンは、分身ではないとの解釈をしている(18)。また、ウィリアム・ナンスは、「姿なき声は無意識の不安の投影である」(19)とし、中道子は悪魔と解釈している註(8)。龍口直太郎は「ユダヤ人青年の執念であり、心理的には彼自身の罪の意識と見てよかろう」[20]と、あとがきの作品解説で記している。このようにいろいろな解釈があるが、どの解釈も充分な根拠と説得力を持っていないように思われるのである。以下それぞれの解釈について疑問を呈する。

まず、電話を主人公の分身とする説について根拠の不十分な点を明らかにしたい。「ハロー」のひとことは『ミリアム』と同じであるが、状況はまったく異なるのである。「ハロー」とミリアムから言われるミラー夫人は、初対面のミリアムに対して、昔から知っているような不思議な感じを抱く。分身とは「内なる自分」なのだから何らかの点で不思議な近さを感ずるのが当然である。しかるに、ウォルターは電話の主から「ハロー」と言われた上に、「分かっているくせに。ずっと前からの知り合いなんだから」と、ささやかれても、「冗談は止めてくれ」と不快感と不安感を増すだけである。彼は電話の主に名前を尋ねているが、その尋ね方は Who is this? であって、『ミリアム』の What is your name? とは根本的に異なるのである註(9)。

二回目と三回目の電話は、現実と幻想の境が定かではないので、内なる声と解釈すれば分身の可能性がまったくないわけではないが、本文中には分身としての描写はほとんど無い。したがって、少女ミリアムを分身とする説註(10)は成り立っても、それをそのまま長距離電話の分身論の根拠にもってくるには無理がある。長距離電話の幻想性を考慮にいれても根拠は希薄なのである。これらの点からガーソンの解釈に加担するものである。なおガーソンは、電話の主は分身ではないとするものの、その正体について明示していないのは残念である。

次に電話を「無意識の不安の投影」とするナンスの説の根拠の不十分さに論を進める。この説によって、電話がかかった後のウォルターの言動は説明することができるが、電話の直前の状況を説明することができない。特に初回の電話の直前、ウォルターは幼児期の楽しい思い出に浸っていたのである。この状況と「無意識の不安」とを関連づける論拠が希薄である。たしかに、電話が引き金になって、不安が高まっていくように思われる。しかし電話の後に不安が広がるとしてもただ単に漠然と無意識の不安といっているだけで何をもって不安の対象としているかが明白でないと言わざるを得ない。

これと同じことが中道子が「いつとはなしに自我に侵入し、自我を侵食する恐るべき何物か、一種の悪魔的存在」(21)と定義している「悪魔」説にも言える。たしかに電話の声は「悪意に満ちた声」と表現されているし、電話の音が鳴るやいなや、部屋は生気を失い、ウォルターは精神不安に陥るのであるから、これは比喩的に悪魔のしわざと言い得ないわけではないが、悪魔とはあまりにも抽象的な言葉であるし、この場合の定義は充分な状況説明になっていないのである。悪魔という言葉は恐るべき何かを言いかえているに過ぎない。しかし、この恐るべき何かというのも客観的に自己に対して侵入してくる何かをさすのか、主観的に自分の中にある何かが原因となって起こされてくるのか明白でない。

以上のように、どの解釈も今ひとつ説得力に乏しいのである。その最大の理由は、どの解釈も電話が長距離電話であることを看過している点にあると考える。初回の電話はウォルターが受けるが、その場面は「長距離だった」の一文で始まる。そして二回目の電話を受けた女のウォルターへの第一声は「長距離よ！」であって、感嘆符つきで距離の長さを強調している。このように電話の長距離性に意味があるのである。この長距離性を中心に電話の正体を考察した結果、長距離電話の正体は主人公の、はるか昔の幼児体験すなわち作者の孤児体験に基づく強迫観念であるとの新たな解釈をするに至った。

(四)「幼児体験による強迫観念説」提示の論拠

長距離電話の正体を「幼児体験による強迫観念」とする論拠は主に四点ある。

第一点は、既に述べた電話の長距離性である。第二点は、電話のコールの直前の状況設定や場面描写である。第三点は、電話の内容と声の質である。第四点は、電話が喚起する主人公の不安である。これらの点について以下に述べる。

なのである。

1　長距離性について

これについては、今まで誰も論じていないようであるが、長距離という平面的な長さを、時間的な長さに置き換えてみると、それは、はるか未来または、はるか昔を指すのではないだろうか。一人の人間の人生スパンで言えば、はるか昔とは、その人の幼児期と言えるのではないだろうか。「遠い」声とは距離的な遠さだけでなく時間的遠さをも表していて、幼児期からの声なのである。

2　電話直前の状況設定と場面描写について

電話がかかった時にウォルターが居た場所は三回とも、アパートかホテルの狭い部屋である。ニューヨーク、サラトガ、ニューオーリンズと場所は移動しているが、いずれも「狭い閉じ込められた世界」である。ここにはカポーティ自身の体験が投影されている。彼の作品は自伝的要素が多く、とりわけ初期の短編にそれが見られるのであるが註(11)、この作品においても狭い部屋に居る主人公に電話がかかってくる状況設定に、作者自身の幼児期の体験、すなわち狭いホテルの部屋にしばしば置き去りにされ閉じ込められた一種の孤児体験が重ね合わされている。

電話がかかる直前の場面描写も幼児期との関連が深い。一回目は、アパートの自室で「まるで頭の中で映画が始まったかのように」幼い五歳の思い出がよみがえって楽しい気分になっていた時、正体不明の電話がかかったのである。この思い出に使われている色彩は桜色とレモン色であるが、桜色は「歓喜」を、レモン色は「楽しい思い出」を象徴していることからもわかるように、歓声やホットドッグ、お父さんの大きな双眼鏡など、まさに「楽しい思い出」の数々が並べられる。幼い五歳の頃の自分に浸っているその時、電話が鳴るのである。

二回目は、幼い五歳の頃の思い出の場所に旅をして、たまたま知りあった女が泊まっているホテルの一室でのことである。女はロニーという名前の男の子の面倒を見ていること、ロニーの母親は「いつも酔っ払っていて」子供の面倒を見ないこと等をウォルターに話す。ちなみにウォルターのファーストネームはラニーである。ロニーの育児をしている女の話から、発音のよく似たラニー・ウォルターが、自分の幼少時代に想いを馳せることは、自然の成り行きとして容易に推測できるところである。その時、また電話が鳴るのである。電話を取った女はラニーをロニーと聞き間違える。ロニーの母親には作者自身の母親がイメージされており、作者が意図的にロニーを登場させていることは明白である。カポーティは母親に置き去りにされ、ホテルの狭い部屋に閉じ込められ、ひとりぼっちで不安と恐怖と孤独の夜を過ごしたのであるが、ロニーを登場させることで、この場面での電話と幼少時期とが関連づけられるのである。

三回目はまたもやホテルの一室である。二回目の電話から逃げるように、「地の果ての奈落の底まで旅してきた感じ」を持ちながら誰一人知る人のいない土地に来て、裏通りのホテルの一室に落ち着いた時、またもや電話が鳴ったのである。ただし、一回目・二回目と違って、隣の部屋で「なぜ？」を連発している小さな女の子の声以外には、目に見えるものからは幼児期が見えてこないように思える。しかし、看過してはならないのが足についての描写である。ホテルの部屋の外のざわめきとは対照的に、静まりかえった部屋の中で一人ぼっちのウォルターは、自分の足を見る。「彼の足は、明かり取りから来る光を受けて輝き、切断された石のように見える。きらきら輝いている足の爪は、十個の小さな鏡のようだ。どれも緑色に反射している」。作者は、何故ウォルターに自分の足を見させ、このような描写をしたのだろうか。足は、過去の歩きぶりの跡をひきずっているものであり、幼少期からの心の軌跡を残すものであるからと考えられる。それに加えて、子どもの心理の発達過程の中で足への関心、足の発見は重要であると言われる。この場面に出て来る「足」「石」、「緑色」全て象徴的には「男根」を表しているが、これは偶然ではなく、作者はこれらを通して「男根期」[註(12)]をここに設定したと思われる。「男根期」は、ここでは幼児期と言い替えてもさしつかえないであろう。

以上から、三回とも幼児期を浮き彫りにするための電話直前の状況設定及び場面描写がなされていると言い得る。

3　電話の内容と声の質について

電話の内容は次の通りである。「やあー、ウォルター」「わたしが誰か、わかっているだろ、ウォルター。長い付き合いじゃないか」。一回目も二回目も全く同じ短いメッセージが伝えられ、一方的に切れてしまうのである。瞬時で終わる短い言葉で切れるということは、それだけで充分に相手に伝わることを意味している。「長い付き合い」とは、昔、出会って、それ以来ずっと係わりがあるということである。さて、電話の声の質は「男とも女とも言えない」声であると描写されているが、この表現は、性がまだ未分化な幼児または幼児期と合致するのである。

このように、電話の内容と声の質も、幼児期と関連させていると言える。

4　電話が喚起する主人公の不安について

一回目の電話の音に「なぜか応答するのが怖くて立ちつくし」、「部屋の中のものが生気を失ったように思えて」受話器を取り落とすほどに取り乱す。

二回目は、「部屋がシーソーのように揺れ、歪んでいるように見え」、顔は青ざめ、極度の不安に耐えきれず「お願いだから、抱いて」と涙に濡れた頬を、女の頬にすり寄せる。これが、電話に対する主人公のリアクションである。この場面は、夜、親に置き去りにされ、ホテルの狭い部屋にひとりぼっちで閉じ込められ極度の不安に脅え、親の保護を求めている子どもに置き換えても、そのまま当てはまるのである。

カポーティの作品の多くは、不安がテーマになっていることは今さら言うまでもないことであるが、この作品においても、「我々がする行為はすべて、不安からするのである」なる文が、イタリック体で強調されて書かれている。この作品の不安は特に「愛への不安」ということができる。愛については本文の中に次のような表現が見られる。「彼にはXの愛が必要だった。しかし彼には愛することができなかった」「ウォルターは裏切られることを確信していた。Xを非常に恐れていた」。このXなる人物は母親や父親に置き換えてみてもそのまま当てはまる。「カポーティが生涯、拭いさることのできなかった強迫観念の一つは、この幼少期に抱いた母親に見捨てられ、母親の愛を失うことへの脅え」[22]であったように、ウォルターにおいても、幼い時に愛されず裏切られた体験が、愛への不安となって彼の行為の基調となっているのである。

以上の四点から、幼児期における強迫観念が長距離電話の正体であると考える。

四　円環における「最後の扉」

「最後の扉を閉めよう」という題名はわかりにくい。「おそらく、自分の心を閉めて、罪の意識のささやきに耳をかすまい、という意味だろう」[23]と龍口直太郎が推測している以外には、題名そのものに触れているコメントは今のところ見当たらない。

扉（ドア）の開閉については二つの解釈が見られる。まず、稲沢秀夫は「エゴのドアの中に閉じこもる」[24]と解釈している。即ち、ドアを閉めてエゴの世界に閉じこもりたくて、主人公が自らに言い聞かせながら閉める扉である[註(13)]。一方、ヘレン・ガーソンは、いつもながら性と関連させて本来はホモなのに「異性との愛のみせかけの生活に戻ろうとする主人公に、それを禁じてしまうドア」あるいは、「現実との対決を避けることを阻止するドア」であるとの解釈をしている。主人公が中に逃げ込もうとするのを第三者が、そうはさせまいと閉めてしまうドアである[註(14)]。即ち、主人公が扉の中に入れないように、他の人が誰かに「扉を閉めよう」と言っているのである。

以上のように「何のために閉める扉」なのかについては、二つの解釈がなされている。しかし、題名とも関連のある「最後の扉」についての言及は、ほとんど見当たらないことは先に述べたとおりである。筆者は、物語の主題を円環とし、その円環の中の「最後の扉」を主人公自身が閉めるとの解釈をするものである。この場合、円環と扉と主人公の有り様はふた通り考えられる。一つは、外界から内側を保護するための円環を丸い壁と考え、その壁に取り付けられている幾つかのドアの最後のドアを閉めて、外界から完全に保護された場所を作ろうとするために「最後の扉を閉めよう」とするのである。本文の「声、声、声、グルグルグル」に表現されているように、外界の人々の声はウォルターを限り無く不安に陥らせている。それに加えて、ウォルターを外界に居たたまれなくしたのは電話の声である。それは親の愛を拒否された幼児が受けた全人格に関わる不安の再現であるが、この世の愛が不安から守ってくれるところは、この世に生まれ出る以前の母の胎内しかない。円環の中は羊水に満たされた母の胎内である。円環の中でウォルターは、円環の扉を全て閉めて完全なる保護の場所を作ろうとするのである[註(15)]。ここで気になるのは最後の扉であれば、定冠詞（the）がつくのが普通であるが、この題名では冠詞（a）になっていることである。

そこで、もう一つの可能性を探ってみた。それは、ウォルターが円環上の空間を仕切っている扉を開閉しながら、次の空間（部屋）へ移っていく状況である。人々の声や電話の声から逃れたくて別のところへ逃れて今まで居た場所とは関係を切るために扉を閉める。しかし、その場所でも又、人々の声に囲まれ、電話の声は追ってきて彼をとらえる。そこで彼はまた場所を移り、地の果ての落ちるところまで落ちたと自ら感じる場所に追い詰められ、最後の扉を閉めて円環を断ち切ろうとする。しかし、いみじくも冠詞（a）が示しているように、このドアは最後ではなく最初に戻っただけで、まわり回る円環のドアの開閉は果てしなく続くのである[註(16)]。

五　おわりに

以上の考察にみられるように、この作品は具体的な題材として回転する扇風機を用い、それが与える視覚的、聴覚的イメージを駆使しながら主題の表現化を図っている。

視覚的イメージとしては、まず、扇風機の回転は円環につながる。円環のイメージの表現方法としては、(1)因果応報とも呼ぶべき巡りめぐってくるプロット、(2)最終章が第一章に続いていく小説の円環的構成、三円環を連想させる言葉の選択と配列[註(17)]などが見られる。これらの表現方法をとりながら浮き彫りにされるのは、主人公における主体的な「私」の不在であり、「私とあなた」との人格的関係の欠落、愛への信頼の欠落である。また、グルグルまわる円環は方向性を喪失しているとも見ることができ、主人公の内向的な性格とも重ね合わせることができる。さらに、回転の軌跡を静的に捉えれば、閉じられた円のようであり、円の内側は外界から保護された母胎の世界ととることができる。さらに、円の形がゼロに似ているところから、概念的には円はゼロに、ゼロは無に、そして無は風に通じていくとも考えられる。

次に、聴覚的イメージとしては、作者は扇風機の回転の音を「ささやき」に結び付けている。それによって、回転の音は人間の声につながる。人の声は、ここでは口の端から口の端へと噂を伝えていく人の声であり、主人公に源を発するこのような声は最後には結局自分に降りかかる「円環する人の声」となる。また、扇風機のささやきは長距離電話のささやきに結び付けられていると考えられる。ささやきは息と共に発せられるが、長距離電話の声は正に息であり、耳元での呼吸音である。さて、この正体不明の長距離電話の声の正体が問題となるが、今までのカポーティ研究者の誰も指摘しなかった「長距離性」に注目して、筆者は幼児体験に基づく脅迫観念が長距離電話の正体であるとする説を提示した。その論拠としては、⑴長距離は距離的な遠さだけでなく時間的な遠さ、即ち、はるか昔の幼児期を表していること、⑵電話直前の状況設定や場面描写の数々は、幼児期と非常に関係深いものばかりであること、⑶電話の内容は幼児期に遭遇し、それ以来ずっとひきずっているものを暗示しており、男とも女とも言えない声の質は、性的に未分化な幼児あるいは幼児期と合致すること、⑷電話によって極度の不安に陥る主人公の姿は、親に見捨てられてうろたえ、傷つき、孤独な寂しさの中で親の愛を求める子どもの姿そのものであること、⑸カポーティの初期の作品には、作者の幼少期の投影が多く見られることは既に周知の事実であることなどである。註⒅

長距離電話の正体と同じく、作品の題名の意味も非常に抽象的で理解しにくい故に、今までの研究者は題名にはほとんど触れてこなかった。しかし、扇風機の回転の意味を考察することにより、作者がこの作品に何故この題名をつけたのかが見えてきたように思う。すなわち、円環の中にドアを位置づけることによって、題名の意味の説明の可能性が見えてきた。今のところ、二つの可能性が考えられる。一つは外界から内側を保護するための円環に取り付けられている幾つかのドアの最後のドアを閉めることにより、外界から完全に守られ、円環の中にいる主人公は母体の中の胎児のように平穏、平静、安心を見出すのである。もう一つは円環線上のドアを次々に開けては閉めて進んでいくとするものである。主人公を現在取り巻いている人々の声(=人間関係)や、遠距離電話の声(=幼児体験による強迫観念)から逃れたくて、別の場所へとドアを開閉して移動するが、そこでもまた同じように声は追ってきて彼をとらえる。追い詰められ、これこそ過去を断ちきる最後のドアであることを願ってそれを閉めるが、それは最後ではなくて最初のドアに戻っただけとするものである。丁度、最後の章が最初の章に続いている作品構成であるように、最後のドアは最初のドアに続いているのである。「経験とは一瞬たりとも切り離したり、忘れ去ったりすることのできない一つのつながった円である、と彼はしみじみと悟った」と、作者が主人公に語らせている通りである。

「『最後のドアを閉めよう』は、たとえ『ミリアム』に続く二度目のO・ヘンリー賞受賞作という栄誉を担っているとしても、それ以前の三つの作品ほどの魅力を持ってはいない」[25]とする稲沢秀夫を筆頭に、この作品はこれまであまり高く評価されてこなかったが、はじめに紹介したトルーマン・カポーティの言葉のように、主題をいかに表現するかという手法において、O・

ヘンリー賞受賞作という栄誉を担うにふさわしい作品であると言い得るのである。

註

(1)原題"Shut a Final Door"の日本語訳は左記の通りである。

1「最後のドアを閉じろ」今村楯夫著『現代アメリカ文学』(研究社、1991)p.140

2「最後の扉を閉めよ」中道子著『ユリイカ──特集カポーティ』(青土社、1969)p.201
元田脩一著『アメリカ短編小説の研究』(南雲堂、1972)p.185

3「最後の扉を閉ざせ」稲沢秀夫著『トルーマン・カポーティ研究』(南雲堂、1970)p.17

4「最後の扉を閉めよう」亘理淑子著『ユリイカ──特集カポーティ』(青土社、1969)p.240
龍口直太郎訳『夜の樹』(新潮社、1970)p.72

5「最後の扉を閉めて」川本三郎訳『夜の樹』(新潮社、1994)p.89

「この題名はわかりにくい」と翻訳者龍口直太郎氏も上記『夜の樹』のあとがきで述べているように、解釈によって日本語の題名に微妙な違いが生ずることになる。筆者は論文の中で幾つかの解釈の可能性を探った結果、主人公が心の中で自分に対して言う言葉と解釈し「最後の扉を閉めよう」とする。

(2)トルーマン・カポーティは、『ミリアム』(１９４３年、19歳)、『最後の扉を閉めよう』(１９４８年、24歳)、『花の家』(The House of Flowers　１９５１年、27歳)、合計3回、Ｏ・ヘンリー記念賞を受賞している。

(3)この作品のテーマについて、各研究者が挙げているキーワードを一覧にしておく。

1ウィリアム　ナンス、fear,failure, captivity, deceptiveness, The World of Truman Capote,（New York, Stein and Day,1970）pp. 29-32.

2ヘレン　ガーソン、fear, homosexuality, Truman Capote,（New York, Frederick Ungar,1980）pp. 21-23.

3ケニス・リード、failure, isolation, zero, Truman Capote,（Boston : Twayne, 1981）pp. 124-128.

4龍口直太郎：罪の意識、捕縛感、『夜の樹』(新潮社、１９９１）ｐｐ．72－79

5中道子：不安、『ユリイカ』第21巻第5号（青土社、１９６９）ｐ．２０１

(4)パリ・レビュー誌は１９５３年にパリに住むアメリカの若手作家を中心に創刊された。この文芸季刊誌は、作家との会見記の連載によって国際的な名声を手に入れたが、それは宮本陽吉が紹介しているように、次のような入念な手続きを取ったことにもよると思われる。

1．作家とその会見担当者をえらび、担当者は一定の作品と批評に目を通してから質問事項を用意する。

2．予め用意した事項を作家のもとへ送ってから（印象の公正を期するために）原則として二人で訪問し、速記もしくはテープで記録する。
3．タイプ・ライターで写しかえた記録から不要な部分を削り、編集した上で作家の手に戻す。
4．作家が自由に手を加える。
マルコム・カウリー著、宮本陽吉他訳『作家の秘密』（新潮社、1964）p．24
(5)主人公ラニー・ウォルターは、ランニングウォーターに発音が似ている。登場人物の名前には深い意味を込めるカポーティのことだから、これは Running Water すなわち「流れる水」を意図して命名したと思われる。水は流れたら、その瞬間にもう別の場所に存在し、同じ場所には戻らない。しかし、巨視的に見れば、水は円環を成している。水は川に流れ込み、川の水は海に注ぎ、海の水は蒸気となって空に上がり、雲となり雨となって又地上の水となる。このような水の性質を考えると、作者は円環性を込めて主人公の名前を命名したと思われる。水の持つ象徴的意味の主なものは1．生命の源、2．浄化の手段、3．再生の中心である。特に生命の源は母体の羊水をも含んでいることに留意しておきたい。
なお、論文中の言葉の象徴性については下記の辞典、事典を参考にした。
Jean Chevalier and Alain Gheerbrant, Translated by John Bushanan-Brown, Dictionary of SYMBOLS, Penguin Books,1996
ジャン・シュヴァリエ、アラン・ゲールブラン共著、金光仁三郎他訳『世界シンボル大事典』（大修館書

店、１９９６）
アト・ド・フリース著、山下主一郎主幹『イメージ・シンボル事典』（大修館書店、１９９２）
赤祖父哲二編『英語イメージ辞典』（三省堂、１９９３）
Ｊ・ガライ著、中村凪子訳『シンボル・イメージ小事典』（社会思想社、１９９３）
(6)シェークスピアの『リア王』５幕３場でエドガーが「父上は暗い邪淫の床でおまえをもうけた報いに、両眼を失われた」と言うのに対してエドモンドが答えて言う台詞が、これである。原文は“The wheel is come full circle; I am here.”であるが、福田恆存は「運命の女神の廻す車は一巡りしたと見える、かうして俺は元の場所に」と訳し、小田島雄志は「運命の車はみごとひとまわりし、おれはこのとおりどん底だ」と訳している。特に後者の訳はウォルターの「どん底」状態と合致していて興味深い。
Shakespeare, KING LEAR, (KENKYUSHA, 1963) p.141.
福田恆存訳『リア王　シェイクスピア全集12』（新潮社、１９６４）ｐ．１７８
小田島雄志訳『リア王、シェイクスピア全集28』（白水社、１９８１）ｐ．３２８
(7)風には象徴的意味がいくつかある。風は「無」や「虚無」を表す。また風の特徴である激しい動きのため、虚栄、不安定、移り気のシンボルともなる。一方、風は「息」と同義語でもある。
(8)「『最後の扉を閉めよ』のウォルターは、移ろいやすい愛の狩人であり、その無道徳性の故に悪魔に身を、魂を売ってきたのだ。最後の友人と頼む者にも見放され、父との想い出の地に不安を逃れようと赴く彼に、執拗な電話がかかってくる。彼は悪魔にとりつかれたも同然となる」と中道子はユリイカ（註⑴）の中で述べている。

⑼電話がかかってきた時に、話者の最初の言葉はWho is this? や Who is it? が普通である。このような場合に見られるように、「一般に相手の素姓や名前が分からないとき、あるいはそれに自信がないとき、ヨーロッパ語では三人称を使うことが多い」と鈴木孝夫は述べている。（『教養としての言語学』、岩波新書、1996）p．159

⑽『ミリアム』における再生の検証」の章で、ミリアムがミラー夫人の分身であることの根拠として、1、主人公が少女であること、2、主人公の年齢、3、名前への問いかけ、4、少女の空腹及び旺盛な食欲、5、少女の服装、6、少女の人物描写、7、相手に対する意識の仕方などを挙げた。

⑾カポーティの作品の自伝的要素については、下記の言及がなされている。

川本三郎：「カポーティ文学の本質は、孤児の文学にある。幼い日、母親によってホテルの一室に閉じ込められた自分の姿が重ね合わされている」。（ローレンス・グローベル著、川本三郎訳『カポーティとの対話』、文藝春秋、1988、［訳者あとがき］p．361）

Helen Garson：「カポーティは、幼児期を振り返り彼自身の私的世界に焦点を合わせた小説を生み出した。」p.106,「ウォルター・ラニーは、短編集の中のどの人物よりも最も自伝的な人物である」p.20.

Truman Capote　註⑶参照

William Nance：「カポーティの幼児期を知ることは、彼の作品を理解する上で必須のことである」
The World of Truman Capote, pp.11-12. 註⑶参照

⑿男根期（phallic phase）とは、幼児のリビドー発達の一段階で、口唇期、肛門期に続き、エディプス期に先行する。少年と少女の発達過程が分かれていくのは、この段階を通じてである。大体、2歳半から6歳までと言われる。

⒀外界
ドア
Walter
自分で閉じ込もる

⒁Walter
ドア
誰かに閉め出される

⒂ドア
Walter
保護された場所
自分で閉める

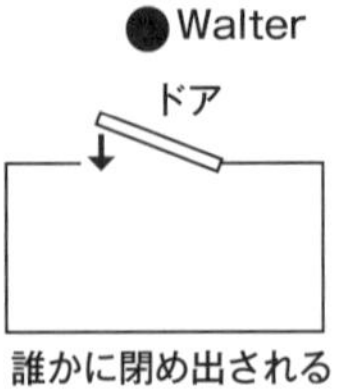

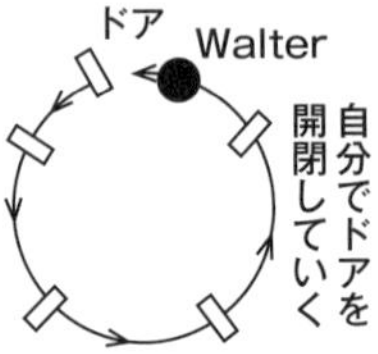

(16) ドア

Walter

自分でドアを開閉していく

(17) 円環を連想させる言葉としては、circle, turning, round などが繰り返し使われている。

(18) 「私の初期の作品の底に流れているモチーフは、ある意味での平静さの追求、そしてある特殊な種類の愛情の追求である。そうした平静さや愛情こそが私が必要としたものであり、求めていたものだった――」とカポーティは、グローベルとの対話の中で述べている。（ローレンス・グローベル著、川本三郎訳『カポーティとの対話』、文藝春秋、1988、p. 74）

O・ヘンリー賞　――作家としては珍しい3度の受賞

カポーティは『ミリアム』で弱冠19歳にしてO・ヘンリー賞を受賞し、「恐るべき子(infant terrible)」と称される。その後『最後の扉を閉めよう』で最優秀賞、『我が家は花盛り』で3位と作家としては珍しく受賞を3度している。

アメリカを代表する短編作家O・ヘンリーの名前を冠して1919年に創設された。アメリカ・カナダの作家が英語で書いた短編から毎年約20編が選ばれる。ヘミングウェイ、フォークナー、スタインベック等そうそうたる作家たちが受賞している。ちなみにO・へンリー（1862〜1910）は、一生の間に約270編の短編を書いたと言われている。特に『最後のひと葉』『賢者の贈り物』『警官と讃美歌』等は今も親しまれている。

七章　『遠い声　遠い部屋』を求める〝人の心〟

一　はじめに

二年の歳月を費やした処女長編『遠い声　遠い部屋』は、幻想的で怪奇な閉ざされた世界を背景に、孤独な少年の内的成長がゴシック調で描かれている。性的な魔性を感じさせる少年カポーティの強烈なカヴァーの写真や、同棲している同性愛者ニュートン・アーヴィン（有名大学教授）への献辞など、作品の内容と共に出版早々から話題作となった。作品で描かれているのは「意識の辺境地帯であり、現実と幻想が区別し難く溶け合ってしまう主観世界であり、奇異な人々が彷徨する悪夢のような世界」(1)である。

この小説に対して、出版当初は「ニューヨークの批評家の間での一般的見解は否定的だったが、なかには称賛に値する多くの価値を見出す批評家もおり、彼らはまるで少年の別の本の批評をしているかのようである。……マンハッタン以外では、ほとんどの批評は称賛に終始した」(2)。

日本では「華麗にして空虚な、ジャーナリズム好みの『若き天才の芸術品に過ぎない』」[3]との批評もあるが、「カポーティの魔界の文学を確立することになった」[4]等、大方の評価は高い。彼の魔界の文学の根底に流れるのは孤児の文学である。「カポーティ文学の本質は、見捨てられた、傷つきやすい『孤児』の文学なのである。両親に捨てられた子ども、周囲との違和感に悩む子ども、自分は誰にも愛されていないと思い悩む子ども――そうした孤独で疎外された『孤児』こそがカポーティの原イメージにある」[5]。これらの評価を踏まえながらアメリカン・ゴシックの代表作の一つである『遠い声　遠い部屋』におけるカポーティの表現手法と主題について新たなる視点で論ずる。

表現手法については、物語の基調色としての「緑色が彩るアメリカン・ゴシックの世界」と「比喩表現による内的ゴシック世界の表出」、また表現内容については、「題辞が示す主題〝人の心〟」の観点から考察する。

二　表現手法

三島由紀夫は「ランディング邸へ到着するまでの三・四頁が圧巻である。この導入部に力が入りすぎている。しかし小説の導入部としては、こんな見事な序曲はほとんど他に比肩するものがない。視覚は精密であらゆる物象がデフォルメされていながら、しかも奇妙に正確な印象を与《あた》える」(6)と記している。彼のこの言葉は、この小説執筆へと突き動かされ憑かれたように序章を書き始めた時のカポーティを思い起こさせる。彼は子どもの頃に幼馴染たちと遊んだ森の中を懐かしさに駆られ、一人で散歩している時に、「興奮状態――ある種の創造的陶酔状態――に襲われた」のだった。その時の精神状態を次のように記している。

永続する稲妻の光が、有形のいわゆる現実世界を暗くし、突然見えてきた疑似創造の風景、人物や声や部屋や雰囲気や天候の息づく地域のみをあかるく照らし出すのである。そしてそれは、生まれてくる時は、怒り狂う虎の子どものようである(7)。

このようにして生まれてきた『遠い声　遠い部屋』である。彼が憑かれたように書いたヌーン・シティーまでの第一章には確かに力が入っていて、ボリュームは十二章から成る小説全体の約二十%を占めている。彼の表現手法の特徴も顕著に表れている。それを手がかりに、今まであまり論じられていない「色彩手法」によるゴシック小説の構築と「比喩手法」による表現の深まりについて論ずることにする。

(一) 物語の基調色としての緑色が彩るアメリカン・ゴシックの世界

カポーティは聴覚的にも視覚的にも詩的文体に特徴があるが、『遠い声　遠い部屋』は取り分け色彩感覚の豊かさに溢れている。画家がキャンバスを彩るように、カポーティは丹念に小説の中の自然や物に色を付した。なかでも第一章は多様な色がプリズムのようにちりばめられている。「薄暗い青鼠色の壁」「朱に染まったマント」「乾いた血のような錆色のインクで書かれた手紙」など事物が不気味な意味を込めて彩られている。このように多くの色によってゴシック調が醸し出されているが、特に緑色は幾重にも塗り込まれ、どの章にも緑色が漂っている。

……蛍光を発する緑色の丸太が、黒い沼の水底に溺死体のように光っている註(1)。

沼の底へズルズルと引っ張り込まれて、緑色の光を発しながら溺死体となって横たわっている人間の姿が浮かび上がってくる。このような表現によって、アメリカン・ゴシックとしての物語は幕を開ける。特徴的なのは「緑色」が、溺死体を想起させる丸太だけでなく、この物語の基調色として多くの物に丹念に付されていることである。

カポーティが「緑色」を用いた意図を知るためには、日本語の「緑色」と英語の'green'のイメージや象徴性に相違があることについて触れておく必要がある。緑豊かな山々に囲まれている日本では、緑色は植物から「さわやかさ」「成長」が連想され、生命の躍動する色、若さの象徴でポジティブなイメージが強いが、英語ではネガティブなイメージが強い。英語の「green にはは未熟、不安、嫉妬、病などのイメージがある」(8)。これに関して、「嫉妬」のイメージを表すgreen-eye はシェークスピアの造語であり、「Green がゲルマンの時代から『嫉妬』を意味することを知っていたことは、彼のたぐいまれな才能と博学ぶりを証明している」[9]と言える。そして『世界シンボル大事典』には、「緑色のイメージとして死や狂気」[10]が記されている。

このように日本語の「緑色」よりも暗いイメージの多い英語の〝green〟である。カポーティがどのように緑色を用いているかについて先ず小説の第一章を概観することにする。先述の「溺死体を連想させる緑色の丸太」を筆頭に、多くの緑色が出現し、独特の雰囲気を醸し出している。例えば、孤児になってからの「ひびの入った緑色レンズの眼鏡をかけているような、……全てが現実感の無い日々を過ごす」ジョエルのところへ届いた差出人を父親に見せかけた偽の手紙は「緑色の薄い紙」である。喜び勇んで父親に会うための旅の途中のヌーン・シティーでは、夕闇がしのび寄る中で、深まりゆく緑の海が空に広がる。街から目的地までの車に乗り込む頃には空は「溺れゆく緑の空」となっている。馬車に揺られ目的地スカリイズ・ランディング邸（頭蓋骨の上陸する邸の意）に着くころ寝入ってしまったジョエルは次のような夢を見る。

緑多き第一章を受けて「落ちてゆく……落ちてゆく……落ちてゆく……ナイフのように鋭い竪穴を……金属製の螺旋階段を、風車の羽根のようにくるくる回ってゆく。……鰐がぱっくり口を開けて待っている穴の底へ」との強烈なゴシックのイメージの夢で第二章は始まる。

第二章で特筆すべきは、広い庭に立ちはだかる崖のように見える邸の壁の八つの窓全てが蔦によって緑色に隈取られていることである。建物の「窓」は人間の「目」の比喩として用いられており、第四章の「緑色の目」へと続く。ジョエルは邸の窓を見上げた時に見た女の人の目を「鬼婆の目、北極の海の冷たい緑色の目」と表現している。この「緑の目」は「父親の目」の伏線でもある。第八章でのランドルフのぺぺに対する辛く激しい片思いの告白では「緑色」は血の色となる。彼は言う。「孤独の芥《あくた》をいっぱいにつめこみ、やがて臓腑が緑色に血を吐いて裂けるまで我々は悲鳴をあげながら世界中を駆け回り……息を引き取る」。彼からぺぺ宛の手紙の便箋は全て薄緑色である。薄緑色は死を表しており、書き続けるその手紙はぺぺの手許に届くことは無い。そして最終章の「溺れ池の緑の岸」は第一章の「溺れゆく緑の空」に呼応して小説の中での緑の役目を終える。

(二) 比喩表現による内的ゴシック世界の表出

この小説が「豊かな幻想性をもって心理の展開を追い、美的な世界を見事に構築した」[11]と評価される表現手法の一つは比喩表現の効果である。この小説において「トルーマンは自分の少年時代を象徴と寓意を用いて書いた」[12]とジェラルド・クラークは述べているが、カポーティは実に多くの比喩表現を用いている。

ジョエルがスカリイズ・ランディング邸に住み始めたある日、庭から邸の窓を見上げる。そこには奇妙な女の姿があった。「庭の蝶々は羽を動かすのをやめ、熊蜂も静まり返り、この女の不意の出現は庭じゅうに眠りを投げかけたように見えた」。その女が窓から消えた時、ジョエルは、「はっと目が覚めたように後ずさりし、鐘につまずいた」。この「庭じゅうに眠りを投げかけたように見えた」という活喩によって、庭の全てが催眠術にかけられたかのように一瞬にして眠りの静寂と化す情景が浮き彫りになる中で不思議な「女」の魔性が霧のように広がる。この女は物語の重要人物、女装をした性倒錯者のランドルフであることをジョエルはずっと後になって知る。女が静寂の中で急にカーテンの向こうに消えた瞬間、ジョエルは我に返り思わず後ずさりして鐘につまずく。その時、鐘が「しわがれひび割れた響きで、一つ、静けさをみじんに砕いて鳴り響いた」。静けさを微塵に砕く鐘の響きは、あたかも鐘に意図があるかのように活喩で語られるが、この鐘の音は紛れもなく弔鐘である。「幻覚と恐怖を絵画で表現したオディロンの作品『仮面が弔鐘を打ち鳴らす』に表現されているように、鐘は死への合図である」⒀。つまずいたジョエルによって鐘が鳴り響いたことは、今後のジョエルの精神状態を暗示している。

別の日、同じ庭にジョエルは佇む。「風が川のように速く流れ、その流れに巻きこまれたざわめく葉は、大空の渚に波のような泡立ちを見せる。そして大地は徐々に黒く深い水底へと沈んで行くかに見えた。羊歯が海藻のようにゆれる。小屋が沈没したガリオン船さながら、朦朧と不気味に浮かび上がる」。このように邸の庭の樹の葉や羊歯が風に揺れる何気ない情景を、様々な直喩や隠喩を用いて独特の表現で描くことによって、あたかも邸が深い水底に沈んで行くようなゴシック的な不気味さを醸し出している。

そして父親の所在場所を聞いても誰も答えてくれない孤独なジョエルの心境は、隠喩「石」で表現されている。「どちらを見ても陰謀ばかり、ずっとだまされつづけ、父親も神様までが僕に悪意を。……どうすればよいのか分からない。一人ぼっちだった。腐った木の切り株に腰をかけた石の少年でしかないのだ」。信じることができる人は誰一人居ない深い孤独の中で、一人だけ置き去りにされ凝り固まっている少年の心情を「石」で表している。

時を経てジョエルが少年から青年になりつつある様子には「彼の内部では一輪の花が開きつつあった」とか、「小さなおたまじゃくしが、かえるになりかけてるのね」といった寓喩を用いている。

さて、小鬼のように小さな黒人でジョエルを邸まで馬車に乗せた馭者でズーの祖父ジーザスフィーバーの葬儀の日、彼の心情が吐露される。「これほど厳粛な事件が起こっているというのに、大自然が何ひとつ反応していないのがジョエルには解せなかった。子猫の目のようなひどく青い空に綿の実のようにひらいた雲も、その美しいよそよそしさが憎らしい……これほど狭い世の中に百年以上も生きた人間（ジーザス）には、もっと高い敬意が払われて然るべきだ」と直喩や比喩に使われている子猫は「いたいけな幼い純真さ」、青い空は「澄み切った広やかさ」、綿の実のような雲は「柔らかく人の心を包むような温かさ」の隠喩であるならば、そのような心根の人たちまでもが、彼の死に対してよそよそしいのかとの嘆きに読み取ることができる。亡くなった彼の名前は誰あろうJesus（ジーザス）。二千年以上前に十字架上で死んだJesus Christ（イエス・キリスト）の死に対しても世間は「よそよそしかった」ことと、カポーティは重ね合わせているのだろうか。

最後に、タイトルの一部に使われている「遠い部屋」は寓喩である。「遠い部屋」とは如何なる部屋なのか。ちなみに、日本語翻訳では「遠い部屋」と表現されているが、原著のタイトルにはOther roomsとなっており、本文中にはa far-away roomとother roomが併用されている。本文の中の「部屋」に関する描写の中から四点を抽出し、「遠い部屋」とは如何なる部屋なのか考察を試みることにする。

(1)ジョエルは、「邸」でのランドルフたちとの得体の知れない新しい環境に馴染めず「何とかして遠い遥かな部屋を見つけようとしていた」、しかし「長きに亘って遠い遥かな部屋を探していたが、いつも見つけられないのだった」。

(2)ジョエルが好感を持った大魔術師のミスター・ミステリーは「ジョエルの遠い部屋への最も歓迎される訪問客となった」。

(3)高慢ちきな上に生意気なアニー・ローズが、「この遠い遥かな部屋の中では、彼女のかわいい小さな声が、快い響きを奏でるのだった」。

⑷隠者リトル・サンシャインは、恐ろしい奇怪な眺めの朽ちたホテルに今なお住み続ける理由を次のように述べる。「わしの正当な家なのだ。何故なら昔一度逃げ出したら、たちまち遠い声、遠い部屋が、失われ遠くかすんだ声が、わしの夢をかき乱したからだ」

これらから浮かび上がる「部屋」とは、遠い声、遠い部屋から呼び戻された「終《つい》の棲家」……「あるがままの自分になれる場所」「心の休まる空間」であり、「その人に最も適した居場所」であると考えられる。

これらの部屋と関係のあるジョエルの少年期からの成長は次のような寓喩で語られている。「彼の内部では一輪の花が開きつつあった。やがて堅く結んだ花弁がすっかりひろがり、青春の正午がひときわ赤々ともえさかるとき、彼もまた他の者たちのようにふり返り、他の扉の出口を探し求めるであろう」

すなわち「今は少年期で開花しつつあるが、すっかり開花したとき、即ち青年に成長した時、後ろ（過ぎし日）を感慨深く振り返り、新たな扉を開けて歩んでいくだろう」との意味である。

このように立ち止まって振り返るシーンは物語の最後にも出てくる。

「彼は庭の端でちょっと立ち止まっただけだった。彼はふとそこで、何か置き忘れてきたように足をとめ、茜色の消えた垂れ下がりつつある青さを、後に残してきた少年の姿を、もう一度振り返って見るのだった」。「後に残してきた少年の姿」とは少年ジョエルが過ごした日々であり、経験であり成長過程である。この物語は五月（春）に始まり、夏（青春）を過ぎ、十月（晩秋）に最終章を迎えるが、人生の一時期と重ね合わせている。少年期の描写において予言的に語られていたように、青年期になったジョエルは立ち止まって少年期を振り返る。予言的な言葉は「振り返った後、他の扉の出口を探し求めるだろう」と続いている。

ランドルフとの生活拠点からの出口を求めているようにも読み取れるが確かではない。ジョエルの今後は明らかにされないままに物語は終わる。新たな道を歩み出すのかランドルフの許へ行くのか研究者によって解釈が分かれるところである。「この小説の最後のシーンは、物語の集大成であるだけでなく要約でもある」[14]とウィリアム・ナンスは述べているが、解釈の分かれるところである。大別すれば解釈は次の三通りである。

(1)①ジョエルは、意識的に、そして能動的に、男色の世界へと足を踏み入れるのだ[15]、②彼は自らの内にホモセクシュアリティを是認し、ランドルフに身を委ねる決意を暗示する場面でこの物語は結末を迎える[16]、③ジョエルは今やランドルフと共にランディング邸に住むことが分かっていた[17]等、ランドルフの招きに応じるとする解釈である。

(2)「〝ぼくはぼくなんだ〟と、新しい出発をする」[18]、「『ぼくはジョエルだ』という孤立感の認識を得て、スカリイズ・ランディング邸と少年であった世界を後にして、立ち去っていく」[19]等、ジョエルが新たな旅立ちをするとする解釈である。

(3)〝物語の結末は謎のままに見える〟[20]「これからどこへ連れ去られていくのだろうか。再びたちこめ始めた幻想の霧の中で物語は幕を閉じる」[21]等、今後が不明のまま物語は終わるとする解釈などである。

いずれにせよ青春期を迎えて、ジョエルは遠い声が聞こえる遠い部屋、すなわち自分に適した居場所へと歩みを進めるところで比喩に満ちた物語は幕を閉じる。「比喩は意味よりも深く心に沁みる。比喩は心象風景の点描である。比喩は意識下の世界観」[22]であることを実感させてくれる小説である。

三　題辞が示す小説の主題〝人の心〟

題字を付すことの少ないカポーティが、この作品においては小説の冒頭に題辞を掲げている。旧約聖書エレミア書十七章九節からの引用句である。題辞とは本の最初や各章の最初に置かれ、主題と深く関わる役割を果たす。

しかし、『遠い声　遠い部屋』の主題を題辞と関連させて論じている研究者は殆ど居ない。今までの主題の解釈を概観してみる。(1) John Aldridge に代表される「父親探し」[23]とする説。(2) Ihab Hassan に代表される「自己の発見」[24]とする説。(3)「アイデンティティ確立のため父親を探す子どもの不安定な心理を描いた物語」[25]、すなわち父親探しは自己のアイデンティティ探究のためであるとする説の三つにまとめることができる。

「自己の発見」や「アイデンティティ追求」が小説の中で大事なテーマであることは確かである。物語の中でジョエルは、ゴシック・ロマンスの雰囲気漂う大人の世界を見聞きし、奇怪な経験や孤独と思索の日々を過ごした後で、最後に「ぼくはぼくなのさ。ぼくはジョエル。ぼくたちはおんなじ人間なんだよ」と喜びの声を上げ、嬉しくて近くの木によじ登った時、「安らぎや解放感を覚え、自己のアイデンティティ認識に繋がる瞬間であった」[26]。この樹上におけるアイデンティティの発見は、カポーティが次に手掛けた小説『草の竪琴』の中心的題材にもなってゆく。また、ジョエルは、今まで自分を支配していたランドルフが地面に「ただ円環を、その無価値のゼロを描く」姿を木の上から眺めて、自分が誰であるかということ、自分が強いことに思い至り、自己認識をする姿が描かれている大事な場面である。しかし「自己の発見」や、アイデンティティ追求」が主題なら、敢えて題辞を付記する必要は無かったのではないだろうか。アイデンティティ追求の根底にある主題を示したくて題辞を付記したのであろうと推察する。よって先ず彼が題辞として選んだ旧約聖書の聖句から小説の根底となる主題を紐解くこととする。

（一）聖句が示す〝人の心〟

旧約聖書の原語はヘブライ語であるが、カポーティが用いた英語の聖書はＫＪＶ（the King James Version）註(3)である。その英文と共に日本語の聖書の訳文も参考にしながら考察を進めることにする。

以下、エレミヤ書十七章九節の聖句の訳文の一覧である。

ＫＪＶ：The heart is deceitful above all things, and desperately wicked. Who can know it? Jeremiah, 17:9

文語訳：心は万物よりも偽る者にして甚だ悪し、誰かこれを知るをえんや。

（ＫＪＶに最も近い訳文であり、この文語訳を河野一郎（訳者）は用いている）

口語訳：心はよろずの物よりも偽るもので、はなはだしく悪に染まっている。誰がこれを、よく知ることができようか。

聖書協会共同訳：心は何にも増して偽り、治ることもない。誰がこれを知りえようか。

新改訳２０１７：人の心は何よりもねじ曲がっている。それは癒しがたい。だれが、それを知り尽くすことができるだろうか。

バイリンガル聖書訳：人の心は何よりも陰険で、それは直らない。だれが、それを知ることができようか。

なおR・K・ハリソンは『エレミヤ書、哀歌』[27]の中で「再生されない人の性質は、神の恵みなしには絶望的な状態に置かれているのであって、そのことが九節の『それは直らない』（RSV）『絶望的に腐敗している』、NEB『絶望的に病んでいる』という記述である」と述べている註(4)。

この聖句について北森嘉蔵は「聖書が〝心は〟というような書き出しで書いている文章は決して多くなく、非常に珍しい箇所である。そして何を言うかというと、心はよろずのものより偽るものである。すなわち、心ほど悪質なものは世界にはないということで、それは心だけが偽ることをするというのである。この種の悪は人間の心だけがやるのであって、人間はそういう誘惑に始終襲われるわけである」[28]と注解書で述べている。又、蔦田崇志は「心について……その陰湿さが生々しく映し出されている。『とらえ難く』とはアコブ訳語で、『ゆがんだ』という意味の形容詞、単につかみどころがないのではなく、悪質なのでとらえ難いのである。また『病んでいる』も言語はアーヌシュという語で『不治の』という意味、単に病んでいるのではなく、治癒の余地がないほどに、という意味が含まれている。この二つの惨状を浮き彫りにさせるようにミ・コル（全てに増して）と付記されていて、その程度が致命的であることを描き出している。そして絶望的なことに人はそれを見極めることができない」と説教黙想「エレミヤ書」で述べている。

「エレミヤ書」は、「イザヤ書」「エゼキエル書」と共に三大預言書の一書であるが、彼は「エレミア書」自体とは無関係に、この聖句を小説に必要としたと考えられる。『無頭の鷹』（一九四六）において題辞に用いた「ヨブ記」自体は無関係であったと同じく、「エレミヤ書」自体とは無関係に、この聖句の意味するところが『遠い声　遠い部屋』の主題に合致しているので引用したのであろう。この聖句は人間の心（The heart）について述べている。よって、この小説を通してカポーティが最も描きたかったのは「人間の心」「人間というもの」だと考えられる。

(二) 登場人物に描かれる〝人の心〟

物語には多くの人々が登場するが、主なる人物たちの心の動きにスポットを当てる。

先ず、主人公ジョエル少年（十三歳）に関して物語の進行と共に見てみよう。父親は行方知れず、母まで亡くして孤児となった主人公ジョエルは叔母に引き取られる。その彼のところに十二年ぶりに父親からスカリイズ邸への招きの手紙が来る。叔母一家の「誰もが可愛がってくれる」と語っていたジョエルであるが、本心は手紙のお蔭で、「この家を出られることが嬉しかった。叔母のエレンも実はほっとしていることにジョエルは気がついていた」。つまり、ジョエルもエレンも本心を隠していたのである。叔母エレンの家で「送った日々は、あたかもヒビの入った緑色レンズの眼鏡をかけ、耳に詰め綿をして過ごしたようだった——すべては何か現実離れして見えた」と彼の本心が記されている。寝室でエレンに『雪の女王』の物語を読んで貰いながら、自分が物語の主人公カイに似ていて「物の見方がすっかり歪められてしまう」自分に気がつき繊細になっている。そしてスカリイズ邸に到着後の生活の中では、「母は凍死した」「僕はカナダで雪を見た」等と事実無根の話を度々周囲の人々にする。彼に対する相手の関心や興味を引きたいための嘘である。さらに邸でのランドルフたちとの生活が続くにつれ、「感情を覆い隠すことが、彼にとっては自然な反射作用になりかかっていた」。最初に預けられた叔母の家では、ヒビの割れた緑色の眼鏡をかけ、耳に綿を詰めたような毎日で、物の見方や考え方が歪んでしまうのではないかと子どもなりに心配しながら、嫌われまいと周囲に気を使って過ごしていた。ランディング邸に来てから、周りの人たちに面白おかしく事実無根の話をするのも相手の関心や好意を得たいためであった。ありのままの自分を覆い隠すのが日常となっているジョエルであった。

次に、題辞の言うところの「偽りの多い」人間の心が随所に見られる人物ランドルフの言動を追ってみよう。彼はジョエルの父親と偽ってランディング邸への招きの手紙を出したところから彼の多くの偽りは始まる。その手紙は非常に格式高く、勿体ぶった文体で「当地ランディングにありては、美麗なる邸宅、並びに健康的なる食事に加わるに、文化的環境をそなえて、我が愛息をば遇すべきものにて有之候」と書かれていた。しかし実際に住んでみれば、手紙の文言にある美麗で健康的、文化的とは程遠い得体の知れない魑魅魍魎《ちみもうりょう》が跋扈《ばっこ》する邸である。

ランディング邸の庭に居るジョエルに向かって高い窓から肯いた「奇妙な女の人」について尋ねられると、ランドルフは「暑さのせいだね。幻を見たのだね」と知らないふりをする。実は、その奇妙な女性とは大舞踏会で伯爵夫人に女装して以来、「女になること」が心地良くなったランドルフ自身なのだが、女装の主が彼自身であることをジョエルには知らせないで不安と懐疑の心理状態のままに捨て置くのである。

さらにジョエルの父親のことも知らせない。孤児になった十三歳の少年にとって父親からの招きの手紙を手にした時の喜びは測り知れないものがあったことだろう。孤独に打ちひしがれていたジョエルであるが、自分を捨てたと思っていた父親から招きの手紙が来たのである。その父親に早く会いたいのは当然である。しかしランドルフは言葉を左右にし、なにかと誤魔化して会わせない。ある時、階段の上から階下の部屋に赤いボールが落ちて来る。ボールを落としている人物をジョエルに気づかれることを恐れてランドルフは非常に動揺する。ボールを落とす以外にコミュニケーションが取れない重度障害者がジョエルの父親（サムソン）であることを隠したいためである。招きの手紙は父親が書いたのではないことに気づかれたくないからであろう。

手紙に関しては、「邸」を出たくてエイミイに迎えを頼むジョエルがポストに投函した手紙を、密かに抜き取ってしまう陰湿な行動をするのは、ジョエルが邸から外へ出て行かないための策である。ランドルフ自身は「ひとたび外にただ一人で放り出されるや、ただ円を、無価値のゼロを描くより他にどうしようもない」のであった。

以上のジョエルとランドルフほどには詳細に描かれてはいないが、その他の登場人物についても作者は題辞が語る「人の心」を多様に描いている。

ジョエルと近い年齢のフローラベルは、優等生で彼女の父親の自慢の娘である。彼女は上品に「妹のこと、悪く言うつもりはありませんのよ」と言いながらも、「かわいそうにあの妹には良くない評判までたってますの」と告げる。心配するように見せかけて実は裏で陰口を叩く姉である。気持ちの悪い「邸」の様子についても、住み始めたばかりのジョエルに外部者として意味ありげ、下心ありげに、「にやにや笑いながら、身を乗り出してくるのであった」。このような様子に、ジョエルは彼女について裏切りをする女だと見抜き、「裏切りほど許せないものはない」と強く思うのであった。一方、男勝りの妹のアイダベルは、裏表の無い娘に描かれている。ちなみにアイダベルはカポーティの幼馴染で作家となったハーパー・リーがモデルになっている(29)。

重度障害者サムソンの世話をしているエイミイに関しては「空ろな上品さを装った、その魅力の無いベニヤ板の下では全く違った別の性格が、しきりと顔をのぞかせたがっているようだ」

と二重人格者であることがほのめかされている。特に鼻の下にうっすら髭が生えている以外には風貌も性格も特徴無く、おとなしく見えるエイミイだが、不満を抱えている複雑な人間の心を持っている。

このように、人間という者は歪んだ心を偽ることが多く、その心は治るものではない事例の数々である。題辞が暗示する「人の心の深層部にあるものを喚起」(29)し、普遍的な人間の姿の数々を映し出している。

(三)〝人の心〟の本質

人間について特に考えさせられるのは、黒人女性のズーが遭遇した二度にわたるレイプ体験である。最初は彼女が十四歳の時のことである。同じ邸に住む奉公人で今も投獄されている若い黒人による乱暴である。彼女の首には「細い傷跡が一本、紫の針金でできた首飾りのように取り巻いている。痛々しいその傷跡を、彼女は赤いリボンを首に巻いて隠していた。その赤は、生々しい血の色を連想させる」。

痛ましいズーの喉を眺めさせられてしまったジョエルは「きっと彼女も僕と同じなんだ。きっと世間は、ズーに対しても悪意を抱いているんだ。……逃げ道なんてありゃしない。背筋を冷たいものが走り、頭の上では雷鳴が轟き、大地が身震いした」。このレイプ事件に対して空も大地も身震いをして轟の声を上げたとの表現は、当時のアメリカの世相を映し出している。レイプが「南部アメリカにおける黒人女性とホモセクシュアルに対する弾圧の手段であったことが、カポーティの手によって描かれている」(30)。カポーティは白人ではあるがホモ故に特別視(蔑視)されるマイノリティとして、白人社会の中で黒人故に蔑視されることに対して深い思いを込めてこの事件を描いている。事件後、黒人女性ズーは心身に傷を負いながらも明るく元気に成人し、高齢の父親の葬儀を済ませた後、長年の願望である清らかな白い雪の世界へとランディングから旅立つ。しかし彼女は旅立って間もなく白人・黒人含む肉欲盛んなトラック野郎たちにレイプされる。その時を回顧して彼女はジョエルに語る。

辱めを受ける最中に「あたいには、神様の声が聞こえた。お前は間違った道を来てしまった。……神様は、慰めを持って来て下さった。だから私は恥ずかしい苦しみの真只中で聖句を口ずさんだの――たといわれ死の影を歩むとも禍害を恐れじ。なんじ我と共に在せばなり――天の神様は男の姿におなりになったので、私たちはしっかり抱き合ったの」

神様に抱かれたと語るズーだが、ランディング邸に戻って来た彼女の姿は、威厳を失い意気消沈し、以前の気丈で独立心旺盛な優雅さは失われていた。彼女は、襲われた時の様子をジョエルに語る内に、その時の幻影を追い無言劇を演じ始める。「キリストの悦びがその顔を狂わせ……悦びの苦悩が彼女の乳房を突き上げ……」無言劇は続く。

この一連のズーの無言劇の描写ほど読者を戸惑わせ、人間とは如何なる者かの問いを題辞と共に突きつけてくる個所は無い。人間とは精神と肉体を持った生き物であり、外面と相反する内面や、理性では説明のつかない肉体的・性的反応を蔵する。肉欲も絡む状況下での「キリストの悦び」とは何を意味するのか。「悦びの苦悩」とはどんな苦悩なのか。ズーの祖父の名前にJesus Feverとキリストの名前が使われているのを始め、聖書に関する文言が時折出てくる個所でもある。「喉に剃刀による大傷を受けたズーのように、キリストが十字架の上で負った傷のように、カポーティの描く人物は皆、原罪を負っている」(31)とポール・レヴィーンは解釈している。原罪については、歴史的にもキリスト教界の教派の間でも様々な見解があり、ここでは触れることはしないが、「神は男（アダム）と女（イブ）を創られた」との聖書の言葉を重んじる性に対する当時の時代感覚の中で、自ら性倒錯者であることを公言したカポーティ自身の、マイノリティとしての心情が垣間見える黒人女性ズーの描き方である。「カポーティは白と黒のカラーラインを越えて、一人の『個』として黒人たちを見ていたように思われる。彼にとって黒人を描くということは人間を描くことと等しかったのではないだろうか」(32)

性に関しては、この小説が出版された一九四八年と時を同じくして『人間の男性の性の行動』

が出版された。「九年間かけて約一万二千人のアメリカ男性にインタビューした、いわゆる、『キンゼイ報告書』として世界的に話題となった。その報告書では、これまでの『性』についての考えは、古い宗教観念にとらわれ科学的でなかったとされ、ユダヤ・キリスト教の伝統からの解放を求めていた」(33)。アメリカの性科学者・昆虫学者の著者アルフレッド・キンゼイは親から受けた厳格なキリスト教教育に反発していたとも言われているが、カポーティも当時のキリスト教に対して息苦しさや反発を覚えていたであろうことは想像に難くない。

『遠い声　遠い部屋』は今日の読者が読めば、すぐに一人の孤独な少年がホモセクシュアルという危険な世界にとらわれていく暗いエロスの小説だと読み取ることができるが、厳しいキリスト教界は勿論のこと一般には同性愛は解放されていなかった。しかしニューヨークでは既にゲイが社交界に「カミングアウト」しており、その中心の一人はトルーマン・カポーティであったと言われている。カポーティは色白で可愛い幼少期には親代わりの叔母が彼に女の子の洋服を着せて、両性具有のように育てられたこともあって、彼は自ら「私はアル中である。ヤク中である。ホモセクシュアルである。天才である」と公言していた。叔母に着せられた女児用の衣類だけでなく、信仰についても心の根底の部分で、幼児期の体験がカポーティに影響を与えていることが次の問答から察せられる。

問い：『遠い声　遠い部屋』のミゾーリはジョエルにこう尋ねます。「神のことを考える時、心をよぎるのはどんなことですか？」と。あなたの心をよぎるのはなんですか？

答：神はどこにでも居るということ。神は誰の中にも居るということだ。子どものころ私は神を強く信じていた。それからまったく神を信じなくなった時期を経験した。私は生まれ変わったクリスチャンとはいえないが、神のところに戻ってきたとはいえる。

以上の対談[34]から察するに、俗に言うクリスチャンとは程遠いが教会に行っていた幼児期の心が戻ってきたということだろうか。今までになく信仰的な文言が散在しているのは確かである。しかしズーの無言劇の中での「キリストの悦び」「悦びの苦悩」なる表現を、キリスト自身や聖書と関連付けて神学の教義的解釈を試みる必要は無い。あくまでも肉体を持つ人間の姿、自分の意思でコントロールできない人間の心と身体を赤裸々に描いた一場面なのである。カポーティ自身の告白でもあり人間観でもある。「この職人（カポーティ）は不気味な雰囲気に誘い込むだけで、それ以外にわれわれに何を訴えようというのであろうか」[35]との批評もあるが、この小説は、生きることに苦しみ「書くことと生きることとが深いところでつながっていたカポーティ」[36]が描いた人間の姿であり、題辞と重なり合う「人間の心」「人間というもの」を赤裸々に提示したのである。

四　おわりに

この小説の冒頭に掲げられている題辞は、旧約聖書「エレミア書」から引用されているが、三大預言書の一つである「エレミア書」そのものについては、カポーティは全く触れていないので、キリスト教の信仰と関連付けて論ずる必要は無い。この聖句をカポーティが題辞として選んだ理由は聖句の内容そのものにある。聖句は「人の心は、ねじ曲がっており偽り多く、悪に染まっており、病んでいて治しようもない。そのことを誰も分かっていない」と述べている。聖句が言うところの人間を描いたのが、この小説である。ランドルフを始め多くの登場人物が織りなす人間模様は、次々と人間の内面を露わにしていく。主人公の少年ジョエルは、それらの人々に関わりながら「人間」について実感として学び成長していくのである。

小説全体はゴシックの世界に覆われている。現実と幻想が境を超えて溶け合い、人間や自然、事物がデフォルメされている不気味な魔界の世界である。その魔界の世界の表現手法として際立っているのが色彩手法と比喩手法である。先ず色彩手法としては、基調色としての緑色が人の心の深部の不安、嘘偽りの多い怪奇的人間群像等の全体を覆っている。カポーティが green を付してゴシックの雰囲気を漂わせる手法は既に『無頭の鷹』（一九四六）において重要人物D.

J．に用いている。彼女の目の色、レインコートや彼女の好物のポップコーンの袋にまで緑色を付して彼女の精神的異常さを明らかにしていく。しかし作品全体に緑を付してはいない。それから二年後の処女長編『遠い声　遠い部屋』においては第一章から最終章の「溺れ池の緑の岸」に至るまでゴシック調の魔界の世界を緑色によって醸し出している。以上の色彩手法と共に作品全体に用いられているのが比喩表現である。「小屋が沈没したガリオン船さながら朦朧と不気味に浮かび上がる」という分かりやすい直喩から活喩や寓喩に至るまで多種類の比喩に満ちている。ちなみに「遠い声　遠い部屋」は「ほんとに伝えたいことを他のことがらにそっくり移しかえ、その移しかえたほうのことばを表に出すことによって、そこから、裏にあるほんとに伝えたいことを感じとらせる寓喩」であると解釈する。

比喩手法は題辞の抽象性を具体化し読者の想像力を掻き立て、人間の心について考えるのにも効果的であった。「ゴシック・ロマンス的色彩を秘めながら、そこに生きる人々の実存性と存在感」[37]に比喩によって重みと深みをもたせたのである。カポーティは、人間の病的とも言える偽りや、内面的歪みを描くことによって、題辞が示している「人の心の根源的な有り様」を提示したのである。

註

(1)ゴシック小説とは、神秘的・幻想的な小説であり、どこか異常な非日常的でグロテスクな現実離れしたことが展開される。ゴシック・ロマンスとも呼ばれる。アメリカン・ゴシックにおいては人間の内なるものの追求であり、その恐怖も肉体的・社会的恐怖というより心理的恐怖が主なるテーマである。八木敏雄『アメリカン・ゴシックの水脈』1992、研究社出版、他

(2)カポーティ『遠い声　遠い部屋』の日本語訳については河野一郎訳を使用した。その理由について三島由紀夫氏の言葉を紹介しておく。「装幀は見事であり、翻譯はさらに見事である。あの妙なデリケートな文体を、ここまで明確な、味のある日本語に移した訳者の河野一郎氏に敬意を表する」

(3)宗教改革期に現れたジェームス王／欽定訳聖書（ＫＪＶ）は1611年に出版され、3世紀近く長い間権威ある標準訳として用いられ、近代英語の形成と英文学に大きな影響を与えた。

(4)その後、根本的な改訂を目論んだ改訂標準訳聖書（Revised Standard Version: RSV）がアメリカで編纂され評価も高くアメリカのプロテスタント教会では、ＫＪＶからＲＳＶに切り替えられていった。ＲＳＶはイギリスでも読まれるようになったため、イギリスでも新しい翻訳の機運が高まり1970年に新英語聖書（New English Bible: NEB）が発刊された。

三島由紀夫とカポーティ ――大物同士の交流秘話

カポーティが来日した折に、三島由紀夫が大物の作家であると知り交際が始まる。

三島はカポーティ作『遠い声　遠い部屋』について「導入部に力が入り過ぎてゐるが、こんな見事な序曲は他に比肩するものがない。視覚は精密であらゆる物象がデフォルメされてゐながら、しかも奇妙に正確な印象を與へる」と評している。

二人は一年違いの同年代、数々の文学賞を貰っているところも共通であるが、自分がホモであることをカポーティは早くから公言していたが、三島は死ぬまで公にしなかった。

カポーティ来日の折に、三島は彼を歌舞伎見物に連れて行き主役の役者にも引き合わせ料亭でももてなした。しかし三島が渡米した折に「カポーティは全くもてなしてくれなかった」と嘆いていたそうである。

『十三人の賓客』参照

八章　『マスター・ミザリー』における不安の色〝無色に近いブルー〟

一　はじめに

世界が粉々になり、もしくはばらばらになるのは、自己の身体が認識する身体であることをやめ、すべての対象を単一の手がかりのなかに包みこむことをやめたからであって、しかも、身体から生体へというこの低落は、それ自体、時間の衰弱に帰されねばならない。時間はもはや未来へ向かって生動せず、わが身のうえに落ちかかるだけなのだ。「かつては、私は心と生身をもったひとりの人間だったのに、いまではもはや一個の存在でしかない——いまでは、もはや生体があるだけで、心は死んでしまっている——私は聞いたり見たりはするが、もう何もわからない。——私にとって時間は過ぎていかない——未来とはなんだろうか。そこへ行きつくことはできない」

これは哲学者メルロー・ポンティによる著作『知覚の現象学』の中の一節(1)であるが、トルーマン・カポーティの短編小説『マスター・ミザリー』の内容と表現の多くが一致している。この一節によって小説を始めても、あるいは終わっても何ら違和感がない。それほどに、この一節には『マスター・ミザリー』の世界があり、主人公シルヴィアの心の叫びがある。

カポーティは、この小説においてシルヴィアが、マスター・ミザリーなる象徴的人物によって「心と生身をもったひとりの人間」から「単なる一個の存在」、それも粉々にされ、単なる微片と化せられて、波のまにまに虚ろな空間を漂い始める過程を文学的に描いた。

この作品は、これといった賞もなく世の評論家からもこれといった注目も集めていない。しかし、この作品は彼が短編『ミリアム』から小説『遠い声　遠い部屋』への一連の創作過程の中で欠くことのできなかった作品であると思われる。創作過程を人間の成長過程に喩えれば、子どもから大人に変化する成長期の特質——溢れる感受性に翻弄され、はかなさ故に美しくきらめき、しかしその中核は混沌としている——そんな特質を担わされた作品なのではないだろうか。それは題名からも明白である。

この作品には、多種多様な日本語の題名がつけられている。マスター・ミザリーなる人物の象徴性も多種多様な説がある。多種多様とは、言い方を変えれば「ばらばら」ということである。「ばらばらになるのは、認識することをやめ、単一の手がかりのなかに包み込むことをやめたから」だというメルロー・ポンティの言葉にこだわって、翻訳の題名の妥当性を検討し、マスター・ミザリーなる人物の象徴性を定め、この作品が織りなす人間の心の崩壊過程を認識する作業を進めることによって、この作品を単一の手がかりのなかに包みこんでみたいと思う。

二　題名の翻訳の多様性

作家にとって、題名の決定は創作過程の最も重要な一部分である。題名は、作家の意図する小説の内容を端的に読者に伝える最初の部分であり、いわば「小説の顔」だからである。そのことは翻訳者も充分に承知していることであるから題名の翻訳にあたっては、作家の意図をできるだけ汲んで訳すのは当然のことである。

その意味からすると、この物語の原題『マスター・ミザリー』の日本語訳の多様性は、作品の主題が多様な受け取り方をされていることを物語っている。翻訳された題名には、「夢を買う男」、「夢を売る女」、「ミザリー旦那」、「マスター・ミザリー」などが見られるが[註(1)]、「夢を買う男」と「夢を売る女」はカポーティ短編集『夜の樹』を日本で出版する際に用いられた題名であり、「ミザリー旦那」や「マスター・ミザリー」などは、研究者の論文の中などに見出されるものである。題名を翻訳する作業は、小説のイメージやテーマを解釈する作業でもあるから、これらの題名にはそれぞれにそれなりの理由があるはずである。

Master Misery の主題やイメージに迫る糸口として、先ず、これらの題名の検討から始めることにする。

(一)「夢を買う男」という題名について

短編 Master Misery が日本語に翻訳されて世に出たのは、註(1)のリストから分かるように斎藤数衛訳によるものが恐らく最初であると思われる。彼は日本語による題名を「夢を買う男」とした。後述するように、Master Misery の翻訳の題名は困難さを伴うため熟慮の結果、マスター・ミザリーと呼ばれているレヴァコームに焦点を当てて「夢を買う男」としたのであろう。しかし、この題名では小説の本意が伝わらないように思われる。第一の理由は「夢を買う」という言葉が与えるイメージにある。自分の望みのものを手に入れるために何かを買うのが一般的な行為であるから、「夢を買う男」が買う夢は前向きでプラスの明るさがイメージされる。みじめさや不幸とは対極的なイメージである。第二の理由は、レヴァコームが人間の実体を持った男として描かれていないことにある。物語の中で彼に関する描写はほとんど皆無で、見受けられるのは次の一か所だけである。「欠点などひとつもなく、ものさしのように厳格な姿が、病院の匂いを思わせるオーデコロンの匂いに包まれていた。生気のない灰色の目が植物の種子のように、個性の感じられない顔に埋めこまれて、その目を鉄のように鈍い眼鏡のレンズが封印するようにおおっていた」

この描写からは人間の体温も呼吸も感じられず、伝わってくるものは無機質で機械的な存在である。このように人間としての実体を持たないレヴァコームは、一人の男というよりも或るものの象徴と考えられる。それを元田脩一のように「ヴァンパイア註(2)的性格をもった寓話的象徴であり、都市文明の具象化」(2)と見做すかどうかは別としても、或るものの象徴であると仮定すれば、単に「夢を買う男」ではレヴァコームの一断片を表現しているに過ぎないからである。

(二)「夢を売る女」という題名について

「夢を買う男」同様、「夢を売る女」という題名も又、原題を意訳した題名である。しかも、ここでは主体が原題の男から女に変わっている。その理由について翻訳家の龍口直太郎はカポーティ短編集の「作品の解説」で次のように述べている。「原題はMaster Miseryだから、さしずめ〝不幸親分〟とでも訳すべきであろうが、私はこの物語の主人公を、夢を買う男レヴァコームというよりは、夢を売る女シルヴィアと考えたいので、あえて〝夢を売る女〟としてみた」(3)と述べている。この日本語訳の短編集は一九七〇年に初版が出版されて以来十九刷を重ねた後、川本三郎が一九九四年に改訂版を出した際に、短編の配列と題名に若干の変更を加えているが、この作品については「夢を売る女」を踏襲している註(3)。踏襲した理由については触れていないが、龍口の解釈を是としたからであろう。よしんば是としなかったまでも、変更する積極的理由を持たなかったのであろう。さて、龍口は、前述の「作品の解説」で次のように続けている。「道化役者は男であるから、この恐るべき人間性の破壊者に抵抗し、酒壜の力をかりて青空旅行に出かけることができる。しかし、女であるシルヴィアにはそれができない。独りで公園を歩いても、怪しき男につけねらわれるからだ。そういう無力の女性のあがきを、これほど真実に美しく描いた作品はちょっとほかに見当たらないと思う」(4)。すなわち、ここではシルヴィアは女であるが故に青空に旅立つこともできないと考えられている。その上、道化役者オライリーが「酒壜を持って出かける青空旅行」を、今までの人生に区切りをつけて再出発できる明るいイメージでとらえているようである。

しかし、丹念に作品を読んでみると、決してそのようには描かれていないのである。まず、オライリーについての描写を見てみよう。旅に出る直前の描写は、「『青空を旅するよ』彼はそう言って笑顔を作ろうとしたが、うまくいかなかった」(川本三郎訳)と表現されている。旅に出かけるに際して「彼はニッコリ笑ってみたが、あんまり嬉しそうでもなかった」(龍口直太郎訳)。表面的には笑顔を見せていても、心からの笑いではないことを窺い知ることができる。彼のこの表情からは、全てを奪うマスター・ミザリーの支配から逃れることができる旅、みじめな地上での生活に区切りをつけることができる旅、新たな希望の世界への旅を思い描いているとは思えないのである。それを裏づける言葉をシルヴィアとの初めての会話の中で彼は既に述べている。「今、何をしているの」と仕事のことをシルヴィアに尋ねられて、「スーツケースを持って青空を旅している。他に行くところがないときは、空を旅するんだ」と答えている。旅する場所は、彼にとっては、「他に行くところがないときに仕方なく出かける場所」なのである。しかも、ここで見逃してならないのは、原文の"the blue"と"you"の意味するところが正確に翻訳されていない点である。"the blue"を龍口も川本も、「青空」と訳しているが、文字通りに訳せば、「青」であって、「青空」ではない。日本語の「青空」からは、明るいのびやかさが感じられるが、作者が「青」に込めた象徴性は、それとは異なり、「ブルーの世界」とでも表現すべきものと考える。それについては「崩壊した心が運ばれていくブルーの世界」の項で詳述することにする。次に、原文においては「他に行くところがないときに、『青い場所』へ仕方なく出かける」の主語が一般的な"you"で表現されていることも見逃してはならない。オライリーだけが行く場所ではなくシルヴィアも含めて、男も女もこの世に生きる全ての人間に当てはめているのである。

物語の構成上の主人公はシルヴィアであるが、以上の観点から、『夢を売る女』という題名によっては、全ての人間に関わる存在としてのマスター・ミザリーを描いている作者の意図を忠実に伝えることにはならないのではないだろうか。

(三)『マスター・ミザリー』、『ミザリー旦那』等の題名について

今まで述べてきたように、『夢を買う男』も『夢を売る女』もこの物語の題名Master Miseryに込めた作者の意図を忠実に伝えているとは言えない。

そこで次に、『マスター・ミザリー』、『マスター・ミゼリー』、『ミザリー旦那』等の題名の妥当性について考えてみたい。これらは、いずれも“misery”をそのまま片仮名にしているが、この言葉は実は辞書によって認知度が異なるからである註(4)。その証拠に「ミゼリー」としたり「ミザリー」としたり片仮名も訳者によって定まっていない。

辞書には misery は、「みじめさ、貧困、精神的や肉体的苦痛、不幸、哀れな人」などの日本語に訳されているが、いずれの訳も小説におけるミザリーの意味を包括する概念を有していない。“misery”と同様に、“master”の翻訳も苦労の跡が見られる。龍口直太郎は、マスター・ミザリーを訳すにあたって、「さしずめ〝不幸親分〟とでも訳すべきだろうが」(5)と、「さしずめ」と断り書きをすることによって〝不幸親分〟という表現が、“Master Misery”を正確には言い替えていないことを明らかにしている。「不幸親分」は、「不幸な親分」であって、親分自身がそのような状態にあると受け取られる可能性もある。ちなみに「不幸親分」の命名者である龍口直太郎は、レヴァコームを「機械文明のために人間性を剝奪されたもの、魂の心である夢を失った人間の象徴」(6)であるとしているので、レヴァコーム自身が不幸な状態にあるとの解釈に立っ

ているのであろう。しかし、物語の中で明らかに描かれているのは、レヴァコームによって人間性を剝奪され不幸にされていく者たちである。

こうして見ると「不幸親分」もまた、作者の意図を十分に伝えている題名とは言い難い。同じことが『ミザリー旦那』にも言える。ミザリーは旦那の修飾語と受け取るのが一般的であろう。日本語の「旦那」には、大らかで生活に困っていないイメージがある。この物語の意図するイメージにはそぐわない。

(四) 小括

日本語による題名の多様さは、原題の象徴性が多様に解釈されていると言い替えることができる。どの日本語を当てはめるかは、マスター・ミザリーと称されるレヴァコームの解釈にかかっている。すなわち、彼を人間性を剝奪する者と解釈するか、剝奪する者であると同時に剝奪される者と解釈するか、或いは、それは明示されていないと解釈するかによって、日本語の題名の付け方は異なってくる。そこでマスター・ミザリー即ちレヴァコームに象徴されているものについて考察することが必要となってくる。

三　マスター・ミザリーの象徴性

カポーティは、オライリーにレヴァコームのことをマスター・ミザリーと称させ、次のように語らせる。「母親が子どもに話す話に出てくるもので、木の空洞の中に住んでいる、墓場に住んでいる、屋根裏を歩く足音が聞こえる。あのろくでなしは、泥棒、おどし屋さ。あいつはきみの持っているものをみんな奪ってしまう。最後にはきみの手もとには何も残らない。たったひとつの夢さえもね」。これらの言葉からマスター・ミザリーは「夜の樹に住む魔法使いの男」註(5)と深い関係にあることは異論の無いところであるが、抽象的な表現であるだけに、その象徴するものについてはいろいろの推論がなされている。それらを紹介しながらこの小説の題名であるマスター・ミザリーの象徴の実体を探ることにする。

(一) 主人公の分身という説

レヴァコームをシルヴィアの「自己の外にある力ではあるが、自己の拡大である」(7)と述べているポール・レヴィーンに対して、元田脩一は、「短編『ミリアム』においては、ミリアムをミラー夫人の無意識層の抑圧された心的内容の投影であり、ミラー夫人の他我・分身であって、ミラー夫人のこころの一部であるが、この『マスター・ミザリー』におけるレヴァコームはシルヴィアのこころの一部であるどころか、まったく別種の外的実在物」であると反論している[8]。筆者も『ミリアム』には、「まったく人影がないにもかかわらずどこかに『誰か』が潜んでいそうに思える、『つきまとわれた』感覚を私たちに呼び起こし、『誰か？』の問いを私たちの脳裏に生ぜしめる作品世界」[9]があり、ミリアムをミラー夫人の分身と見做すことのできる根拠を随所に見出すことができる（註6）。しかし、この小説においてはレヴァコームをシルヴィアの分身と見做す描写を見出すことは困難なのである。たとえば、無意識によって投影される影なる分身を意識しはじめる時、その正体への問いかけとして名前を尋ねるのが常であり、それは同時に自分自身への問いかけでもあって、分身との間においての名前に関する問答の有無は重要な要素の一つであるが、この物語ではそのような問答はなされていない。また『ミリアム』においてはミラー夫人の分身であるミリアムは自分のことを「ミラー夫人はもうとっくにわかっているはずだといわんばかり」の態度を取る。しかしレヴァコームには、そのような態度は見られない。そもそもレヴァコームは具体的な言動を伴って描かれていないのである。

やはり、レヴァコームは分身ではなくて全く別の役割を与えられているものと考えられる。

（二）夢分析によるセラピスト（治療医）等の説

「夢に関心がある職業」という観点から、ケニス・リードは、「夢ブローカー」[10]を象徴の示す可能性の一つとして挙げている。夢に値段をつけるところが夢ブローカーを連想させるのであろうが、夢を買い戻しにいったシルヴィアに対してレヴァコームは、彼女の願いを断る。彼はシルヴィアから買った夢を返却しないのであるが、その理由として「夢が売れてしまった」と言わず、「夢を使ってしまった」と言っている。この表現は、第三者に夢を譲渡するのを目的とするわけではなく、自己あるいは身近な人のために夢を消費してしまったことを意味しているのだから夢ブローカーと呼ぶにはほど遠い。

次に、ヘレン・ガーソンは、夢分析によるとセラピストかも知れないと推測している(11)。それを連想させる描写は本文の中で三ケ所見出すことができる。一つは、ミスター・レヴァコームの秘書に、「看護婦のように白衣」を着せていることである。そして物語の冒頭部分で、秘書が本当の看護婦かどうかをシルヴィアに思案させる形で、看護婦という言葉を連続四回使っているが、これは読者に治療の印象を与える効果をねらったと考えられる。もう一か所は、レヴァコームにお目どおりを許されるのを待っている居間の描写である。「彼らはまるで医者の待合室にいる患者のように見えた」と表現し、夢を売りに来ている人たちを患者に、レヴァコームを医者に見立てている。さらに明確にマスター・ミザリーと夢分析との関連が提示されているのは、夢にしばしば出てくる煙突の話をシルヴィアがレヴァコームに語っているところである。速記をしている秘書が、「『(煙突は)男根の象徴ね』と呟く」ところである。これは正に夢を書き留め夢分析をしている光景と言えよう。

このように、心を治療するセラピストを連想させる場面は随所に設定されている。レヴァコームを治療医と仮定すれば、ガーソンの言うように彼は「夢を取り上げて、あからさまな自分を直視させる役割」(12)、すなわち、心の病んだ者に夢を語らせ、その夢を自分自身の一部分として受け入れさせ、現実の自分を認識させる役割を果たし、それは患者の心の治療につながる。しかし実際にはシルヴィアの心身は、どんどん弱っていくのであるからレヴァコームは本物のセラピストではなく、外見だけをそのように見せかけている「いかさまセラピスト」と考えられる。その伏線は冒頭部分の彼の秘書の描写の中に既にある。シルヴィアは秘書のことを「(白衣は着ているけれど)やはり、看護婦じゃないわ」と思う。シルヴィアの予想どおり、看護婦でないことが物語の後半には明らかになる。看護婦どころか、いわくつきの男の可能性すら提示されるのである。秘書のこの「いかさまぶり」は、レヴァコームの「いかさまぶり」を暗示しているのであって、治療してもらえるどころかレヴァコームに近づいた者は生きる力を失っていくのである註(7)。

(三) 人間を機械化する都市文明の象徴とする説

元田脩一は「この作品は当世流行の精神分析治療に対する風刺なのであろうか。しかし、その想定を受け入れると、精神分析医であるはずのレヴァコームが人々の夢を買いとることに意味がなくなってしまうだろう」[13]との見解を示した上で、「レヴァコームは、都市文明の具象化である」[14]とする。

レヴァコームを寓話的象徴と見做し、機械化され機構化され人工化された都市文明が人間の実体を喪失させていくとする元田脩一の説は現代社会の問題として興味のある解釈である。しかし、それにしては彼自身も指摘していることではあるが「レヴァコームについての描写が不足しているために、その映像が鮮明さを欠いている」[15]。レヴァコームを機械化した都会の象徴として描くためには、レヴァコームも都会もそのように描き込んでいく必要がある。しかしそのような描写が不足しているということは言い替えれば、作者には機械化された都市文明の象徴としてのレヴァコームを描く意図はなかったのではないだろうか。機械化・機構化・人工化された都市文明のイメージよりも、むしろ匿名性、没個性に代表される都市のイメージの方を強く描きたかったのではないだろうか。事実この物語では「匿名の個人になってしまう」都会や、名前の表示がなく「番号しかついていないドア」に象徴される没個性化した都会が描かれている。このような都会と共にカポーティが描いているのは、大人の性的で危険な都会のイメージである。それが鮮明に描かれているのは、最初に夢を売った帰途の公園での出来事である。ここに登場する性的な危険性を感じさせる二人の男たちを、カポーティはその後も象徴的に登場させている。このような都会の対極にあるのが自然に恵まれたのどかな田舎であり、人間が生きて存在し、創造的イマジネーションにあふれた子どもの世界がそこには在る。

子どもの世界の中で、とりわけ夢と期待がふくらむ季節はクリスマスである。クリスマスにやってくるサンタクロースは、子どもの願いをかなえてくれ、大人の創造的イマジネーションをかきたててくれる存在である。それが「悪人に見えてくる」のはシルヴィアの心が病んでいるからである。「一切の知覚は、知覚する主体の或る種の過去を前提とする」(16)から、自分の腕が長く冷たい蛇のように見えてしまう失認症患者のように、外界を映す心の鏡が既にゆがんでいて、ありのままに物を見ることができなくなってきているのである。人間らしい生来の感覚が衰退してしまって、外界のものの大きさ、色彩、特徴などをあるがままに心の鏡に映せないということであろう。

このような都会描写やシルヴィアの精神状態の描写から考えるに、「人間を機械化する都市文明」の象徴としてよりも、むしろ「生の本能の表出としての創造のヴァイタリティ」(17)を衰退させるものの象徴としてのレヴァコームにその本質があるのではないだろうか。

(四) 生命を吸い取るヴァンパイアとする説

「子どものころによく聞いた『樹に住んでいる魔法使いの男』」であるというオライイリーの言葉

はカポーティの言葉でもある。レヴァコームは「夜の樹に住むお化け、魔法使いの男の変形」(18)である。それを元田脩一は「ヴァンパイア」(19)と称し、ポール・レヴィーンは「破壊的な要素を持っているマナ[註(8)]の化身」(20)と呼ぶ。ヴァンパイアとは、日本語では吸血鬼と訳されているが、人間にとって血は生命の源であるから、血が吸い取られることは生命が吸い取られることを意味する。吸血という行為を単に肉体的暴力としてだけではなく精神的破壊としてとらえれば、レヴァコームは正にヴァンパイアであり、破壊的要素によって人間を非人格化してゆくマナと言うこともできる。

(五) 小括

マスター・ミザリーの象徴性についての諸説を小括してみると、まず、シルヴィアの分身とする説は、分身の条件ともいうべきものが描かれておらず妥当性がない。次に、夢ブローカーや、夢分析による治療医説は、夢の売買という表面的な事象のみによる推測である。また、人間を機械化する都市文明の象徴とする説については、レヴァコームを無機質に描いている個所が一か所あるが、人間を機械化する都会としての描写に乏しい。思うに、マスター・ミザリーはマナあるいはヴァンパイアの変形とみなすべきではないだろうか。なぜなら、シルヴィアが非人格化されていく点においてマナ説を、人の生き血を吸って生き続けるように、人の血の通った夢を買って生き続ける点においてヴァンパイア説を首肯すべきであるからである。ただしマナ説のポール・レヴィーンは、そのマナを自己の延長上に位置させているが、筆者はこのマナを自己とは別の存在と考える。元田脩一もシルヴィアとレヴァコームは別の存在とした上で、人間を機械化していく都会という名のヴァンパイア説を構築しているが、筆者はヴァンパイアによって人間は機械化されるのではなく、彼によって心が崩壊し物体と化せられると考える。それらの点において今までのマナ説、ヴァンパイア説とは一線を画するのである。

四　シルヴィアの心の崩壊過程

(一) プロットの構成

時は十一月下旬のこと、若い女主人公シルヴィアが夢を一つ売って買い主のレヴァコームの屋敷を出る時の凍りつくような寒さの描写から物語は始まる。しかし、「実際には、屋敷のなかは暖かく、暖房が効きすぎているほどだった。それでもシルヴィアには寒く感じられた。彼女は身体を震わせた」。つまり冒頭の凍てつくような寒さは、シルヴィアの視点からの描写であり、実際の寒暖とは無関係に彼女の心に感じられる描写であることを読者は知るのである。

初めて夢を売った夜、彼女は睡眠薬を飲まなければ「休めそうもなかった。心臓がどきどきして、ひっくりかえっているようだった」。そこで彼女は睡眠薬を一錠飲んだ。そんなことは滅多にないことで、睡眠中に見る普通の夢を売ってきただけのことなのに、心に変化が生じてきていることを示している。興奮しているだけではなく、彼女は奇妙な悲しみも感じていた。喪失感といってもいい。実際に何かを盗まれたか、あるいは心や純潔を盗まれてしまったような感じだった。

心の中の変化は「喪失感といってもいい奇妙な悲しみ」を基調としており、シルヴィアが最初に夢を売った帰途、公園で二人の若者にハンドバッグを盗まれそうになった恐ろしい経験は、レイプすら起こりえたかもしれない怖い思いにつながって、これから先、所有物を喪失していくだけではなく、心までも喪失していくことを暗示している。

さて、最初に夢を売ってから一週間後の十二月上旬の日曜日、彼女は無意識にレヴァコームのところを訪れてしまう。しかし見た夢が思い出せず、その場で夢を創作するが見破られる。そしてレヴァコームの出てくる夢を語るが、それもお金にはならない。しかし、彼女は夢を売ることをやめようとはしない。もうやめられなくなっているというのが正確な表現だろう。それから少なくとも一ケ月以上の経過のなかで、見る影もなく衰えた彼女を、かつての同宿人エステルが語る次の言葉を通して読者は知る。「いったい何があったの。その身体じゃ、きっとも う百ポンドもないわね。骨と血管が見えるみたい。それにその髪！　まるでプードルね」。エステルから離れて一人暮らしを始めた狭い部屋は足の踏み場も無いほど荒れ放題であり、仕事も解雇され、髪もボサボサで、骨と皮になるほどにやせ衰え、母親から貰った物や子どもの頃から大切にしていた物さえ売り払い、何も残っていない現在のシルヴィアの状態が浮き彫りにされる。

夢遊病者のようになっている彼女が今していることといえば、見た夢を手帳に書きとめて、レヴァコームのところへ売りに行くことだけだった。この一ヶ月余りの間に幾度となく夢を売りに行っていることが、語りによって伝えられる。夢を売っていると、「強盗に骨まで奪われたような気がする」と言いながら、それでも彼女は夢を売り続ける。しかし、やがて夢を売る生活は「生よりは死と関わりがある」との思いに至った彼女は、オライリーに勧められて夢を買い戻しに行くが断られ、夢は戻ってこない。

カポーティは、上記のようなシルヴィアの状態を通して「人間にとって夢とは何なのか」を読者に考えさせる。彼はオライリーの口を通して「夢は魂のひとつの状態」であると定義しているが、いずれにせよシルヴィアは夢を売ることで、魂を抜かれたようになっていくのである。

(二) 凍りつく崩壊の感覚

「最も大切なのは文体である。何を語るかではなくて、如何に語るかであり、内容よりも方法」(21)

が重要であるとカポーティは語っている。彼が最も大切だと考えるスタイルについて、別のインタヴューでは、"Style is what you are."(22)と述べている。この文章を「気品とは人だ」と柴田元幸は訳しているが、気品とも呼ぶべき「その文体の卓抜さが自他ともに認められる詩的描写」(23)の巧みさは、この作品においても充分に生かされている。そこでシルヴィアの創造的な生命力が凍りついて粉々になっていくはかなくも美しい詩的描写の数々を浮き彫りにしてみることにする。

1　冒頭の言語表現にみる崩壊の予感

彼女は、ハイヒールが玄関の大理石の床にカチカチ音をたてると、グラスの中でガチャガチャするアイスキューブを思い出し、入口の壺に生けてあったあの秋の菊の花までが、手を触れれば、きっと粉々に砕けて、氷の粉末になってしまうだろう、と思った。

このような書き出しで物語は始まる。固有名詞もなく最初から三人称の〝彼女〟が登場し、その彼女が「大理石の玄関ホールを横切って」、中へ入っていくのか出ていくのかも分からない曖昧な状況の中で物語は幕を開けるのである。

カポーティは、語ることから物語を始めてはいない。最初の場面は彼女が初めて夢を売り、夢を買う男レヴァコームの屋敷の大理石の玄関ホールを横切って帰途に着こうとしているところであることが分かるのは、ずっと後になってからである。この冒頭部分は、読者の感覚に訴えて、物語全体を集約して感じさせる働きをしている。最初の数行の中に含まれている言葉は、聴覚的に、視覚的に、あるいは象徴的に選び抜かれた言葉である。先ずハイヒールが大理石のフロアーに当たって立てる〝clack（カタカタ）〟という擬音は、音声的に〝crack〟を連想させる。〝crack〟は「ガラスや氷などが割れる時のピシッと割れること」を意味する言葉である。彼女は自分が立てているこの音から、「グラスのなかで四角い氷が、ぶつかりあう音〝rattle〟」やアイスキューブ（氷片）を思い起こすと共に、玄関に活けてある「菊の花」にも共通点を見出す。ここに活けられているのは、花が丸ごと落ちる椿ではなくて、花びらが細かく散る菊の花でなくてはならない。粉々に砕け散ったり、触れるとハラハラと細かく散ってしまうイメージが幾重にも塗り重ねられていく。例えば、グラスの中でアイスキューブの立てる「カチャカチャする音 rattle は、グラスをシェイクして出す音であるが、shake は、後に出てくる shiver や shutter のような、粉々に砕く言葉に繋がっていく。例えば shatter は、物だけでなく人間の夢や希望を砕く言葉としても用いることができるし、ガラスだけでなく人間の骨も砕くイメージも包含している言葉であることに注目しておきたい。これらの言葉は、レヴァコーム（マスター・ミザリー）に夢を売ることによって、「全てが奪われるような、強盗に骨まで奪われるような気がする」と言う彼女の言葉に連動していく。ガラスのように繊細な心だけでなく、骨の髄まで、その形をとどめないほどに砕かれてゆき、最後は凍りついた粉末と化すのである。凍てつくイメージは、この後、氷、雪、白、等の言葉によってますます強固になっていく。

さて、彼女がレヴァコームの屋敷を出た時の描写、「外は夕闇が青白い雪片のよう降り注いでいた」は、たった一文ではあるが味わい深く吟味する価値がある。カポーティが雪や氷の薄片に青の色彩をつけていることである。普通、雪は白く氷や透明な色であって「青い雪や青いみぞれが空から降ってくる」ことは無い。このように常識に逆らって、カポーティは空から降ってくるものに青を付し、この先、物語がどのように進行するかを感覚的に予感させることに成功している。

2　崩壊の始まり

心の崩壊過程は、彼女が傷つく痛さの度合いと彼女の心の状態を比喩的に表す外的描写に見ることができる。

二度目に夢を売りに行った時に吹いていた風は、彼女にチクチクするする痛みを感じさせた。これが一ケ月後には冬の陽光にも目を痛め、窓のカタカタ鳴る音にも頭が痛くなるほど、傷つきやすくなっており、心配して訪ねてきた友人の言葉にもカミソリの刃で傷つけられるような感じを抱く。チクチクする痛さは身を切られるような激痛に変わっていった。

また心の状態は、危なげに揺れ動き、溶け始め、一ケ月後には見る影もなくバランスを崩していることが、髪の乱れや部屋の乱雑さによって表されている。心の崩壊の始まりをこれらの表現にみることができる。

3　凍てつく崩壊の感覚

幾度となく夢を売る生活が続く中で、彼女はもう身動きできないほどに弱っていった。「部屋のなかは寒さのために青白くなり、おとぎ話の寒さよりもっと寒くなった」。ここに出てくる「おとぎ話」は、『夜の樹』とも関連してアンデルセン童話『雪の女王』を指しているとみて間違いないだろう註(9)。雪と氷に閉ざされた『雪の女王』の世界の寒さ以上の寒さのなかに居るシルヴィアの状態は、部屋の外の雪に埋もれた一台の車によって次のように表現されている。「車が一台、カーブのところで雪に埋まっていて、ヘッドライトを点滅させている。まるで心臓が急に痛くなって、言葉ではなく光で、助けて、助けて！　といっているようだ」

今はもう、砕かれる時の音も無く、チクチクする痛さもカミソリの刃で傷つけられるような身を切られる激痛も無く、雪と氷の寒さのなかで凍てついて身動きもできず、助けを求める声も出ぬほどに弱り果てている。物語の冒頭部分の「氷粉」の暗示はここに至って、凍てついた心の崩壊の有り様として彼女の中で具現化するのである。

(三) 知覚の喪失現象――サンタクロースの存在と認識

店のショーウィンドウに機械で動く等身大のサンタクロースの人形をシルヴィアが見たのは十二月上旬のことである。十二月はクリスマス・シーズンであって、子どもたちが最も楽しみにしている時である。ショーウィンドウにサンタクロースが飾られているのは不思議なことではないが、その描写のグロテスクさは異常である。

「腹をかかえ、気が狂ったように電気仕掛けの笑い声をあげながら、身体を前後に揺すっていた。厚いガラスを通して、キーキーという騒々しい笑い声が聞こえた」

このサンタクロースをレヴァコームと結びつけている説や、シルヴィアやオライリーのシンボルとみなしている説註(10)があるが、元田脩一が紙幅を割いてサンタクロースについて言及しており、その姿に「機械化され、機構化され、人工化されてその実態を喪失した人間の象徴像」(24)を見出している。そして実体を喪失させる側の象徴像としてレヴァコームを規定し、それ故に「レヴァコームの容貌は金属的・機械的イメージを用いたデフォルマシオンによって描きだされている」(25)とする。

デフォルマシオンによって描きだされているのは、レヴァコームだけでなく、サンタクロースにも言える。「気が狂ったサンタクロースが身体を揺すり、大声で怒鳴った」と描写されているが、ショーウィンドウに飾られているサンタクロースの実体がこのようであったとは思われない。デフォルマシオンの理由としては、上記のように或るものの象徴であることが考えられると共に、シルヴィアの心に映し出されるサンタクロース像と考えることも可能である。

この物語は、初期の他の短編と同じく、カポーティの子ども時代を色濃く反映しており、子どもから大人への移行期の女性を主人公としている点で、『夜の樹』との共通点が多い。さて、シルヴィアは自立した生活を求めて都会へ出てきたのであるが、孤独な中で彼女は子ども時代を思いだす。しかし、「春の甘い香り、ライラックの影、ポーチのブランコの揺れる音。みんな消え去ってしまった」ことを痛感する。実生活においても、昔から大切にしていたものを次々に手放すが、消え去っていったのは思い出や品物だけではない。子どもの頃の健康な身体が持つ知覚も喪失してしまったことをサンタクロースの描写から読者は知ることになる。

本来、クリスマスほど子どもをワクワクさせるものはない。サンタクロースは、子どもの夢と希望を叶えてくれるものの象徴である。子どもの心を魅了し店の中へ誘い込む役割を果たすべくショウウィンドウに飾られているファンタスティックなサンタクロースが、心が壊れ知覚が歪み始めているシルヴィアには、気が狂った大声で怒鳴るものに映るのである。「見れば見るほど悪人に見えてきた」のは、童心を失ったシルヴィアの心の病の重さを表している。

クリスマスと童心とは、カポーティの中では一つのものであることを、彼の作品『クリスマスの思い出』註(11)や『或るクリスマス』を読んだ読者は知っている。この物語から「幼いカポーティと彼の大好きなスックが一緒に居る光景が浮かんでくる。トルーマンの子どもの頃の声が聞こえる」(26)。これらの作品には、「世界の美しさや、人の抱く自然な情愛や、生の本来の輝きを理解することができる人たちが登場し、そのような美しさや暖かさや輝きが頂点に達して、何の曇りもなく結晶するのが、クリスマスの季節」(27)なのである。「カポーティという作家は、ある意味では成長することの哀しみと痛みを終始描きつづけた作家であった。(略)クリスマス・ワールドにあっては、無垢な心は外界から守られている。しかし現実の世界は少しずつ、その巨大な姿を現す」(28)

巨大な姿を現したMaster Miseryにクリスマス・ワールドも奪われて、シルヴィアの心は冷たく凍てついて粉々になっていくのである。

(四) 崩壊した心が運ばれて行くブルーの世界

笑いは決して一様なものではない。涙も涸《か》れた時、人の哀しみは虚ろな笑いに変わる。夢を返してもらえなかったシルヴィアの泣き声は、「震えるような、不自然な笑い声に変わり」、その笑い声は、「糸の切れた、派手な色の凧のように風に運ばれていった」。糸の切れた凧のように、

〝風に運ばれていくシルヴィアのイメージ〟は、重ねてもう一度、表現される。オライリーとも別れた彼女の目の前に広がる「積もった雪は、白い海の白い波のようだった。彼女は、その上を、風と月の潮に運ばれてゆっくり進んでいった」。この最後の光景は幻想的であるが物哀しい。雪の白さが海と波の白さに喩えられているが、この白さは水の色でもあって無色とも言い得る。「しばしば無色とみなされる白は、物質の特質として、すべての色彩が消えた世界のシンボルである」註(12)。波のまにまに漂い、風に運ばれてたゆとうシルヴィアの世界は、透明に近い水と空の色ブルーの世界である。

ブルーは「色彩の中で最も非現実的で実質のない色である。無の蓄積以外には自然界では存在せず、無は厳しく、凍りつくように冷たい色である」註(13)。このブルーについてゲーテの言葉、「常に何らかの暗さを伴っていて、寒冷の感情を与え、また陰影を連想させる」(29)を紹介している岩井寛は、フロイトやユング派の心理学者が、ブルーを不安や神秘の象徴と考えたことに触れ、「雲のさえぎりを知らぬ蒼い天空や、深みを知らせぬ深淵の水の青さは、まさに行き着くところを知らぬ不安を暗示している」(30)と述べている。冒頭に紹介した哲学者メルロー・ポンティの言葉とも合致して、シルヴィアは未来へ行き着くことのできないブルーの世界の不安の中を漂うのである。

物語はシルヴィアの独り言、「ほんとうにもう怖くない。もう、盗まれるものなんか何もないのだから」で終わっているが、ブルーの世界へ旅立ったオライリーから、かつて彼が彼女に言った言葉が再び聞こえるような気がする。「君は、また同じことを怖がるだろう。それがマスター・ミザリーの本質なのだ」

五　おわりに

カポーティの作品の中でも、『マスター・ミザリー』は特に、「粉々」「ばらばら」あるいは「多種多様」といった、統一性とは対極にあるイメージを強く与える作品である。

作品自体を象徴するかのように、日本語に翻訳された題名も多種多様であり、マスター・ミザリーなる人物の象徴性についても、幾多の説が見出されるからこの作品を一つに包み込むことは不可能に思われる。しかし、「ばらばらになるのは、認識することをやめ、単一の手がかりの中に包み込むことをやめたから」だというメルロー・ポンティの言葉にこだわって、この作品を認識する作業を丹念に続けていく中から浮かび上がってきた統一性の手がかりは「知覚」であった。メルロー・ポンティの『知覚の現象学』の一節が『マスター・ミザリー』の本質を言い得ているのも当然であると今にして思う。

カポーティは題名にも使っているマスター・ミザリーなる象徴的人物を『夜の樹』の話と結

びつけている。子どもの心に不安を植えつけ、隙があれば子どもを食べてしまう『夜の樹』のお化けは、この物語では夢を買う男に姿を変え大人を食いものにする。夢を買うという名目で人の夢を奪うのであり、それは魂を奪うことを意味している。そのような行為者は生命を吸い取るヴァンパイアとも、人間破壊者デストロイアーとも、あるいは破壊的なマナの化身とも呼びうるものである。

このようなマスター・ミザリーによって心が崩壊していく過程は、「知覚の喪失過程」とも言えることが明らかになった。この「知覚」というキーワードを通してみると、電気仕掛けのサンタクロースの人形が何故あのようにグロテスクに描写されているのか、その謎を解くことができる。サンタクロースが「悪人のように思えてきた」のは、シルヴィアの心が病み、知覚が歪み、その機能が麻痺しはじめていたためであった。しかし、あの段階では、サンタクロースの前後に揺する身体の動きを感ずる視覚や、騒々しく気が狂ったようにではあっても笑い声を笑い声と感ずる聴覚は、弱まってはいてもまだ機能していた。まだばらばらになっていなかった。しかし、それもやがて微片と化していくのである。

カポーティは、人間の心が粉々になり単なる微片と化していく過程を、プロットの構成、聴覚的・視覚的言語の駆使、幻想的詩的な文体によって読者にイメージさせ、感触として伝えようとした。とりわけ冒頭の数行には粉々に砕け、凍りついた氷片となる人間の崩壊の予感が見事に描かれている。さらに、心が瀕死の状態になっている有り様を鮮明な映像で見せてくれるのは、雪原に埋もれた一台の車の遠景描写である。身動きも取れず冷えきって、既に声もなく音もなくヘッドライトの点滅だけで助けを求めているその小さな存在は、シルヴィアそのものである。シルヴィアは、このように生命力の疲弊する少し前に自己を「自転車をこいでいる石膏人形」に同化して見る。ゼンマイ仕掛けの自転車の車軸は回っているが前に進まず、どこかへ行き着くことはできない。このことは、時もまた前に進むことがなく人は未来に行き着くことができないことをも表現している。

このような人間を描くマスター・ミザリーの世界は、色に喩えれば白であり青である。この白さは『ミリアム』の白さとは微妙に異なる。マスター・ミザリーにおいては、同じ雪の白さでも一層その冷たさが加わり、凍りつくその白さは氷の無色さを増す。このような無色に近い白と同じように、あるいはそれ以上にこの作品の中で重要な色は青である。カポーティは、空から降る雪片に青色を付した。オライリーたちが旅立つ世界にも青色を付した。この場合の青は、晴れやかなすがすがしい青空の青ではなく、無色に近い青であることを、鋭敏なる知覚によって知ることができる。すなわち、この場合の空《そら》の色は、空《くう》の色である。雲のさえぎりを知らぬ蒼い天空や、深みを知らせぬ深淵の水の青さに示されるように、魔法にかかったように風に運ばれていく先は、行き着くところを知らぬ不安の空《くう》の世界であることをこの無色に近いブルー

（青）は物語っている。

註

(1) Master Misery の日本語による題名一覧

A.「夢を買う男」

斎藤数衛訳：『現代アメリカ作家12人集』斎藤数衛編（荒地出版社、1968）

B.「夢を売る女」

龍口直太郎訳：T・カポーティ短編集『夜の樹』（新潮社、1970）

「夢を売る女」

川本三郎訳：T・カポーティ短編集『夜の樹』（新潮社、1994）

「ミザリー旦那」

稲沢秀夫：『トルーマン・カポーティ研究』（南雲堂、1970）p. 18

C.「マスターミザリー」

元田脩一：『アメリカ短編小説の研究』（南雲堂、1972）p. 222

「マスター・ミゼリー」

中道子：「子供を抱える大人」『ユリイカ——特集カポーティ』（青土社、1989）p. 201.

(2)ヴァンパイア（vampire、吸血鬼）は、人や動物の生血を吸うとされる魔物の総称。この名前に統一・固定されるのは、18世紀以降であるが、それ以前にも類似の存在は広く知られていた。幼児をさらってその血をすするギリシャ神話の女怪ラミア、若者を誘惑して生血を吸うエンブーサなど。18世紀には、吸血鬼をめぐる哲学的論争がしきりに戦わされ、吸血鬼現象を社会学的・病理学的・心理学的不安もしくは疾病として解明しながら、吸血鬼信仰をあばき、おいつめ、退治した。理性に退治された吸血鬼は、しかし19世紀文学芸術の虚構の中から息を吹き返す。以来そのときどきに性を変えながら映画・演劇を通じて大衆化されることになる。（山折哲雄監修『世界宗教大事典』平凡社、1991）

(3)新潮社は、龍口直太郎訳『夜の樹』の改訂版を24年ぶりに出版し、川本三郎が訳者の任に当たった。川本は、原題『マスター・ミザリー』を『夢を売る女』とした瀧口直太郎を踏襲している。両訳者の題名を参考までに紹介しておく。

龍口直太郎	川本三郎
「ミリアム」	「ミリアム」
「夜の樹」	「夜の樹」
「夢を売る女」	「夢を売る女」

「最後の扉を閉めよう」　　「最後の扉を閉めて」
「無頭の鷹」　　「無頭の鷹」
「誕生日の子供たち」　　「誕生日の子どもたち」
「銀の酒壜」　　「銀の壜」
「私の言い分」　　「ぼくにだって言いぶんがある」
「感謝祭の訪問客」　　「感謝祭のお客」

(4)語句ミザリー（misery）の辞書への掲載の有無は、左記の通りである。

掲載あり：松村明監修『大辞泉』（小学館、１９９５年）
「ミザリー（misery）みじめさ、悲惨、また、窮乏」p．２５２９
掲載なし：新村出編『広辞苑』第４版（岩波書店、１９９１）
市古貞次編『国語大辞典』第２版（小学館、１９８２）
松村明編『大辞林』第２版（三省堂、１９９５）
梅棹忠夫他監修『日本語大辞典』第２版（講談社、１９９５）
『現代用語の基礎知識』１９９８年版（自由国民社）
『イミダス』１９９８年版（集英社）
『知恵蔵』１９９８年版（朝日新聞社）

(5)『夜の樹　Tree of Night（１９４５）』の中に出てくる魔法使いの男（wizard man）とは、夜の樹に住んでいて、子どもをさらっていって、生きたまま食べてしまうと言われるもの。
(6)本書一章二章おいて、少女ミリアムがミリアム夫人の分身と言い得る検証をした。
(7)レヴァコームが夢を買う理由や背景は、物語の中で一切、説明されていないから物語を丹念に読んで推測する以外にない。本文で紹介したように、夢ブローカー説や夢分析によるセラピスト説のほかに、Truman Capote, A Capote Reader（New York, Random House, 1987）の読者はレヴァコーム愛妻家説も推測が可能であった。なぜならば、本文の中で、一か所、レヴァコーム夫人が登場するからである。その個所は最初のパラグラフの最後で、シルヴィアが初めて夢を売り、秘書がお金の入った封筒を渡しながら言う台詞の中にある。「レヴァコーム夫人がことのほかお喜びでした」となっているのである。それがミスプリントであると判明し、レヴァコームの愛妻家説は幻となったが、珍しいミスプリントであった。
(8)マナ（mana）とは、オセアニアに起源を持つ語で、超現実的で不可思議な力の概念とされるが、最近では地域や脈絡によってさまざまな意味を示すことが明らかになってきた。すなわち、マナは、超自然、影響力、呪力、非人格力、権威、威信などの意味をもつとされる。（『日本大百科全書』小学館）
(9)トルーマン・カポーティの作品における『雪の女王』との関連についての言及は、左記の文献に見られる。

元田脩一『アメリカ短編小説の研究』(南雲堂、1981)p．252
稲沢秀夫『トルーマン・カポーティ研究』(南雲堂、1986)pp．65－66
本書三章『夜の樹』におけるラザロの死、その意味するもの——freezing death からの復活」p．10
0
(10)龍口直太郎は、レヴァコームと結びつけているケネス・リードは、同じショーウィンドウにのちに飾られる自転車人形が紛れもなくシルヴィアとオライリーを表していることを根拠に、サンタクロースを彼らのシンボルと見る。そして、元田脩一もシルヴィアとオライリーのシンボルと見るが、その理由は、かつて人間であったものが機械化され、その実体を喪失したところに共通点を見出す。
トルーマン・カポーティ著、龍口直太郎訳『夜の樹』(新潮社、1970)p．291
Kenneth Reed, Truman Capote Boston (Twayne Publishers, 1981) p.44.
元田脩一『アメリカ短編小説の研究』(南雲堂、1972)p．226
(11)トルーマン・カポーティの『クリスマスの思い出(A Christmas Memory)』は、訳者の村上春樹が〝イノセント・ストーリー〟と称しているように、無垢な少年と童女のような老女との美しい物語である。この短編のことを、「物語というよりも回想である。(It's more a reminiscence than a story.)」と、カポーティは G.Steinem のインタビューで語っている。
トルーマン・カポーティ著、村上春樹訳『クリスマスの思い出』(文藝春秋、1991)

Gloria Steinem, Go Right Ahead and Ask Me Anything（And So She Did）, An Interview with Truman Capote, Truman Capote Conversation. Edited by M. Thomas Inge（University Press of Mississippi, 1987）p.87.

⑿出典は、ジャン・シュヴァリエ、アラン・ゲールブラン共著、金光仁三郎他訳『世界シンボル大事典』（大修館書店、１９９６）である。Dictionnaire des Symbols by Jean Chevalier and Alain Gheerbrant の初版は１９６９年だが、日本語版は１９８２年の増補版を基にしている。英訳版　A Dictionary of Symbols, translated by John Buchanan-Brown,（Blackwell Publishers, 1994）によれば、白のイメージは次の通りである：White, which is often regarded as a non-color is like the symbol of a world in which all colours, in so far as they are properties of physical substances, have vanished.

⒀註⑿の文献によれば、青（blue）のイメージは次の通りである：Blue is the most insubstantial of colors ; it seldom occurs in the natural world except as an accumulation of emptiness. Emptiness is austere, pure and frosty.

同性愛者カポーティ　――15歳の目覚め

カポーティが自分の同性愛に意識したのは15歳の時だったという。18歳から「ニューヨーカー」で働き始めるが、ニューヨークはロスアンジェルス、サンフランシスコと並んでゲイ・コミュニティが存在する都会である。アルフレッド・キンゼイ報告（1948年）によれば、成年男性の46％が男女両方との経験があり、同性愛者は地域・年齢・階層に関係なく存在し、37％の男性が一度以上の同性愛の経験があるとの調査結果であった。

カポーティは22歳の時、女子大英文学教授ニュートン・アーヴィンとお互いに一目で恋に落ちた。その後、生涯の恋人として35年の歳月を共にするジャック・ダンフィーと出会うことになる。

九章　『草の竪琴』が奏でる太古からの〝生〟

一　はじめに

『草の竪琴』はカポーティの自伝的色彩の濃い作品である。彼自身も「自分にとって大変リアル（現実的）で、今まで書いたどの作品よりもリアルです」(1)と認めています。しかし作者の感慨を超えて読者を魅了する作品です。カポーティは幼くして両親に見捨てられ孤独と悲哀の日々を経験しているが、引き取られた親戚で年配の従姉スックに可愛がられて育った日々は、彼にとって心に深く刻まれた甘美な年月であった。彼は、この小説においてスックに献辞を捧げると共に、小説の中でも重要人物ドリーとして登場させる。登場するのは彼女だけでなく実在した人物たちや、「多くの時間を彼女と遊んで過ごした屋根裏部屋」(2)「本を読んだり本の場面を演じたりした、リー家の葉の生い茂る庭の樹の家」(3)など多くのことが小説に取り入れられ、物語の展開に重要な役割を果たしている。そして主人公コリンのモデルは作者であり、多感な時期の一人の少年の心の成長を描いたノスタルジックな雰囲気が漂う小説であるとの評論(4)(5)(6)も頷ける。作者自身がこの小説を書くことによって少年時代への感慨を新たにしたことも納得できる。しかし、この小説で感ずる人間に対する深い感慨は、一個人のそれを遥かに超えて普遍的であることも確かである。出版後、「アメリカの素晴らしい新進作家の一人による成熟と円熟を示す作品」との書評など非常に好評であったことからも、一個人の思い出の域を超えて読み手の共感を得たことは明白である。

研究者は樹上の家を舞台に繰り広げられる人間模様に焦点を合わせ、愛(5)(7)(8)やアイデンティティ(9)など実存的命題をこの小説の主題とする論文が多い。もちろん、それらの命題は『草の竪琴』を論ずる上で看過できない命題であるが、特に看過すべきでない命題は、小説の冒頭でドリーが主人公コリンに語る次の言葉の中にある。「草の竪琴は、この世に生きた全ての人々の物語を知っていてそれを語るの」。この言葉は冒頭だけでなく小説の最後にコリンが追想する形で再び読者に示される。「この世に生きた全ての人々」との言葉は、遥か昔、太古の時代の人々を含めて全ての人々に思いを馳せているのではないだろうか。小説の中で最も重要な場所が樹上の住みかであるだけに、太古の人々を抜きにしての考察は画龍点睛を欠くと考える。今まで論じられることのなかった初期人類にも光を当てて『草の竪琴』の物語を考察する。

小説の考察に当たっては、カポーティ研究者でもある中道子が「力量ある作家、及びその作品に含まれるもの」[10]として挙げている内容が示唆に富み言い得て妙であるので、その中から作品に含まれるべきもの、「記憶と、記憶を触発し補強する五感に訴える具体物」「具体的場所の存在」「生死、愛をめぐる実存的命題」「太古の人間の生の営為にまで想像力が及ぶ、過去、現在を貫く時間意識」を中心に考察を試みる。

二　五感に訴える具体物の重要性

――感覚的言語と象徴[註(1)]による文学手法――

カポーティは視覚・聴覚などの感覚的言語を駆使して物語を織りなし、読者の情感を喚起していくことに優れた作家である。中道子は、作品にとって「記憶と、記憶を触発し補強する、五感に訴える具体物の重要性」を指摘しているが、カポーティは、その面での天性の才能に加えて努力も怠らなかった作家である。「書き直してばかりいるのでなくて、書くことだけができる作家だったらなーと本人が言うほどに、たった一つのパラグラフを吟味するのに何時間も費やす作家であった」[11]。この作品の冒頭において秋の草原で奏でられる「草の竪琴」の描写において、多くの感覚的な言語を注入しリアルな上に情感溢れる長い一文に仕上げたのも、作者が推敲に推敲を重ねた末の表現なのだろう。竪琴の音が響く草原の様子は次のように表現され、読者はその場にいるかのようにうっとりとする。

季節ごとに色の変わる丈の高いインディアン草の生い茂る草原。見に行くと良い。夕焼けの空のように茜色に染まった草原、暖炉の火のような紅い影、乾いた草の葉をかきならす秋の風、吐息にも似た旋律、様々な人の声の竪琴。「吐息にも似た草の旋律」等の聴覚表現に、「暖炉の火のような紅い影」等の色彩を伴う視覚表現を加えて、具体物を通して一層この小説の基調となるムードを醸《かも》し出している。

このような視聴覚表現に加えて、コリンが「真冬の台所での心楽しい思い出」を語る場面では、触覚・味覚・嗅覚も含めた五感に訴える言語も駆使している。例えば「真冬の台所での楽しかった思い出」を孤児コリンが語る場面では、厳寒の戸外の寒さと対照的な温かい台所の様子、特に美味しい食物やお菓子に対する幼いコリンの嬉しさが註(2)五感に訴える言葉で表現されている。間近に近づいた冬が、零度の青白い吐息をはきかけて台所の窓を凍らせる。もしも魔法使いがプレゼントをくれるなら、僕はあの台所一杯に聞こえる笑い声とパチパチ燃える炎の囁きのつまった瓶、バターや砂糖のとける香りを帯びたベーカリーの匂いで溢れそうになっている瓶が欲しいと言おう。

以上、一例を挙げたが至る所、カポーティの描く世界は感覚表現を駆使して五感に訴える言葉に満ちている。それに加えて小物に至るまで言葉を入念に選び、効果的に用いることにも長けていて「人の心の奥底にある琴線に触れる繊細な言葉の魔術師であった」(12)。彼の才能について小説仲間のジェームス・ディッキーによれば「対象への集中力は並外れており、特に細部を再現することに優れていた。その空間で次第に彼は消え、その場所から言葉が出現する。まるで対象それ自体が語っていた。対象と彼以外は存在しない密閉空間を作り出す非凡な能力を持っているかのように言葉がくりだされるのであった」(13)。

このように言葉を入念に選べるのは、言葉の象徴性にも造詣が深かったと考えられる。現に彼は「僕がしたいことは、物語を述べることだけであり、そのためには象徴的なものを選ぶのが最良の方法なのだ」(14)と述べている。象徴とは「本来かかわりのない二つのもの（具体的なものと抽象的なもの）を何らかの類似性をもとに関連づける作用――例えば、白色が純潔を、黒色が悲しみを表すなど――である」(15)。さらに『イメージ・シンボル事典』序において著者アト・ド・フリースは「シンボル（象徴）とは、作ろうと思って作れるものではないし、全く個人的な気まぐれのために新しく考え出せるものでもない。それは個人を越えた普遍のもの、生きた霊魂に根ざすもの」(16)であると記している。このような象徴を考慮に入れて入念な計算のもとに言葉を用いたカポーティの描く『草の竪琴』である。作品で使われている言葉の象徴の意味するところを解き明かすことにより作品全体のテーマを浮き彫りにする。

先ず、題名にも使われている「草」は、全体の中で出てくる頻度は少ないが、題名と同じく

「草の竪琴」として冒頭と最後に七回出てきてしっかり印象付ける。草は素早く繁茂し、すぐ枯れるところから「はかなさ」を象徴しており、草と儚《はかな》さを結び付けた表現は聖書にも多く見られる。例をあげると「今日は野にあり、明日はかまどに投げ入れられる草（マタイによる福音書六章三十節）」や、人間のはかなさを草になぞらえて「朝が来れば、人は草のように移ろいます（詩編九十章五節）」等々がある。さて、聖書では人を草になぞらえているが、『草の竪琴』では草の調べを「吐息にも似た旋律」とか「様々な声の竪琴の響き」と表現して、草を人になぞらえている。「草」は人間と渾然一体となって「儚さ」を象徴しているが、一方で「愛や愛《いと》しい想い」の象徴でもあるから、過ぎし日に生きていた人たちのことを、草の竪琴は愛しい思いで語るのである。

このように一つの言葉が複数の象徴的な意味を有するので、その中でどれを当てはめるかは文脈や状況から読者の判断に委ねられている。「草」と共に題名に用いられている「竪琴」は、「天と地を結ぶもの」「神々により『眠りの旋律』を奏でるもの」「魂を解放して天国へ運ぶものとして霊魂導師の役割を担う」等を象徴する。この象徴から連想されるのは、病に倒れて眠ることの多かったドリーの最期である。誰よりも草の竪琴に耳を澄ましたドリーである。竪琴が奏でる「眠りの旋律」に眠りを誘われ、魂を解放されて地上から天国へと導かれたのだ。

ドリーが死んだ直後に「彼女は、あの丘まで行きつかねばならない」とコリンが思う理由は、死者の魂を天国へ運ぶ竪琴の「（永遠の）眠りの旋律」を聴ける最適な場所があの丘だと彼は知っているからである。驚いたことに、竪琴は、地上で生の営みをしている人間たちの「物質的本能と霊的渇望との緊張関係」をも象徴する。この象徴の意味するところに該当するのが、ヴェリーナや保安官たち（物質的本能グループ）とドリーやクール判事たち（霊的渇望グループ）の緊張関係・闘争関係である。このように見てくると「竪琴」は「草」と同様に小説全体を象徴し物語る言葉として、題名に用いられるにふさわしく、音色だけでなく象徴の観点からもカポーティは竪琴を最適な言葉として選んだのであろう。

ここで、人物に目を転じてみよう。登場人物や作品をカラフルに色付けするカポーティは、ドリー・タルボーにピンク色を付している。彼女の部屋はベッド・化粧箪笥・椅子が一脚あるだけの、まるで尼僧が住むにふさわしいような部屋なのだが、壁から床に至るまで、どこもかしこも異国風のピンクに塗り上げてあった。ピンクは「無垢な幼さ、女々しさ」の象徴とされている。ドリーには年齢のわりには幼さが残っており、妹のヴェリーナに言いたいことも言えない女々しくおとなしい性格である。初対面の少年コリンの前で「おじぎ草の葉のように、おずおずと身をすぼめてしまう」恥ずかしがり屋の婦人である。そんなドリーの存在を心にとめたその時、恋におちてしまったと作者はコリンに言わせるが、彼女の無垢な幼さが孤独な少年の心を開かせ、信頼し心許せる存在となる一因だったのであろう。彼女は水腫薬の原料（草・木の葉・珍しい根など）を採りに週一回外出する以外は、家で水腫薬作りに専念して多くのお得意さんを喜ばせていた。彼女が親切にしたジプシーから特別に伝授された調合方法はドリーだけが知る秘伝の治療薬であった。ピンクは「無垢な幼さ」と共に「治療」を象徴する色でもあり、ドリーにぴったりの色である。控えめなドリーが住み慣れた家を離れて森の樹上の家に移る決意をしたのは、ヴェリーナから必要とされていない人間であることを知ったことと、彼女の生き甲斐である治療薬作りをヴェリーナが儲け仕事に利用しようとしたことが原因である。

ドリーはいつもヴェールをまとっていた。住み慣れた家を離れて途中、森の河で足を浸した時でさえヴェールを身に着けていた。その理由を尋ねるコリンに「だって、旅をしているときはヴェールをかけているものでしょ」と答える。ヴェールによる象徴は「魂」「神の守護」「異国」「非日常」等である。彼女が口にした旅とは、異なる場所への非日常的な行動であるから、旅行中の安全祈願として神の加護を願ってのヴェールなのだろう。なおヴェールがひらひらと「ゆれる動きは、はるかな空へと憧れる自由な魂の表現」(17)でもある。これらの象徴性から、ドリーがヴェールを身に着けたがる気持ちが理解できる。

また、ヒラヒラするものは、女の子や女性本人、或いはその魂を表している。家出をしたドリーたちが草原に着いた時、「ドリーの帽子についているヴェールが朝の風に揺らめく」。そしてドリーが樹の家でクール判事と愛について会話をしている時に「風がドリーのヴェールに戯れるのである」。あたかも草原の朝の風（男性）にヴェール（ドリー）が喜び、風（男性）がヴェール（ドリー）と楽しげに戯れたような描きようである。このように、ひらひらとゆらめき、戯れる様子は正に「揺れる動きのゆえに、他者の心を誘い続けずにはおかない」(18)のである。時は過ぎ、やがてドリーが樹上から地上の家へ帰る気持ちになる時に、雨が彼女の帽子に流れ落ち、ヴェールが彼女の頬にはりついてしまう。それまで舞っていたヴェールがぴたりとゆらぎをとめたのは、彼女が地上の家に落ち着くことの暗示である。地上の家に戻ってほどなく病に倒れたドリーの最期を伝えるのもヴェールである。「日が昇る頃、微風が家を吹き抜けていったとき、かすかに震えるヴェールが鏡に映った。それを見てコリンはドリーがこの世を去ったことを悟る」。この場面において鏡に映るヴェールによって象徴されるものは「死」である。鏡はこの世とは違う世界を象徴するので、鏡の中でヴェールが揺れるのを見て、コリンはドリーが別の世界（死後の世界）へ旅立っていったことを悟ったように思われる。さらにヴェールは「魂が肉体から離れないようにする役割」の象徴である。これまでドリーはヴェールを肌身離さず身に着けていた。しかし彼女を離れてヴェールだけが風にそよいでいく光景によっても、コリンはドリーの魂が彼女の肉体から離れたこと、即ち彼女の死を感知することになる。そして死後の彼女は、象徴が示すように「霊的なシンボル」として「生と死の境界を行き来する」存在、即ち「天」と「地」を行き来する役割を果たすことを予感させる。

次にヴェールとも関連の深かった「風」について、その象徴性に照らし合わせながら物語の展開をみていくことにする。風は、人間の力の及ばないものなので、あらゆる宗教で、神性を帯びたものとされ、「神の息」と同義語とされる。風は、生物界と超自然的存在とが共有しているものであるから神の魂の顕現であり、穏やかなものから非常に激しいものまで、様々な情感を伝える。

物語の冒頭では、秋の風が乾いた草の葉をかきならして柔らかな竪琴の音を響かせる。この場合の風は、「穏やかな神の息」として登場する。その風により竪琴は吐息にも似た様々な声の旋律を響かせ人の心は儚く揺れるのである。対照的に、激しい風として登場する場面もある。樹上の家でライリーが自らの過去の虚しい愛の経験を語った後、誰かを穏やかに心から愛する気持ちになれたらと言ったその時、「風が驚いたかのように巻き起こり、木の葉を落とし、夜の雲をきれぎれに吹き散らした。星の光がさんさんと降り注いできた」。厚く垂れこめた雲や鬱蒼とした森の樹の葉を一掃し、清々しい空から神々しい光が人間に注がれる状況を創出したのは、「神性を帯びた風」の為せる業であった。澄み切った星の光に照らされてライリーの心の変化が映し出される一方で、ドリーはクール判事を愛しつつも、彼ではなく自分を必要としている妹のヴェリーナを選び樹上の家を離れる決意をする。その時、風は天地を揺るがすほどの激しさで樹々を根こそぎにするかと思われるほど吹き荒れ、樹の家を無に帰すのであった。地上の家に戻ったドリーは遊走性肺炎に罹ってしまう。遊走性という言葉は、その直後の彼女の行く末を暗示しており、ほどなく地上を去っていくのである。その死の直前に彼女は肺炎で重症にも拘らずハローウィンパーティ用のコリンの衣装の準備のために屋根裏の部屋へ行く。二人が心休まる居場所であった屋根裏の部屋で、ドリーは楽しそうに衣装に絵の具を塗りたくり乾かすために、円を描いて「ぐるぐる回っている（whirling）」間に突然倒れて帰らぬ人となるのであった。ここでwhirlwindを用いていることに注目したい。この言葉は、象徴的には「神の召使いの乗り物」を意味する。その象徴が示す通り、神から遣わされた乗り物に乗って風と共に神の許へと昇って行ったのである。

以上、小説における重要な言葉の使われ方を考察しながら、それらの言葉の表す象徴性を浮き彫りにしてきた。見えてきたのは「はかなさ」「魂」「天と地を結ぶもの」「魂を天国へ運ぶもの」「神の召使いの乗り物」「神の加護」「神の息」等である。つなげてみれば「人間の一生は儚いものであり、やがて神の加護のもとに魂は天へ運ばれていく。その天と地上は結ばれており、魂は行き来している」ことを象徴していることが浮かび上がってきたと言える。

三　具体的で重要な場所の存在

（一）居場所― 屋根裏部屋

この小説において居場所として具体的な役割を果たすのは屋根裏部屋と樹上の家である。これらの場所はカポーティ自身の体験に基づいている。養育放棄の親が彼を預けた先のスックと過ごした屋根裏部屋は、彼にとって、のびのびできる居場所だった。その体験が小説で使われている。小説の主人公コリンが預けられた先の父親の従姉（ドリーとヴェリーナ）の家の屋根裏部屋は、床も羽目板もあちこちゆるんでいて、板を動かせば階下のほとんど全ての部屋を気付かれること無く見渡すことができた。質素なドリーの部屋とは対照的に、実業家としてやり手のヴェリーナの部屋は、家庭的雰囲気は無く仕事場としての事務所だった。そんな階下を取り仕切るヴェリーナのことが苦手な者たち（ドリー、友人のキャサリン、コリン）にとって、屋根裏部屋はヴェリーナと一線を画すことができる格好な隠れ場であり、お互いに心許せる居場所であった。そして、この屋根裏部屋はドリーが最後に楽しげに円を描いて踊った後、天に召されていく場所でもあった。

（二）居場所—樹上の家

1　居場所としての揺らぎ

この家の中の屋根裏部屋と相似形を成すのが森の中の樹上の家である。ドリーたちが森の中にある樹上の家に移り住むようになったきっかけは、ヴェリーナの言葉から自分が必要とされていないことを知ったドリーが、もはや此処は自分の居場所ではないと悟ったからだ。樹上生活を始めたドリー、コリン、キャサリンのところにクール判事も加わり、彼は人間の生き方への指南役を果たす。「本当に自分の居場所を見つけたのは判事だ。人に頼られる人間になったと感じている男」だからとコリンは思う。何故なら、人に頼られていると感じる場所、人に必要とされていることを実感できる場所は、その人にとって居場所だからである。

2　居場所に必要な揺らぎ

地上の生活の中で住みにくさを感じていたライリーも加わり、五人の楽しい共同生活の場となった樹上の家は、彼らを「木立に浮かぶ筏に乗って漂っている」気分にさせる。一般には漂う感覚や揺らぎは「基盤などが危うくなる事態を意味し、多くの場合、揺らぎは動揺・葛藤・迷いと同義とされる」(19)。しかし、ここでの漂う筏のイメージはマーク・トウェインの『ハックルベリー・フィンの冒険』を思い起こす。少年フィンも筏に揺られながらこの上なく楽しく、心地よさを満喫する。現実に森林や大海原での揺らぎが心地よいのは、「自然界には心地よい高周波数分布を持つ揺らぎ（1／f揺らぎ、パワーと周波数が反比例する揺らぎ）の音波が満ち溢れているからだとされている」[20]。ちなみに、この1／f揺らぎはピンク揺らぎとも呼ばれている[21]。コリンたちは森林の中の自然な揺らぎによって、心がほぐされていったのである。

3　居場所でのアイデンティティの追求

さて、森の中の「葉の生い茂るコリンたちの筏は、彼らをそれぞれ自分発見の旅に連れ出す」[22]。樹上の家の程よい揺らぎの中で心地よく共に過ごすうちに、各自が、自然体の自分であることの大切さに気がついていく。そんな自分を含めて五人の有り様を、クール判事は愛を込めて「樹上の五人の愚者」と呼ぶ。俗世間から見て愚者なのであって、本来人間はこうありたいと彼が思っていることは次の言葉から理解できる。「私たちは、自分の本性を見透かされまいとしてお互いに自分を隠すことにエネルギーを費やす」が、この樹上の家では「どんな虚像を見せるか気に病む必要はない。ここではそのままの自分でいられる。自分が何者であるかを見極める自由がある」と言う。このように樹上の家は、本当の自分とすなおに向き合うことができるアイデンティティ追求の場所だと、カポーティはクール判事に言わせている。クール判事の言葉通り「彼らは本当の自分を知るために樹上の家で冒険を始める」[23]。すなわちアイデンティティ追求への挑戦を始める。

興味深いことにカポーティは、自分のアイデンティティに関しては「どこかに属したと感じたことは一度もない」[24]と述べている。その英語を川本三郎は「確かなアイデンティティがあると感じたことは遂に無かった」[25]と的を射た訳をしている。アイデンティティは「個」だけで成立する問題ではなく、対人関係・自分の属するグループや社会との関わり方も関係してくるからである。

宮下一博は「日本におけるアイデンティティ概念に関する誤解とその本質的内容」に関して、「アイデンティティは、欧米生まれの概念であり、『自己』や『個』が重んじられていることや、日本で訳語に『同一性』が充てられ、『同一性＝変わらないこと』という誤解が生じている。アイデンティティとは、人間が社会的適応や対人関係での適応のために行う『自我の総合機能』という点や、社会における『他者との連帯』も大切な要素として組み込まれているので、アイデンティティを適応のための自我の『総合機能』と捉えることが本質的内容である」[26]との主旨のことを述べている。白井利明は「エリクソンの時代や社会とは相当に異なる現代社会で、価値規範が流動的になっているため、自己の単一性や連続性・普遍性あるいは独自性を基盤とするアイデンティティよりも、状況に合わせて変化することのできる自己の柔軟性が、社会適応のために必要である」[27]と述べている。

ともあれ、「今まで全く自分では何かを決めてこなかったわ」と呟くほど、自分で物事の決断をしてこなかったドリーであったが、環境や人間関係の変化によって心が安定した彼女が自分で物事を決断する場面も含めて、樹上の家はアイデンティティの問題を提起していることは明らかである。

4 居場所での愛の追求

居場所やアイデンティティの観点から樹上の家における住人たちの言動を観察してきたが、その樹上の家で作者がクール判事に語らせている〝愛の連鎖〟も、この小説の重要な実存的命題である。ここでもカポーティはクール判事を自分の代弁者としている[28]。ライリーが愛するモードを「世界でたった一人の人とは思えない」との悩みを打ち明けた時、ヒラヒラ舞う一枚の木の葉を優しく頬に当ててクール判事は彼の悩みに応えて語り始める。「一枚の木の葉……まずこういうものから始めるのだ。愛するとはどういうことなのかを、少しずつ学ぶのだ。……自然が生命の鎖であるように、愛とは愛の鎖なのだ」。この言葉を一緒に聞いていたドリーは、それまで、相手に負担を感じさせたくないとの理由から人間に対する愛に消極的であったが、後に自分自身の言葉も添えてコリンにこの言葉を伝える。「愛とは愛の連鎖。一つのものを愛すれば次のものを愛せるようになる。愛は自分自身で持つべきものであり、共に生きてゆくものなのよ。それがあれば、なんでも許すことができるわよ」

クール判事の言葉をそのまま受け継ぐだけでなく、自分自身の言葉も加えてコリンに伝えた行為は正に「愛の連鎖」である。この言葉が彼女からコリンへの遺言であったかのように、話した直後に彼女は倒れてあの世へと旅立つ。それだけにコリンには忘れられない言葉となり愛の連鎖は続いていくのである。

『草の竪琴』における、この「愛の連鎖」を取り上げない研究者はほとんどいないが、捉え方は様々である。「この世は悪しきところであるが、しかし個人的な世界は善である」とのクール判事の言葉を引き合いに出して、この「愛の連鎖」を「一つのモラル」[29]と捉える者もいれば「『草の竪琴』の中で展開された「愛の連鎖」論を十分に把握することなしには、カポーティの他の作品を完全には把握できない」[30]と言及する研究者まで解釈は多様である。

5　初期人類も愛した樹上の家

今まで論じてきたように、『草の竪琴』において樹上の家は非常に重要な役割を果たしている。樹上の家は、自分自身についての内省を深め、愛について学び、信頼し合った者たちの心が繋がっている心地よさを感じることのできる場所であった。筏に譬えられる樹上の家の適度な自然の「ゆらぎ」が、一層ドリーたちに「安らぎ」を与えていた。言い換えれば、ドリー達は安らぎの場所として森の樹を選び、安らぎの結果、自立の場ともなっていった。

さて、自然豊かな森の樹上の住まいは、ドリーたちだけでなく遥か昔の人間の祖先である初期人類の住みかでもあった。「草の竪琴の調べ」は彼らのことも物語っているのではないだろうか。

四百四十万年前頃、最古の初期人類アルディピテクス・ラミダスは樹上生活のために手足の把握機能を維持しながら、直立し二足歩行をしていたと考えられている。二足歩行をしながら、樹上生活に適したラミダスは、樹上で睡眠を取っていた可能性が示唆されている[31]。百十〜七十万年前頃のホモ・エレクトスは、火の起こし方を覚え、火を使って食料を料理して食べていたとされる[32]。そして三十万年前頃、現生人類ホモ・サピエンスの仲間であるホモ・ネアンデルタレンシス（いわゆるネアンデルタール人）の時代となる。彼らの時代に抽象的思考が大きく発達し、ネアンデルタール人は死後の世界を考えた最初の人類と言われている[33]。その証拠の一つが副葬品と共に「埋葬」されていたシャニダール洞窟の化石である[34]。そして二十万年前頃には現生人類ホモ・サピエンス・サピエンスが誕生した。この時代にシンボル操作などの言語能力や絵画による美術表現・楽器による音楽表現の原型が誕生したと言われている[35]。

このように人類の歩みを概観してみると、ここに見られる樹上生活、加熱による料理、死後の世界等への抽象的思考、シンボル操作等々の原型は、時代と共に質を高め『草の竪琴』の中で息づいていることに気が付く。ホモ・エレクトスが身につけた火による多様な料理作りは、少年コリンが懐かしく回顧する「真冬の台所で味わった美味しい料理やお菓子」へと繋がっている。ちなみにコリンのモデルである作者カポーティは、小説で表現豊かに回顧しているだけでなく、従姉のスックが焼いてくれたクッキーの缶を生涯大切に手元の置いていたと親しかった友人が語っている。更に、ネアンデルタール人の死者への追悼は、『草の竪琴』において冒頭のドリーの言葉に含まれていると共に最後にも再度記され、象徴を通しても小説の底流に流れている主題である。そしてホモ・サピエンスの頃に見出されている言語や芸術表現の原型は、この小説で象徴的言語や感覚的表現に繋がって花を咲かせている。このように『草の竪琴』は太古の時代から今に至るまで生きとし生ける人間の物語なのである。

さて、カポーティが書いている段階で、小説の草稿に感動していた出版社ランダムハウスの関係者たちであったが、先細りの感がする最終部分の結末だけが気に入らなかった。それに対してカポーティは「先細りと言われるが、僕の意図したところは正にそこにある。この結末でこそ感動的で、これで良いと僕は思います……」(36)と返答している。

確かに結末はドラマティックではないけれど、この小説の神髄を余すところなく表現している。

読者はコリンと共に、自分が何処に向かって歩いていくのかに思い巡らせ、墓地のある丘に立てば自らの来し方行く末や死者に思いを馳せる。コリンと共に「乾いて、さらさらと弦をかき鳴らしている草の穂に、色彩の滝が流れる丘から見える草原の中に身を置き、人間の物語を語っている草の竪琴の調べに浸ることができる結末である。

四　おわりに

トルーマン・カポーティは、この作品に於いて、人間が人間と呼ばれるようになった太古の時代から現在に至るまで悠久の時の流れを背景に、人間そのものを描き出している。「はじめに」で、「力量ある作家の作品」と呼ぶにふさわしいか否かの尺度として四つの観点を紹介した。その一つ、「太古の人間の生の営為にまで想像力が及ぶ、過去、現在を貫く時間意識」が、この小説にあることは明白である。それを最も良く表しているのは小説の冒頭と最後に出てくるドリーを通しての作者の言葉「草の竪琴は、いつもお話を聞かせているの。この世に生きた全ての人たちの物語を全て知っているの。わたしたちが死んだら、やっぱり同じように話してくれるのよ」である。この一文の中に、文法的にも過去形・現在形・未来形が存在しているが、その過去形が表す過去たるや、人間が人間と呼ばれるようになった初期人類の時代からを意味しているのである。

森林で樹上生活をしながらも二足歩行を始めた初期人類アルディピテクス・ラミダスの生き

ざまは、時を経て「樹上の家」の生活に繋がっている。ラミダスは、樹上で睡眠を取っていた可能性が示唆されているが、それは捕食されやすい地上と違って樹上が安心できる場所であったことを証明している。同様にドリーたちにとって樹上は安心できる場所であった。最初は、物質的本能に満ちた非人間的な現代社会からの逃避先であったが、やがてお互いに心許せる居場所になっていった。樹の家は、自然界に満ちている「揺らぎ」の心地良さと信頼できる人間関係の中で、各自が自分とは誰なのかを問うアイデンティティに関わる人間模様が描かれる重要な場所となった。

その後、樹の家では愛が問われる。「例によって、カポーティの作品においては、アイデンティティの追求が愛の発見に先立つ」[37]。人を愛することに臆病で人以外のものしか愛せなかったドリーを始め、樹上の人々は人を愛することができる者へと変えられ「愛の連鎖」は続くのである。樹上の家を居場所としてアイデンティティと愛の実存的命題が具体的に描かれている。

次に「感覚言語と象徴による文学手法」に関して、五感に訴える具体物や象徴の文学的表現については、人に指摘されるまでもなくカポーティが自らの文体として最も大事にしていたところであり彼の才能の光るところでもあった。そのようにしてできた小説は「ディテイルを媒介にして読者にリアルに迫るのがうまく、虫の目を持っていて、表現が端的で残像として残る。人のこころの深層部にあるものを喚起させる」[38]のである。

カポーティは、物語を語るには象徴的なものを選ぶのが最良の方法だと述べているが、象徴を通して浮かび上がってきた小説の主題は「草のように儚《はかな》い人間の一生であるが、その魂は神の息である風や、神の使者である竪琴によって地上から天へと導かれ、その天から地上に語りかけている」ということである。トルーマン・カポーティの作品はゴシックの色濃い「夜の作品」と明るい「昼の作品」に分けられ、『草の竪琴』は明るく、郷愁漂う「昼の作品」として論じられることが多いが、単なる明るさではなく人類誕生以来の『生と死』「居場所」「アイデンティティ」「愛」など人間の根源的テーマが語られているのである。

註

(1) 言葉の象徴性に関しては下記の辞典・事典から引用した。Ad de Vries,（1974）Dictionary of Symbols and Imagery, London, North-Holland Publishing Company、（アト・ド・フリース、山下主一郎主幹『イメージ・シンボル事典』16版、大修館書店、１９９２）
赤祖父哲二編『英語イメージ辞典』（三省堂、１９９３）
Ｊ・ガライ著、中村凪子訳『シンボル・イメージ小事典』（社会思想社、１９９３）

J・C・クーパー著、岩崎宗治・鈴木繁夫訳『世界シンボル辞典』（三省堂、１９９２）
Jean Chevalier and Alain Gheerbrant, 1996）A Dictionary of Symbols（Penguin Books）

⑵主人公コリンのモデルはカポーティである。彼は自分が味わった嬉しさを作品に描き込んでいるのである。如何に嬉しかったかをドキュメンタリー映画から知ることができる。ドキュメンタリー映画『トルーマン・カポーティ 真実のテープ』＊の中で、カポーティの友人の一人 Andrew Leon Tally は「カポーティは、子どもの頃に自分を可愛がってくれた数少ない大人である従姉のスックが使っていたクッキーの缶を、大人になっても大事にしていた」と語っている。

＊ Ebs Burnough 監督『トルーマン・カポーティ 真実のテープ』（２０１９年ニューヨーク・ドキュメンタリー映画祭にてオフィシャルセレクション、２０２０年クリーヴランド国際映画祭にて最優秀ドキュメンタリー賞ノミネート）

上記映画が日本で公開（２０２０年）されるに際しての各新聞の紹介記事を抜粋して記しておく。

ｉ）「声というのはまさに過去から発掘するような形で、彼の人生を語りかけてくる」と語るイーブス・バーノ監督は、音声・写真・イメージを巧みに組み合わせた映像から、複雑な人物像と素顔を浮かび上がらせる（朝日新聞〔大阪〕、２０２０年11月６日）。

ⅱ）「冷血」や「ティファニーで朝食を」などで知られる米国の作家の評伝の著者プリンプトンによる取材テープに、バーノ監督が新たに収録した証言を肉づけして、その実像をたどったドキュメンタリー（読売新聞、2020年11月6日）。

iii）カポーティの光と影を様々な証言でたどるドキュメンタリー。間近で見ていた養女の証言「陽気だけれど真剣な作家で、毎朝かなり早く起きて執筆に取り組んでいた」カポーティから「君の人生はどんどん変わる。書くことだけが本当の自分を見失わないようにする唯一の手段だ」と日記を手渡された彼女は今「私の、トルーマンとの人生」を執筆中（読売新聞夕刊、2020年11月14日）。

iv）「真実のテープ」とは編集者ジョージ・プリンプトンの評伝「トルーマン・カポーティ」（新潮文庫）の映画化。若くして文壇で成功を収め、スコット・フィッツジェラルドと並ぶ20世紀史上の天才作家。名声につきものの虚栄にあらがえず、結局自滅した後半生に焦点を当てたドキュメンタリー（日刊ゲンダイ、2020年11月17日）。

v）母方の親族に預けられ、愛に飢えた幼少期からひもとく。「遠い声、遠い部屋」で本格的に作家デビュー。社交界でも華やかな存在となるも「叶えられた祈り」の執筆により追放され薬物中毒に苦しみ60歳で亡くなる彼の素顔に多彩な映像と証言で迫る（京都新聞、2020年12月4日）。

幼い日の思い出　――心に沁みる「クッキーの缶」

カポーティは、子どもの頃に可愛がってくれた従妹のスックが焼くクッキーが入っていた缶を、死ぬまで離さなかった。生涯、愛に飢えていたカポーティが、幼少期のアラバマでのスックとの生活だけは愛に満たされていたことを語るクッキーの缶から、一層その後のカポーティの孤独が伝わってきて胸を衝かれる。（『真実のテープ』より）

十章　『ティファニーで朝食を』における不安の色〝赤〟

一　はじめに

この作品が与えるイメージは、一見明るく軽快である。一流の宝石店の名前から取った題名で、文字通り軽やかさと寛ぎを意味する主人公の名前、ユーモアとウイットに富んだリズミカルな文体などが、そのようなイメージを作り出している。しかし、作品のテーマは軽やかなものではなく生の根源に関わるものである。初期の一連の「夜の物語」の短編に共通する「人間が抱える不安」が、この作品においてもテーマとなっている[註(1)]。そして、その不安を象徴する色として「赤」が用いられている。

本稿における第一の目的は、カポーティ特有の小説作法を探りながら、赤に象徴されるこの小説における不安を分析することにある。第二の目的は、不安を象徴する色として赤を用いた必然性について、「不安の色としての赤」の検証を試みることにある。

二　魂の放浪者ホリー

この作品は青年作家をナレーターとして、回想する形式で若い女性ホリー（「休日 Holiday」の通称）・ゴーライトリーを描いた物語である。彼女は名前の通り日々を休日のように軽やかに生きている女性であるかに見える。物語の最初の部分では、男性を相手にしながら気楽に屈託なく毎日を生きている彼女の言動が描かれていくのであるが、外見の言動とは裏腹に心の奥には別の彼女が存在していることが、次第に明らかになってくる。

明らかにしていくための小道具、内なるホリーへの切り替えの小道具として黒眼鏡が使われている。彼女はいつも黒眼鏡をかけているが、その眼鏡を外す、あるいは外している時に彼女は自分の内面の素顔を見せる。そのような場面は物語の中で三度出てくる。眼鏡をかけていない最初の場面は、彼女のアパートの部屋を訪れた嫌な客から逃れて窓伝いに、この作品のナレーター（青年作家）の部屋へ入ってきた時である。この時、彼女に深く関わる人物として弟フレッドのことが彼女の口から語られる。姉弟四人が一つのベッドで寝ていた「寒い晩、わたしに抱きつかせてくれたのはフレッドだけだった」と、いま軍隊にいる弟のことを語る。この寒さは気候的なことだけでなく精神的な寒さである孤独をも包含していること、フレッドは彼女にとって安心して身を寄せ合い温かさを感じることのできるただ一人の家族であり、家庭を感じることのできる存在であることは後に一層明らかにされていく。そのような存在としてのフレッドとともにこの時もう一人語られる人物は、ふとしたことから週に一度会いに出かけていく入獄中の老人サリー・トマトである。彼女の収入にもつながるこの囚人との面会を可能にするために、彼女の身分は「彼の姪ということになっている」ことまで打ち明ける。そして、彼女は眠りに入るのであるが、それは安全と安らぎの中にあると感じている証拠である。「やすらぎを意識することにおいてのみ人間は眠りに自分を委ねることができるのである」[(1)]。このように、彼女が眼鏡を外している最初の場面において、彼女の内面と安らぎとを見出すことができる。

さて、次に黒眼鏡を外すのは思いがけず名前を本名で呼ばれたときである。彼女は「身許をごまかしている」だけでなく名前も偽っていたのであるが、思いがけず本名ルーラメイ[註(2)]で呼ばれたとき黒い眼鏡を外して素顔をみせる。そして声を震わせて「あの子があんたにその名前を教えたのね。あー。どうか教えて。あの子は何処にいるの?」と言って、フレッドの姿を求めてその場から飛び出していったのである。

黒い眼鏡をかけていない彼女が三度目に登場するのは、フレッド戦死の報せに悲しみの余り半狂乱になっている場面においてである。レンズが粉々になりフレームも二つにへし折れた状態で黒眼鏡は床にころがっていたのであるが、原形をとどめていないものは眼鏡だけではなかった。ずたずたに引きちぎられたクリスマス・ツリー、引き裂かれた書物、見る影もない電気スタンド、粉々にされた香水のびん等々である。これらは全てホリーがやったことであるが、全てがこなごなに砕かれてしまった瓦礫の部屋は、彼女の精神状態そのものを映し出していた。うつろな眼でベッドに横たわっている彼女の顔は、傷ついた指から流れる血がついて血まみれになっていた。彼女は、「痛いところだらけ（直訳すれば「あらゆるものが（私を）傷つける」と呟くが、次に飛び出した言葉は「私の眼鏡は何処？」であった。

このように見てくると、黒い眼鏡は彼女の心を傷つける者から身を守る自己防衛の道具であることが分かる。それと同時に「黒い眼鏡は、無垢と不安が交じり合った内面的自己を外界にさらすことをさえぎる」(2)役割をも果たしている。自己防衛としての黒眼鏡を外したときに、彼女の無垢と不安が顕わにされる。そして注目すべきことは、眼鏡を外す、或いは外している三度の場面とともに彼女の口から出る言葉は弟フレッドのことである。孤児同然であった彼女は弟と共にゴーライトリー家に引き取られたのであるが、彼女にとって弟は無垢な幼年時代へ彼女を回帰させるものであり、孤独と不安にさいなまれるときに抱き合って温め合い、共に築く家庭を可能ならしめる存在だった。その弟を置いてまで家出をして都会に飛び出したのだが、理由らしい理由があったわけではなく周囲の者には理解できないところであった。檻の中にじっとしていられない「野生」とも呼ぶべき内なる衝動が彼女をつきあげたのである。慣れることに我慢ができず、自我の求めるところに従って別なる地へ旅立ってしまう彼女だった。彼女が好む映画と夢占いは、いずれも非現実の世界の象徴であるが、現実の世界に居場所を見出せないでいる彼女は本名を名乗ることをせず、仮の日々にふさわしい名前をつけて今を過ごしている。

仮の名前すら付けてもらえないのは彼女の猫である。カポーティは、この猫に「自由を好む野性味」を付してホリーの分身的な役割を与えている。彼女はこの赤毛のトラ猫を非常に可愛がっているが、敢えて名前を付けない。「お互いにどちらのものでもなく、独立しているから、私には名前をつける権利は無い」というのがその理由である。しかし「本物の生活のできる場所が見つかりさえしたら、この猫に名前をつけてやる」とも言う。そして本物の生活のできる場所を別の言葉で「わたしとほかのものが共に存在できる場所」とも表現している。戦争が終わったらフレッドと共にメキシコの海の近くで定住する夢を口にする。しかし、その夢はフレッドの戦死によって不可能となり、サリー・トマトの麻薬事件が原因で彼女は不安の中でブラジルへ旅立っていく。その時に行方知れずになった猫は、やがて安住の場所を得るが、彼女の行方は杳《よう》として分からないまま小説は終わる。物語としては冒頭部分につながっている。冒頭部分では、彼女がアフリカにいたらしいこと、そしてそこからも去っていったらしい情報が伝えられ「私」が語る彼女への回想に入っていく。カポーティがよく用いるゴールの無い繰り返しを表す円環手法註(3)がこの小説でも用いられ、ホリーの孤独と不安を抱えた旅は終わることなく続いていることを暗示している。

このように見てくると、黒眼鏡の外なるホリーは毎日が休日であるような、気楽で快楽的な日々を自由奔放に過ごしているのであるが、黒眼鏡の内なるホリーは孤独と不安の中にあり、定住できる「生の空間」を求めて旅を続けている魂の放浪者であることが分かる。

三　「生の空間」を求める旅

カポーティは小道具やこまかい表現にいたるまで、細心の注意と豊かな感性を駆使して言葉を選ぶ作家である。この物語においても、最初から作品のテーマに関わる表現が随所にさりげなくちりばめられているが、とりわけ作者が意図的に強調して大文字体を用いている最初の部分は短い表現だが看過してはならないところである。「（以前住んでいた）あの場所をなにかにつけて、ふと思い出す」と忘れ得ぬ場所への心情が、読む者を引き付ける形で書かれている。このように「私」の場所への心情を大文字体によって強調することによって、これとは対極にあるホリーが求める「場所」とはどんなところなのかを問う伏線になっている。

「私」と同じアパートの住人であるホリーは、しばしば自分の部屋の鍵をなくして周囲の住人たちに迷惑をかけるのであるが、それは現在のアパートを自分の部屋と実感していない表れでもある。現に彼女は「旅行中」と名刺に印刷し入り口に掲げている。

安住の場所が見出せずにいる彼女であるが、彼女が求めている場所すなわち愛があり幸福で安全な生活のできる家庭と呼べる場所のイメージとして挙げるのが宝石店ティファニーである註(4)。ティファニーに魅せられるのは、彼女が語っているように宝石のせいではない。そこは「何か悪いことが起こりそうな不安を感じないでいられる」場所の代名詞なのである。人間は空間に自分の気分を投入して感じ取るものであるが、その意味においてティファニーは「本物の生活のできる場所として気分づけられている空間」(3)なのである。言い換えれば、彼女にとっての「生の空間」の代名詞なのである。彼女は引き取られた田舎のゴーライトリー家で物質的には不自由していなかったが、精神的には狭苦しい圧迫感を感じそのような空間から解放的な広いところへ出ようとしたのである。「狭さを感ずる不安な状態に置かれると、心は急に収縮する」(4)と言われることからも分かるように、人間の不安は空間と密接な関係があるが、ホリーの抱える不安も、空間と密接に関係づけて描かれている。

彼女は「映画や夢占いをしてもらったのが原因」で「毎日、少しずつ遠くへ足をのばす」ようになり、ついにゴーライトリー家に戻ってこなかったのである。映画や夢占いは日常を超えた非現実世界の象徴としてカポーティの他の作品註(5)においてもよく使われているが、「現実の世界に慣れることは死を意味する」と言うほどに慣れることを忌避し非現実世界に憧れる彼女は、

「がらんとした、とりとめもない田舎に住むくらいなら、空でもながめているほうがまだましだ」と言う。同じような言葉を作者は小説『マスター・ミザリー』の中でオライリーにも言わせている。「空を眺めるのですよ。ブルーを旅するのです。ほかにどこもいくとこがないときは、そこを旅するのです」と。この言葉からも分かるように、「旅行中」と自分の名刺に印刷しているホリーが空を眺めるとき、それは空へのあこがれ、「彼方へのあこがれ」(5)なのだ。彼女はしばしばそれを歌にしてくちずさむ。眠りたくもなし、死にたくもなし、ただ旅して何処かへ行きたいだけ、大空の牧場通って註(6)。

人間には遠方の土地へのあこがれというものがある。「遠方の土地は、人間がむしろ受動的に心がそこへ惹かれているように感じ、あこがれをもって求める何かそそのかすようなものをもっている」(6)。しかも、そのあこがれの遠方の地に人間はたどりつくことは許されないのである。「それは地平線と同じく、人間が近づこうとすれば、人間の前方へとしりぞき遠ざかっていく」(7)ものなのである。あこがれるが行き着くことのできない空間としての空のイメージなのである。このような行き着くことのできない空間のイメージを、カポーティはブルーの色で表した。この色の使い方は共感を呼ぶものである。なぜなら「空の青はこころもち蒼ざめた色彩として、蒼白いものとして夢想されるとき、大気的なものとなる」(8)と言い得るし、ブルーは「色彩の中で最も非現実的で実質のない色である。無の蓄積以外には自然界では存在せず、無は厳しく、凍りつくように冷たい色」[9]だからである。このようなブルーをフロイトやユング派の心理学者は不安の象徴と考えた。なぜなら「雲のさえぎりを知らぬ蒼い天空や、深みを知らせぬ水の青さは、まさに行き着くところを知らぬ不安を暗示している」[10]からである。このように考えると、ホリーの遠方の土地への憧れと、彼女が抱える不安は「行き着くところを知らぬもの」としての共通項を持っていると言えよう。不安の色ブルーを抱えている人物として描かれている代表的人物は『マスター・ミザリー』におけるシルヴィアである。彼女は糸の切れた凧のように風に運ばれて、行き着くところを知らぬ不安の空《くう》の世界へと旅立っていく。『ティファニーで朝食を』においては、ホリーは遠い地としての空に憧れはするがその身が受動的に運ばれていくことは無い。シルヴィアとホリーの違いはここにある。タフなリアリストとして多様な色が付されているホリーは、自らの「野生」を認識しており、野生の動物は狭い空間に閉じこめられることを嫌い、ひとり立ちできるようになると、自ら積極的・能動的に「だんだん高い樹に移り、最後には空へ消えていってしまう」のである。主体的な営みとして自分の生きる空間を求めて移動していく野生の動物にも似た姿がそこにある。「野生の動物は、いくら可愛がってもいなくなってしまうからだめだ」と自分のことを野生動物に重ね合わせて彼女は言う。「彼女は自分が空に住む、いつも空っぽの場所に住む野生の生き物であることを知っている」[11]そんな彼女と違って、彼女がかわいがっていた野性的で名前がつけられていない猫は行方知れずになった後、暖かそうな部屋の窓枠の上に安住の地を見つけていた。ホリーの分身のような猫が安住の場所を得ていることを知った「私」は、「アフリカの掘立小屋だろうがなんだろうが、ともかくホリーにも安住の場所があってほしい、と心に祈るのであった」。

このような「私」の願いは未だかなえられていないことは、物語の冒頭部分で既に暗示されている。アフリカの地にいたと思われるホリーであるが、白人たちと馬で別の地へ駆け去ってしまったことも暗示されている。そして、「彼女は去ってしまった」という確実な事実を伝える言葉だけが何度も繰り返されるのである。次々に逗留の地を移動し旅をしながら、ホリーは遠方の地に何を探し求めているのだろうか。それは、猫によって示されているように、或いは弟フレッドへの想いから察することができるように、家庭としての家を求めているのではないだろうか。

「家庭への郷愁と遠方の土地へのあこがれとは、たがいに触れあい、相通じるものをもっている。人間が自分のはるか外部に、遠方の土地に捜し求めるものは、人間そのものの最も内的な本質なのである」[12]と哲学者ボルノウが記している通りである。人間の内的な本質すなわち人間の存在に関わる根源的な本質が、家庭に根付いていないとき、人間は自分にむかって強迫的におそいかかってくる世界のなかで、根源的な不安を内に抱えたまま「生の空間」を求めて放浪の旅を続けることになるのである。このようなホリーの不安が作品を支配しているのである註(7)。

四　不安を表す赤の検証

　このようなホリーが抱える不安を表す色として作者は赤を用いているが、赤はその機能を的確に果たしているのであろうか。そこで次に、この作品における不安の赤を検証することにする。この作品において、赤が不安の色として明確に位置付けられるのはホリーと私との間で交わされる次の会話においてである。

　ホリー「私がティファニーに夢中になっているのは宝石のためではないの。あの嫌な赤がはびこった頃のことおぼえているでしょ?」

　私「あのブルース（憂鬱な青）と同じだろ?」

　ホリー「違うわ。ブルースは、ただ悲しいだけ。嫌な赤にはぞっとする。一体、自分が何を恐れているか分からないけど、なにか悪いことが起こる気持ちのこと」

　私「ある人たちはそいつをアングスト（不安）と呼んでいるんだよ」

　この会話について、トルーマン・カポーティの作品の翻訳者である龍口直太郎は、「解説」において、ホリーが「いやな赤」と表現している不安は、「三〇年代のアメリカ社会——プロレタリア革命の気運が高まった社会的不安」[13]であると記している。そのせいか国内において「嫌な赤」を共産主義と結びつけて解釈する論文が幾つか見られる[註(8)]。

確かに一般に「赤が象徴するもの」[註(9)]の一つに「共産主義」も含まれており、一九三〇年代のアメリカを生きた作者の中にそのイメージが無かったとは言えないが、赤が作品の中で象徴するものは共産主義ではないと筆者は考える。その理由として次の三点を挙げることができる。先ず、カポーティは作品に政治的なイズムを持ち込むことはない作家であり、彼の文学的関心はあくまでも人間の内面を描くことにあり、その作風の特徴はこの作品にもあてはまるのである。従って「彼女は自由を奪う共産主義を極度に嫌い『あのいやな赤』と呼んでいる」[14]と評される場面・言葉は作品の中のどこにも見当たらない。作品の中で「赤」は十回出てくるが、いずれもホリーの共産主義への好悪とは無関係であり、「この作品自体も、そのような世相は映し出されていない」[15]。

第二の理由として龍口氏による訳が、赤を共産主義に結びつける基になったと考えられる。その原文を彼は「赤がはびこったあの頃」と訳し、「あの頃（those days）」を「或る時代」と捉えているが、「人間個人の精神状態の或る時期」と捉え、「赤にとりつかれたあの頃」と訳した方がいいのではないだろうか。アンデルセンの「赤い靴」の少女についての或る解釈によれば「疾風怒濤の思春期の心性」[16]として赤にとりつかれる時期があるという。外国の文献では筆者の知る限り直接に共産主義と結びつけたものは見当たらず、あくまでも「不安」を表す色としている[註(10)]。第三の理由は赤と共産主義を結びつけている論文では不安と恐怖の概念に混同が見られる。作品の中の赤は不安の色と規定されているのである。既述の会話でホリーが「一体、自分が何を恐れているのか分からない。何か悪いことが起こっていること以外には、何も分からない」と言うのに対して「それを、或る人々は不安（アングスト）と呼ぶ」と「私」が答えるところがある。この言葉への読者の注意を引きつけるために、作者は英語（Anxiety）ではなくドイツ語（Angst）を用い、しかもイタリック体にしている。精神分析の分野では恐怖と不安は分けられており、「恐怖が臨んでいるところのものは特定の怖いものであるが、不安が臨んでいるところのものは無であり、なんら特定のものは存在しない」[(17)]とされている。これらのことを考え合わせると、共産主義という特定しうるものが対象として存在する場合、それは恐怖と呼ぶべきものであって不安の色とするべきではないと考える。以上の三つの理由により、直接的に赤を共産主義に結びつけることには首肯しかねるのである。

では、共産主義でないとしたら不安の色としての赤は何を表しているのであろうか。「非人間的な現代文明社会によって引き起こされる不安」[(18)]との解釈もあるが、それでは非現代文明社会を代表させているアフリカにも定住できず、さらに別な地を求めて去っていったことの説明がつかない。また別の解釈として「戦争の色、戦争によって流される血の色」[(19)]とするものがある。

説得力のある解釈ではある。最愛の弟フレッドが戦死したとの報を受けたホリーの狂乱状態は孤独と不安の絶頂にあると言い得るからである。だがしかし、「メイラーのように戦争とか軍隊とかに真っ向から対決する姿勢は、カポーティにはやはりない」[20]こと、及び、作者がホリーの分身的存在である猫にも赤を付していることを考え合わせると、「戦争の色、戦争によって流される血の色」と限定するのでなく、むしろホリーを含め人間すべての内に流れている血の色と捉えるべきであろう。

作品の中ではどのように赤が使われているか精査することにする。赤は物語の冒頭の部分から椅子に付す色として早々と出てくるのであるが、覆いかぶさってくる質量感を伴う形容詞 fat をともなっていることに特徴がある。このイメージは、その後アマゾンの大女と呼ばれる肥ったマグや、嫌な夢に出てくる肥った女に付す赤にひきつがれていく。彼女たちはいずれもホリーにとって覆いかぶさってくるような鬱陶しい存在であって、ホリーの自我を脅かすもの、存在を脅かすもの、として登場する。さらにホリーのニューヨークでの存在を危うくすることになる人物として登場するのはサリー・トマトであるが、彼にも赤が付されている。彼の姓は赤い野菜のトマトである。そして彼と共にホリーを厄介なことに巻き込む男の髪にも赤を付している。

赤は彼女が飼っていた猫にも付されている。この作品における猫の役割については既に述べたところであるが、彼女と共通点の多い分身のような猫にも赤を付すことによって、自らの存在を脅かす赤は自分の外にだけ存在するのではなく自分の内にも存在することを作品は告げている。自己に内在する赤については、次のような形で出てくる。七面鳥の卵を盗んでいた幼い頃と変わらぬ自分の困った本質を「自分が有している嫌な赤」とホリーは称している。そして、ホセと結婚しようと思った理由について、「彼は優しい人だから自分の中にある嫌な赤を笑い飛ばしてくれることができる人、もっとも今は自分の中に以前ほど多くは嫌な赤は存在していないけれど」と述べている。彼女にとっては嫌な赤から守ってくれる宝石店「ティファニー」の人間版としての存在をホセに感じていたのであった。しかし、そのホセに裏切られた上、サリー・トマトの関わる麻薬事件のせいで国外逃亡することになった彼女は、その孤独と不安を「いつもの赤なんて、これに比べたら問題じゃない。あの太っちょの女だって、なんでもない」と表現するのである。

このように見てくると、この作品における赤は「自らの存在を圧倒するもの、脅かす色」であり、人間に内在する「存在する事への不安」[21]の色、「存在することへの根源的不安」の色として用いられていることが分かる。

最後に、今まで論じてきた作品の中の「赤の意味」を補強するために、次の三点に触れておく。

（一）波長の長い赤

赤は、可視色彩の中で「もっとも波長が長く、人間の神経に刺激と興奮を与える色」[22]としての特徴をもっている。心身が健康な時には活力を感ずる赤であるが、安らぎを必要としている時の人間は赤に対して心身が激しい拒絶反応を示す。「自分の感覚が一番嫌だと感じたのは刺激的な色、特に赤や朱色。強烈すぎてその色を想像するだけで怖くなった。体中が拒絶している感じだ」[23]との事例も報告されている。

（二）赤は血の色、ムンクの「叫び」

血の赤は体内に流れる時には生命のエネルギーとなるが、体外に大量に流れ出ると死を意味する。死によって人はこの世に存在することを絶たれてしまうのであるから、血の赤は人間の存在を脅かし人を不安にさせる色だということができる。

その観点から思い起こすのはノルウェーの画家エドヴァルド・ムンクの作品『不安』と『叫び』である。作品の創作過程を知ることのできるムンクの日記には、空や雲が血のように赤くなり剣のように垂れかかってきて不安と恐怖におののいて立ちすくんだ時、大きな果てしない叫びが自然を貫くのを感じた体験が記されている。「雲を本当の血のように描いた――色彩が叫び声を上げた」[24]とムンク自身が語っている。「両手で顔を抱えて橋の上で叫んでいる人物、ゆらゆらと揺れるような姿はまるで人の魂そのものだ」[25]と評されているが、それはまさに魂の放浪者ホリーの姿そのものである。ムンクの絵は、人間が何に向かって生きようとしているのか、そうした「根源的な疑問や不安が、『不安』『叫び』などの作品をつくらせたに違いない」[26]とも評されているが、血の色は根源的な不安を表すものであることを、私たちはムンクの絵を通して視覚的に知ることができる。さらに、私たちの身体は日ごとに死に近づいており、その身体の中を流れている赤い血は生命と同時に死も感じさせるものである。

(三) 赤は「生命の色」であり「死の色」

生と死の色「赤」から思い起こすのはアンデルセン童話の「赤い靴」である。赤い靴に魅せられた一人の少女が、赤い靴を履いて自分の思いのままに勝手気ままに行動した結果、「赤い靴」が脱げなくなる呪いをかけられ、身も心も疲れ果ててゆく。情熱や快楽の色として人を魅了し誘発する激しさを持っている赤は、人を死に追いやる魔物のような力を持っており、人はそのような赤に自己の存在を脅かされるような不安を覚える。

五　おわりに

「我々がする行為はすべて、不安からするのである」。これは『最後の扉を閉めよう』の中の言葉であるが、トルーマン・カポーティの作品の多くが、不安をテーマとしていることはいまさら言うまでも無い。それは『ティファニーで朝食を』においても例外ではない。しかし、この作品における不安は「嫌な赤」という一層抽象的で象徴的な表現と共に姿を現す。主人公ホリーが「嫌な赤」と呼ぶ不安の正体を探るために先ず、彼女自身に焦点を当ててみた。そこから浮かび上がってきたのは、彼女の内なる孤独と不安である。華やかで軽やかな外なる彼女から内なる彼女への切り替えの小道具として使われている黒眼鏡、それを外すとき彼女の内面の孤独と不安が顕わにされる。不安が入り込まない場所として「気分付けられている空間」の象徴的存在が彼女にとっては宝石店「ティファニー」なのである。しかしそれは現実には叶うことのない空間である。彼女は根源的不安――彼女の言うところの「嫌な赤」――を内に抱えたまま、「生の空間」を遠方の地に求め続ける。

　このような不安の象徴としての赤は共産主義を象徴するものでもなく、戦争自体を象徴するものでもなく、機械化された現代社会を表すものでもない。「嫌な赤」が象徴するものは、人間の体の中を流れている血の色なのである。赤は人を魅了する情熱や快楽の色でもあるが、死を予感させ人間の存在を脅かす不安の色でもある。それは、波長の長さから来る人間の神経に刺激を与える攻撃の色でもあって、そのような赤によって内なる不安は一層強まる特徴を持っている。

トルーマン・カポーティは、『マスター・ミザリー』においては人間の根源的不安を抽象的かつ受動的にブルーの世界によって描いたが、この作品においては現実的な社会の中で、外見的には健康な生活を営む者にも内在する存在論的・根源的不安を、「嫌な赤」に象徴させた。赤の持つ特徴からして、この作品における不安を表すためには、その色は赤でなければならなかったのである。

註

(1)ウィリアム・ナンスは、「カポーティの初期の作品はすべて嫌な赤を描いている」と彼の著書『トルーマン・カポーティの世界』(p. 113)の中で述べているし、内田豊は「ティファニーで朝食は後期の作品群に属する訳であるが(中略)、初期の作品群から一貫して流れる底流のようなものを感じとることができ、いうなればカポーティが追い続けたテーマの一つの集大成と呼ぶことが可能になってくる」と論じている。

(2)ルーラメイという名前は、カポーティの母親の名前リリーメイをもじったものとされる。(ドナルド・ウィンダム著、川本三郎訳『失われし友情』p. 349)

(3)トルーマン・カポーティは円環手法をよく用いる。この手法によって、①可能性を閉ざされた円としてのイメージ②円の内側が外界から保護された母胎の世界のイメージ、③形がゼロに似ている無のイメージ等として機能することが多い。これについては『最後の扉を閉めよう』における「扇風機の回転の意味するもの」にて詳述した。

(4)「彼女は愛、ホーム、幸福、そして安全な生活を求めている人間なのだ」(ヘレン・ガーソン『トルーマン・カポーティ』p. 39)

(5)映画や夢占いは、日常を離れたファンタジーの世界を表すものとしてカポーティの他の作品でもしばしば用いられている。例えば『ミリアム』のミラー夫人、『マスター・ミザリー』のシルヴィア、『無頭の鷹』のD. J. 等、いずれも今の生活からの解放を望んでいるときに、映画や夢占いに出かけている。

(6)この個所は『夜の樹』におけるラザロの死および少女の死の概念と共通するものがあるのではなかろうか。即ち、眠りには、死を表す永遠の眠りと、心身の活動が一時的に休止している場合とがあるが、この個所は両者を渾然一体のものとする聖書の概念に近いものがある。このことについては、『夜の樹におけるラザロの死の意味』にて詳述した。

(7)「ホリーの可愛がっていた猫がホームを見出したことは、ホリーのような野生の者も檻の中ではなくて住むべき場所を見出せる希望を我々に与えている」との解釈もある。しかし、アフリカからも馬に乗って駆け去っていったらしいホリーは、「野生のものは行動範囲を広げて空へ行ってしまう」と言った彼女の言葉どおり、空へ向かっていると解釈する方が自然である。そしてその空は、カポーティの世界にあっては、行き着くところを知らぬ不安の空間なのである。

Cash, Matthew, M, 1996 "A Travelin' Through the Pasture of the Sky"
(http://educeth.ethz.ch/English/readinglist/capotet/Sep.23,1996)

(8)日下洋右「HOLLY GOLIGHTLY」(『英語教育』第29巻、12号、1979、大修館書店)p. 58
吉川礼三『ティファニーで朝食を』の一解釈」(『英知大学研究紀要』1998)p. 83など。

(9)イメージの社会文化的研究に関する多くの論文を出しているMichel Pastoureauは、西欧文化における赤という色彩の多様な機能の意味を下記のようにまとめている。

①色のなかの色。もっとも美しい色として。②しるし、合図、標識の色として。③危険、禁止の色として。④愛とエロティシズムの色として。⑤ダイナミズム、創造性の色として。⑥喜びの色、子ども時代の色として。⑦贅沢、お祭りの色として。⑧血の色として。⑨火の色として。⑩物質と唯物論の色として。

ミシェル・パストゥロー著、石井直志・野崎三郎共訳『ヨーロッパの色彩』(パピルス、1996)pp.

25-29

⑽ Helen Garson, Truman Capote（New York, Twayne Publishers, 1992）p.13
William Nance, The World of Truman Capote（New York, Stein and Day, 1970）p.23
Kenneth Reed, Truman Capote（Boston, Twayne Publishers, 1981）p.39. など。

「ティファニーのホリー」秘話 ――ホリーに憧れたアウンサンスーチー氏

ホリーは、いささか風変わりな名刺を自宅アパートの郵便受けに貼っている。「ミス・ホリデー・ゴーライトリー」と書かれた名前の下には住所ではなく、「旅行中」と記している。東南アジアの一隅に生まれた一人の少女はそんな自由奔放さに憧れたそうだ。「ひとところに安住しない生き方は、すてき」。英国に留学し、異国の伴侶を見つけ、各地を転々とした。だが、やがて彼女の考えは変化する。「旅が人生ではなく、人生こそが旅なのだ」。アウンサンスーチー氏は自著『新ビルマからの手紙』で記している。計15年に及ぶ自宅軟禁の間も意識は世界を巡った。自分はとらわれの身であっても「旅行中」なのだと感じたという。

あとがき

「継続は力なり」この言葉は真理です。

カポーティの作品研究を継続している時には、作品解釈に新たなる発見があり、それが次の作品研究の糧にもなっていました。毎年、作品毎に論文としてまとめること八年、「継続は力なり」の言葉どおり佳境に入ってきて、いよいよ今までの短編から長編への挑戦でした。張りきったのも束の間、長編『遠い声　遠い部屋』は、想像以上に魔界の世界でした。私自身も魔界の世界に入り込んでしまい研究の方向性が見えなくなりました。現実の仕事の忙しさを理由に作品研究はお預け状態になり、魔界に戻る勇気も自信もないままに長い年月が過ぎていきました。

或る時、カポーティのサイン入りの立派な美しい装丁の『OTHER VOICES, OTHER ROOMS』の本を書棚の奥からふと取り出しました。時々、気にはなっていたのです。彼のサインから「やりかけだろ」と言われている気がしました。

一念発起して研究を再開した時に「本にして娘や孫達に贈ったら如何ですか」との助言を貰いました。カポーティの自筆のサインと助言が書かれたメモは共に、執筆の原動力となりました。直ぐには魔界の世界に戻るのも、残虐な実話に基づく『冷血』を扱うのも、再スタートの私には荷が重すぎます。しみじみとした味のある『草の竪琴』から再スタートを切りました。カポーティは、この作品において、人間が人間と呼ばれるようになった太古の時代から現代に至るまでの悠久の流れを背景に、人間そのものを描いています。カポーティが「これは自分にとって、今まで書いたどの作品よりも、リアルです」と認めているように自伝的色彩が強く、幼少期からの感慨も伝わってくる心に沁みる名作です。

そして、いよいよ二十年前に継続できずにやりかけで頓挫した魔界の世界を描いた長編との対決です。題辞に聖書の言葉を引用して人間の心について問題提起をしている『遠い部屋 遠い声』の中心人物の一人である男性はホモセクシュアルで主人公の少年を誘います。レイプされた黒人女性が突き動かされたように語る赤裸々な言葉も含めて、精神年齢が大人でないと理解しにくい個所もあります。カポーティ研究では無為に過ごした二十年の年月ですが、人生の年月を重ねることは無駄ではありませんでした。私自身が少しは大人になっていました。それに比べてカポーティは『ミリアム』から『草の竪琴』に至るまで主要な作品の多くを二十歳代に書いています。今更ながら大きな驚きです。若くして人間についてこれほどに深く表現できたカポーティが当時、「恐るべき子」「天才」と呼ばれたのも当然です。

私は自分が高齢になったせいか、過去の全てが柔らかなヴェールに包まれた思い出に変わりつつあります。カポーティの『クリスマスの思い出』等と同じ心境です。この年になったからこそ味わうことが出来る人間や人生に対する感慨を込めて、カポーティの小説について彼と語り合ってみたいとの思いが強くなっています。ニューヨークの社交界で大々的に「黒と白の舞踏会」を主催する派手な振る舞いなど色々な点で、全く私とは別世界の人と思っていましたが、それは「食わず嫌い」と言うものです。もしも彼と語り合うことが出来たら、語り合いたいテーマの一つは、「夜の物語」と呼ばれている幾つかの小説の結末の受け取り方です。最後は「死」や「闇」に終わるのが通説ですが、私が提示したように「再生が暗示されているのか」意見交換ができたらどんなに楽しいことでしょう。「一旦作者の手を離れたら、その作品は独立して、読む者に委ねられる」ものではありますが、通説に物申す私の説を吐露して、カポーティらしい歯に衣着せぬ感想を聞いてみたかったです。

生前、彼は「私は天才であり、ホモであり、アル中である」と豪語していましたが、マリリン・モンローを始め女性を大事にしたカポーティです。可愛がってくれたスックが焼いたクッキーの缶を死ぬまで離さなかったカポーティ、「ママ、ママ」と呟きながら死んだカポーティ、そんなカポーティのことですから、思いがけなく素直な感想を返して貰えるのではないでしょうか。

最後になりましたが、出版へのご助言や楽しいアイディアを頂いた堅田明義先生（中部学院大学大学院教授）、根気強く支えて下さった和賀正樹様（文藝春秋社）、大学の事務局のスタッフに心から感謝申し上げます。

ノスリになりたかったカポーティ

「（今度生まれるとしたら）何に生まれ変わりたいと思っていますか？」との対談者グローベルの質問にカポーティは「ノスリ（Buzzard）という鳥だ」と答え、理由として「ノスリの生活は快適で自由だから。ノスリを好きな人間は居ない。気に掛ける人間も居ない。友人や敵のことを気にする必要もない。ただ外に出て、空を飛び、楽しみ、えさを探すだけでいい」を理由に挙げています。幾多のしがらみから解き放たれて、のんびりと大空で輪をかいていたい心境になっていたのでしょう。「ノスリになりたい」と語った10ケ月後に彼は逝去しました。（グローベル『カポーティとの対談』での言葉）
ノスリは、ずんぐりした小ぶりの体型で大きな目で可愛い猛禽類（タカ目タカ科）。日本名の由来は「地面に顔をこするように低空飛行をして、地上にいるネズミ等を捕まえて餌にする特性からとされている」。

参考文献一覧

一章　象徴の背後に潜む『ミリアム』のテーマ

(1) Paul Levine,Truman Capote: The Revelation of the Broken Image, Virginia Quarterly Review 34（Autumn 1958）p.601.
(2) ローレンス・グローベル、川本三郎訳『カポーティとの対話』（文藝春秋、１９９２）ｐｐ．57－58
(3) Helen Garson, Truman Capote（New York,Twayne Publishers, 1992）xi.
(4) 前掲　ｐ．13
(5) Kenneth Reed, Truman Capote（Boston,Twayne Publishers, 1981）p.42.
(6) 稲沢秀夫『トルーマン・カポーティ研究』（南雲堂、１９８６）ｐ．41
(7) 龍口直太郎・大橋吉之助共訳『アメリカの短編小説』（評論社、１９５５）ｐ．１７４
(8) 今村楯夫「華麗なる仮面の舞踏」『ユリイカ―特集カポーティ』（青土社、１９８９）ｐ．１２５
(9) 前掲　(3)の帯の文言より。

⑽R・D・レイン、阪本健二他共訳『ひき裂かれた自己』（みすず書房、1971）p．62
⑾本田和子『少女浮遊』（青土社、1986）pp．68－69
⑿前掲　p．77
⒀梶田叡一『自己意識心理学への招待――人とその理論』（有斐閣ブックス、1994）pp．43－44
⒁E・キュブラー・ロス、川口正吉訳『死ぬ瞬間』（読売新聞社、1989）pp．65－170
⒂元田脩一『アメリカ短編小説の研究』（南雲堂、1972）p．206
⒃前掲　⑹p．41

二章　『ミリアム』における再生の検証

⑴本田和子『少女浮遊』（青土社、1986年）p．25
⑵アト・ド・フリース、山下主一郎訳『イメージ・シンボル事典』（大修館書店、1992）pp．295－296
⑶ロバート・H・ホフケ、入江良平訳『ユング心理学への招待』（青土社、1992）pp．172－173
⑷前掲　⑴p．138
⑸堂野恵子他編『保育のための個性化と社会化の発達心理学』（北大路書房、1991）pp．161－162

(6)A．フロイト　外林大作訳『自我と防衛』（誠信書房、１９９５）ｐ．１７４
(7)本稿一章「象徴の背後に潜む『ミリアム』のテーマ」ｐ．20
(8)ジョン・コーエン　北村晴朗他訳『人間性の心理』（誠信書房、１９６８）ｐ．１２５
(9)Ｊ・Ｃ・クーパー　岩崎宗治・鈴木繁夫訳『世界シンボル辞典』（三省堂、１９９２）ｐ．34
(10)Ｃ・Ｇ・ユング、氏原寛監訳『子どもの夢』（人文書院、１９９２）ｐ．81
(11)前掲　ｐ．91
(12)本稿一章　ｐ．25
(13)西郷竹彦『西郷竹彦文芸教育著作集19巻文芸学講座』（明治図書出版、１９７９）ｐ．82
(14)前掲　(3)ｐｐ．１２６-１２７
(15)伊藤忠夫『英語の社会文化史――季節名から文化の深層へ』（世界思想社、１９８８）ｐｐ．36-38
(16)前掲　ｐ．36
(17)本稿一章　ｐｐ．31-32
(18)元田脩一『アメリカ短編小説の研究』（南雲堂、１９７２）ｐｐ．２００-２０６
(19)トルーマン・カポーティ　川本三郎訳・解説『夜の樹』（新潮文庫、１９９４）ｐ．２８７
(20)Kenneth Reed,Truman Capote（Twayne Publishers,1981）p.42.
(21)稲沢秀夫『トルーマン・カポーティ研究』（南雲堂、１９７０）ｐ．41

(22) Gerald Clarke, Capote,A Biography（Simonand Schuster,1988）p.84.
(23) 稲木勝彦編『太った子』（郁文堂、１９６８）ｐ．22
(24) 四方田犬彦「幻想の論理」『世界の幻想文学』（自由国民社、１９９４）巻頭ｐ．２
(25) 坂崎乙郎『幻想芸術の世界』（講談社現代新書、１９６９）ｐｐ．８‐９
(26) 井上勉「Ｍ・Ｌ・カシュニッツの　ふとったこ　――あるイニシエーションの物語、Ｃ・Ｇ・ユングの個体化過程の心理学に照らして」徳島文理大学研究紀要　第33号、１９８７、ｐ．１６２
(27) 関計夫『コンプレックス』（金子書房、１９８５）ｐ．13
(28) 前掲　(5)ｐ．１２６
(29) 関計夫『劣等感の心理』（金子書房、１９８１）ｐｐ．13‐14
(30) Ｈ・Ｇ・ウイドソン　田中英史・田口孝夫訳『文体論から文学へ』（彩流社、１９８９）ｐ．１１４
(31) 前掲　(13)ｐ．97
(32) 前掲　(13)ｐ．19
(33) 前掲　(23)ｐ．22
(34) 前掲　(13)ｐ．94
(35) 前掲　(32)ｐ．92
(36) 前掲　(2)ｐｐ．６７８‐６７９

(37)前掲(2)ｐｐ．３８２‐３８３
(38)前掲(10)ｐｐ．３１６‐３３０、ｐｐ．３７５‐３９１
(39)前掲(27)ｐ．１６６

三章　『夜の樹』におけるラザロの死の意味

(1) I hab Hassan, Radical Innocence Studies in the Contemporary American Novel（Princeton, New Jersey, Princeton University Press, 1961）p.231.
(2)亘理淑子「カポーティ図書館」『ユリイカ』（青土社、１９８９）ｐ．２４０
(3)中道子「子どもを抱える大人」『ユリイカ』（青土社、１９８９）ｐ．１９９
(4)元田脩一『アメリカ短編小説の研究』（南雲堂、１９８１）ｐ．４
(5)同　ｐ．１９５
(6)Helen Garson,Truman Capote（New York,Twayne Publishers,1992）pp.3-4.
(7)八木敏雄『アメリカン・ゴシックの水脈』（研究社、１９９２）ｐ．75
(8)Paul Revine,The Revelation of the Broken Image（Virginia Qutterly Review.34）pp.600-617.
(9)Ihab Hassan,The Victim: Images of Evil in Recent American Fiction, College English 21, pp. 140-146.

⑽Kenneth Reed,Truman Capote（Boston,Twayne Publishers,1981）pp.124-125.
⑾稲沢秀夫『トルーマン・カポーティ研究』（南雲堂、１９７０）ｐｐ．51－53
⑿William Nance,The Worlds of Truman Capote（New York,Stein and Day）pp.16-39.
⒀岩元巌『アメリカ文学史』（荒竹出版、１９７６）ｐ．２１１
⒁Hans Christian Andersen,The Snow Queen: Andersen's Fairy Tales,（Blackie, London and Glasgow）p. 262.
⒂宮城音弥『人間性の心理学』（岩波新書、１９９４）ｐｐ．51－52
⒃前掲　⑿ｐ．19
⒄前掲　⑷ｐ．１９０
⒅前掲　⑹ｐ．７
⒆前掲　⑽ｐｐ．１２４－１２５
⒇Gerald Clarke,Capote A Biography（New York Simon and Schuster,1988）p.85.
㉑前掲　⑷ｐ．１９５
㉒前掲　⑾ｐｐ．43－44
㉓前掲　⑿ｐ．19
㉔前掲　⑷ｐ．１９５

(25)前掲 (6)p. 8
(26)旧約聖書「ヨブ記」第24章13、16、17節(日本聖書協会、1993)p. 807
(27)新約聖書「ヨハネによる福音書」第11章、pp. 188-190
(28)新約聖書「マタイによる福音書」第9章24節、p. 16

四章 緑の海に漂う『無頭の鷹』(上)

(1)元田脩一『アメリカ短編小説の研究――ニュー・ゴシックの系譜』(南雲堂、1981)p. 207
(2)Kenneth Reed,Truman Capote (Boston, Twayne Publishers, 1981) p.39.
(3)Helen Garson,Truman Capote (New York, Twayne Publishers, 1992) p.13.
(4)前掲 (2)p. 39
(5)稲沢秀夫『トルーマン・カポーティ研究』(南雲堂、1970)p. 17
(6)龍口直太郎『夜の樹』(新潮社、1970)p. 293
(7)前掲 (3)p. 3
(8)William Nance,The World of Truman Capote (New York, Stein and Day 1970) p.23.
(9)前掲 (2)p. 40

⑽ローレンス・グローベル、川本三郎訳、『カポーティとの対話』（文藝春秋、１９９２）p．２０１
⑾Jean Chevalier and Alain Gheerbrant,A Dictionary of Symbols（Penguin, 1994）p.530.
ジャン・シェヴァリエ、アラン・ゲールブラン共著、金光仁三郎他訳『世界シンボル大事典』（大修館、１９９６）p．59
⑿デイビッド・ロッジ、柴田元幸・齋藤兆史訳、『小説の技巧 The Art of Fiction』（白水社、１９９７）p．15
⒀「三章『夜の樹』におけるラザロの死の意味」p．１１６‐１１８
⒁前掲⑾p．６０２　日本語訳、前掲⑾p．８１５
⒂前掲⑾p．６０１　日本語訳、前掲⑾p．８１４
⒃岩井寛『色と形の深層心理』（ＮＨＫブックス、１９８６）pp．１５２‐１５３
⒄前掲⑾p．６００　日本語訳、前掲⑾p．８１３
⒅アト・ド・フリース、山下主一郎他訳『イメージ・シンボル事典』（大修館、１９９２）p．５５５
⒆同　p．２９８
⒇前掲⑾p．５９８　日本語訳、前掲⑾p．８１１
(21)前掲⑾p．６０１　日本語訳、p．８１４
(22)Gerald Clark,Capote A Biography（New York,Simon and Schuster,1988）p.273.
(23)前掲⒅p．２８３

(24)木村敏『自覚の精神病理——自分ということ』(紀伊国屋書店、1990)p.14
(25)同 p.40
(26)ベルンハルト・パウライコフ、曾根啓一訳『人と時間』(星和書店、1982)p.10
(27)川端龍太郎『小説と時間』(朝日選書、1985)p.215

五章　緑の海に漂う『無頭の鷹』(下)

(1)稲沢秀夫『トルーマン・カポーティ研究』(南雲堂、1970)p.15
(2)William Nance,The World of Truman Capote (New York, Stein and Day, 1970) p.27.
(3)同 p.29
(4)Kenneth Reed,Truman Capote (Boston Twayne Publishers, 1981) p.44.
(5)川本三郎『フィールド・オブ・イノセンス』(河出書房新社、1991)pp.18-19
(6)越智治雄「父母未生以前の漱石」『漱石私論』(角川書店、1971)漱石作品論集成第四巻(桜楓社、1991)p.217
(7)日本近代文学研究会編『現代日本小説大系十六巻』(河出書房、1953)伊藤整「作品解説」
(8)荒正人「漱石の暗い部分」『漱石作品論集成第四巻』(桜楓社、1991)p.177

(9) 江藤淳「神の不在と文明批評的典型」『漱石作品論集成第四巻』（桜楓社、１９９１）p．１９２
(10) Helen Garson,Truman Capote（New York, Twayne Publishers, 1980）p.13.
(11) 本稿六章、p．２１４
(12) 前掲 (10) p．13
(13) 同　p．14
(14) 前掲 (2) p．27
(15) Irving Marin, New American Gothic, Carbondale（Southern Illinois University Press, 1962）p.82.
(16) 前掲 (11) pp．2-4
(17) 元田脩一『アメリカ短編小説の研究』（南雲堂、１９８１）p．２１３
(18) Paul Levine,Truman Capote :The Revelation of the Broken Image,Virginia Quarterly Review 34（Autumn 1958）p.605.
(19) 前掲 (1) p．15
(20) 光富省吾「『首のない鷹』の光と闇について」（福岡大学総合研究所報、１９９３）p．10
(21) 内田豊「Truman Capote の初期短編の考察—無意識と遭遇のテーマをめぐって」『人文論究』30（関西学院大学人文学会、１９８０）p．１７８
(22) 岡田春馬『現代アメリカ文学の世界』（八潮出版社、１９７１）p．１７９

(23) 前掲 (20) p．５

(24) ロバート・ゴルディス 船水衛司訳『神と人間の書——ヨブ記の研究（下）』（教文館、１９８６）p．１８６

(25) 石田友雄他『総説旧約聖書』（日本基督教団出版局、１９９７）p．５４２

(26) 馬場謙一外編『夢と象徴の深層』（有斐閣、１９９１）p．１４１

(27) 芋阪直行編著『感性のことばを研究する』（新曜社、１９９９）p．２

(28) Jean Chevalier and Alain Gheerbrant, A Dictionary of Symbols（Penguin, 1994）pp.1001-1003.

(29) オットー・ランク、有内嘉宏訳『分身——ドッペルゲンガー』（人文書院、１９８８）p．１０５

六章 『最後の扉を閉めて』における〝扇風機の回転〟の意味

（1）Pati Hill, The Art of Fiction XVII:Truman Capote, Truman Capote Conversation,Eited by M.Thomas Inge（University Press of Mississippi,1986）p.24.

（2）Selma Robinson, The Legend of Little T,Truman Capote Conversation, Edited by M.Thomas Inge（Uhiversity Press of Mississippi,1986）p.13.

（3）Jerry Tallmer, Truman Capote,Man About Town, Truman Capote Conversation, Edited by M.Thomas Inge（University Press of Mississippi,1986）p.108.

(4)鈴木孝夫『教養としての言語学』(岩波新書、1996)pp.158-159
(5)熊谷高幸『自閉症からのメッセージ』(講談社現代新書、1993)p.156
(6)同 p.54
(7)稲沢秀夫『トルーマン・カポーティ研究』(南雲堂、1970)p.17
(8)前掲 (5)p.44
(9)アト・ド・フリース、山下主一郎訳『イメージ・シンボル事典』(人修館、1984)p.129
(10)Jean Chevalier and Alain Gheerbrant A Dictionary of Symbols (Penguin、1994) p.200.
ジャン・シュヴアリエ、アラン・ゲールブラン共著、金光仁三郎他訳『世界シンボル大事典』(大修館書店、1996)p.196
(11)トルーマン・カポーティ、河野一郎訳『遠い声、遠い部屋』(新潮文庫、1991)p.271
(12)前掲 (10)p.1144
(13)Helen Garson, Truman Capote (New York,Frederick Ungar,1980) p.24.
(14)前掲 (9)pp.688-690
(15)前掲 (10)p.1144
(16)C・G・ユング、氏原寛監訳『子どもの夢』(人文書院、1992)p.143
(17)Kenneth Reed, Truman Capote (Boston,Twayne Publishers,1981) pp.124-125.

Ihab Hassan,Radical Innocence:Studies in the Contemporary American Novel（Princeton,New Jersey,Princeton University Press,1961）p.235.

(18)前掲 (13)ｐ．22

(19)William Nance, The World of Truman Capote,（New York,Stein and Day 1970）p.164.

(20)龍口直太郎「トルーマン・カポーティ『夜の樹』あとがき」（新潮社、１９７０）ｐ．２９２

(21)中道子「最後の扉を閉めよ」『ユリイカ—特集カポーティ』（青土社、１９６９）ｐ．２０１

(22)今村楯夫「最後のドアを閉じろ」『現代アメリカ文学』（研究社、１９９１）ｐ．１４０

(23)前掲 (20)ｐ．２９２

(24)前掲 (7)ｐ．17

(25)前掲 (7)ｐ．17

七章　『遠い声　遠い部屋』を求める〝人の心〟

(1)中道子「子どもを抱える大人」『ユリイカ』（青土社、１９８９）ｐ．２０５

(2)Clark Gerald, Capote, A biography（Ballantine Books,1988）p.156.
中野圭二訳『カポーティ』（文藝春秋、１９９９）ｐｐ．１９１-１９２

(3)元田脩一『アメリカ短編小説の研究』（南雲堂、１９７２）p．２５９
(4)今村楯夫『現代アメリカ文学―青春の軌跡―』（研究社、１９９１）p．１３８
(5)川本三郎『カポーティとの対話』（文藝春秋、１９８８）p．３６１
(6)三島由紀夫『亀は兎に追ひつくか』（村山書店、１９５６）pp．１５５-１５６
(7)Truman Capote, The Dogs Bark (Random House,1973) pp.6-7.
小田島雄志訳 ローカル・カラー／観察記録―犬は吠える―（早川書房、１９８８）p．21
(8)矢田裕士「日英語色彩語彙表現比較研究」（東京家政大学研究紀要38、１９９８）p．１８１
(9)三輪伸春「Green-eyed はなぜ嫉妬するのか―シェークスピアの語形成法解明の試み」（鹿児島大学、地域政策科学研究、13巻、２０１５）p．98
(10)Jean Chevalier and Alain Gheerbrant, Dictionary of Symbols. (Penguin, 1994)
ジャン・シェヴァリエ、アラン・ゲールブラン共著、金光仁三郎他訳『世界シンボル大事典』（大修館、１９９６）p．59　金光仁三郎他訳『世界シンボル大事典』（大修館、１９９６）p．９５３
(11)亀井俊介『アメリカ文学史』（南雲堂、２０００）p．１４４
(12)前掲　(2)p．１５２
(13)佐渡谷重信『ポーの冥界幻想』（国書刊行会、１９８８）p．１８４
(14)William Nance,The World of Truman Capote (Stein and Day,1997) p.62.

⒂稲沢秀夫『トルーマン・カポーティ研究』（南雲堂、１９７０）ｐ．75
⒃今村楯夫「母への憧憬と離脱―『遠い声遠い部屋』論―」（東京女子大学「英米文学評論」、１９９４）ｐ．35
⒄Malin Irving New American Gothic.（Southern Illinois University Press,1962）p.81.
⒅亀井俊介『アメリカ文学史』（南雲堂、１９９８）ｐ．１４３
⒆岩元巌『現代のアメリカ小説』（英潮社、１９７４）ｐ．１３２
⒇土倉慎也 Listening to the Voice in Other Voices, Other Rooms.（岡山英米文学会、２００２）ｐ．１０１
(21)山田健太郎「トルーマン・カポーティ『遠い声遠い部屋』」（英米幻想文学、１９９７）ｐ．１９１
(22)中村明『比喩表現辞典』（角川書店、１９７７）ｐ．２
(23)Aldridge John, After the Lost Generation.（New York McGraw-Hill,1958）p.203.
(24)Hassan Ihab , Radical Innocence（Princeton University Press,1961）p.240.
(25)小野寺吉三「Other Voices Other Rooms 試論―その幻想性と主題について」（釧路工業高等専門学校紀要２巻号、１９６８）ｐ．１３９
(26)Kenneth T Reed ,Truman Capote.（Twayne Publishers,1981）p.124.
(27)R.K Harrison Jeremiah and Lamentations.（Inter-Varsity Press,1973）
富井悠夫訳『エレミヤ書、哀歌』（いのちのことば社、２００５）ｐ．１１５
(28)北森嘉蔵『エレミヤ書講話』（教文館、２００８）ｐｐ．１６１‐１６２

⑵⑼ Garson Helen , Truman Capote — A Study of the Short Fiction —（Twayne Publishers,1981）P.94.

⑶⓪ Fahy Thomas Understanding Truman Capote,（The University of South Carolina Press, 2014）p.13.

⑶⑴ Levine Paul The revelation of the Broken Image.（Virginia Quarterly Review, 34,1958）p.84.

⑶⑵ 柳澤真理「遠い声を偲んで—Other Voices, Other Rooms におけるマイノリティへの親和性」（立教レヴュー⑷⑺ ２０１８）ｐ．78

⑶⑶ 海野弘「ホモセクシャルの世界史」（文藝春秋、２００５）ｐ．４７４

⑶⑷ GrobelLawrence,Conversation with Capote,(New American Library Books,1985)p.224.
川本三郎訳『カポーティとの対話』（文藝春秋、１９８８）ｐ．３１６

⑶⑸ 前掲 ⑶ ｐ．２５２

⑶⑹ 両角千江子『衰退と優しさの世界—「遠い声遠い部屋」の一解釈』（東北アメリカ文学研究、１９７７）
ｐ．49

⑶⑺ 前掲 ⑷ ｐ．１４１

八章 『マスターミザリー』における不安の色 〝無色に近いブルー〟

⑴ Ｍ・メルロー・ポンティ、竹内芳郎他訳『知覚の現象学2』（みすず書房、１９９３）ｐｐ．１１７-１１８

⑵元田脩一『アメリカ短編小説の研究――ニュー・ゴシックの系譜』（南雲堂、１９７２）ｐ．２９１

⑶トルーマン・カポーティ、龍口直太郎訳『夜の樹』（新潮社、１９９１）ｐ．２９１

⑷同　ｐｐ．２９１-２９２

⑸同　ｐ．２９１

⑹同　ｐ．２９１

⑺Paul Levine, Truman Capote,The Revelation of the Broken Image, Virginia Quarterly Review 34(Autumn 1958) p.605.

⑻前掲　⑵ｐ．２３１

⑼巌谷国士「二人になった私」『ユリイカ―総特集シュルレアリスム』六月臨時増刊第８巻第７号（青土社、１９７６）ｐ．２７８

⑽Kenneth T. Reed,Truman Capote（Boston,Twayne Publishers, 1981）p.44.

⑾Helen S. Garson,Truman Capote（New York,Twayne Publishers, 1981）p.19.

⑿同　ｐ．20

⒀前掲　⑵ｐ．２２４

⒁同　ｐ．２３０

⒂同　ｐ．２３０

(16)前掲　(1)p．116
(17)前掲　(2)p．227
(18)前掲　(10)p．44
(19)前掲　(2)pp．222-230
(20)前掲　(7)p．605
(21)Jerry Tallmer,Truman Capote, Man About Town,Truman Capote Conversations　Edited by M. Thomas Inge（University Press of Missisippi, 1987）p.108.
(22)Gerald Clarke,Capote A Biography（New York,Simon and Schuster, 1988）p.273.
(23)中道子「子どもを抱える大人」『ユリイカ』（青土社、1989）p．190
(24)前掲　(2)p．226
(25)同　p．225
(26)Marianne Moates,Truman Capote's Southern Years ,Stories from a Monroeville Cousin（The University of Alabama Press, 1989）p.2.
(27)トルーマン・カポーティ、村上春樹訳『クリスマスの思い出』（文藝春秋、1991）p．79
(28)村上春樹「あるクリスマスのためのノート」『あるクリスマス』（文藝春秋、1989）pp．75-76
(29)岩井寛『色と形の深層心理』（NHKブックス、1995）p．77

(30)同　p．79

九章　『草の竪琴』が奏でる太古からの〝生〟

(1)Gerald Clarke,Capote,A biography,（Ballantine Books,1988）p.219.
中野圭二訳『カポーティ』（文藝春秋、１９９９）p．２６７

(2)Fahy Thomas,Understanding Truman Capote.（The University of South Carolina Press,2014）p.2.

(3)同　p．３

(4)Helen Garson,Truman Capote ― A Study of the Short Fiction,（Twayne Publishers,1981）pp.32-33.

(5)同　pp.35-37.

(6)稲沢秀夫『トルーマン・カポーティ研究』（南雲堂、１９７０）p．１００

(7)岡田春馬『現代アメリカ文学の世界』（八潮出版社、１９７１）pp．１６６-１７５

(8)内田修「草の竪琴」研究― コリンの新しいエデンの探求（大阪学院大学外国語論集、第66号、２０１３）p．１８３

(9)Kenneth Reed,T. Truman Capote.（Twayne Publishers,1981）p.84.

(10)中道子「南部の風土から生まれるもの」『アメリカ文学と時代変貌』（研究社、１９９６）p．３０２

⑾前掲 ⑴p．２２４
⑿今村楯夫「華麗なる仮面の舞踏」『ユリイカ』（青土社、１９６９）p．12
⒀George Plimpton,Truman Capote.（Nan A Talese, 1997）p.467.
⒁Ihab Hassan,Radical Innocence,（Princeton University Press, 1961）p.233.
⒂新村出編『広辞苑第7版』（岩波書店、２０１８）p．１４４６
⒃アト・ド・フリース、山下圭一郎主幹『イメージ・シンボル事典』（大修館書店、１９９２）p．ii
⒄本田和子『異文化としての子ども』（筑摩書房、２００１）p．１７９
⒅同 p．１７９
⒆尾崎新編『ゆらぐことのできる力』（誠信書房、２００１）p．11
⒇後藤幸生『心身自律神経バランス学』（真興交易医書出版部、２０１１）p．42
(21)同 p．42
(22)前掲 ⑴p．２１９
(23)Robert E Long,Truman Capote,Enfant Terrible（Continuum,2008）p.56.
(24)Lawrence Grobel,Conversation with Truman Capote,（DACAPO Press,1985）p.46.
(25)川本三郎『カポーティとの対話』（文藝春秋、１９８８）p．74
(26)宮下一博他編『アイデンティティ研究ハンドブック』（ナカニシヤ出版、２０１４）p．１２７

(27) 白井利明「アイデンティティのこれから」『アイデンティティ研究ハンドブック』（ナカニシヤ出版、２０１４）ｐ．１２７

(28) William Nance,The World of Truman Capote（Stein and Day,1970）p.96.

(29) Allen Walter,Tradition and Dream — The English and American Novel from the Twenties to Our Time,（David Higham Associates Ltd,1964）
渥美昭夫・桂子訳『20世紀英米小説論』（鹿島出版会、１９６７）ｐ．３３５

(30) 岡田春馬『現代アメリカ文学の世界』（八潮出版社、１９７１）ｐ．１７５

(31) 座馬耕一郎『チンパンジーは３６５日ベッドを作る』（ポプラ新書、２０１６）ｐ．１８８

(32) 篠田謙一『ホモ・サピエンスの誕生と拡散』（洋泉社、２０１７）ｐｐ．48－51

(33) Lewin Roger,Human Evolution,（Blackwell Science Limited. Oxford,1999）
ルーウイン・R、保志宏訳『ここまでわかった人類の起源と進化』（てんぺいあ、２００２）ｐｐ．１６６－１６７

(34) 前掲　(32) ｐｐ．64－67

(35) 前掲　(33) ｐｐ．２０８－２１７

(36) 前掲　(1) ｐ．２２２

(37) Levine Paul"The Revelation of the Broken Image"（Virginia Quarterly Review. 34, 1958）p.84.

(38)江波杏子「孤独な妖精たち」『ユリイカ―特集カポーティ』（青土社、1989）p．111

十章　『ティファニーで朝食を』における不安の色〝赤〟

(1)オットー・フリードリッヒ・ボルノウ、大塚恵一他訳『人間と空間』（せりか書房、1994）p．175
(2)KUNIKO, EGAIZU,Miriam and Holly: Waking Up Only to Another Dream（『愛知女子短期大学紀要』23号、1989）p．6
(3)前掲(1)p．218
(4)同　p．85
(5)三國宣子「トルーマン・カポーティの閉じられた世界」（『実践英文学』第30巻、1986）p．22
(6)前掲(1)p．90
(7)同　p．90
(8)ガストン・バシュラール、宇佐美英治訳『空と夢』（法政大学出版局、1967）p．85
(9)ジャン・シャバリエ、アラン・ゲールブラン共著、金光仁三郎他訳『世界シンボル大辞典』（大修館、1996）p．4
(10)岩井寛『色と形の深層心理』（NHKブックス、1955）p．77

⑾ Helen, Garson, Truman Capote,（Twayne, Publishers, 1992）p.40.
⑿ 前掲 ⑴ｐ．99
⒀ トルーマン・カポーティ、龍口直太郎訳『ティファニーで朝食を』（新潮社、１９８８）ｐ．２６３
⒁ 北川大憲「『ティファニーで朝食を』の語学的考察」（『語学教育研究所研究紀要』大東文化大学、１９８８）ｐ．２
⒂ 新田玲子「『ティファニーで朝食を』論」（Phoenix 第19巻、広島大学大学院英文学会、１９８２）ｐ．72
⒃ 森省二『アンデルセン童話の深層』（創元社、１９９１）ｐ．１６４
⒄ 生月誠『不安の心理学』（講談社現代新書、１９９６）ｐ．15
⒅ 樋口日出雄「『ティファニーで朝食を』論」（『梅光女学院大学研究紀要』第14、１９７８）ｐ．２５０
⒆ 前掲 ⒂ｐ．72
⒇ 亀井俊介『アメリカ文学史』（南雲堂、２０００）ｐ．１５１
㉑ 内田豊「Breakfast at Tiffany's Holly をめぐる自由と孤独の fantasy」（『文化研究』第４巻、樟蔭女子短期大学、１９９０）ｐ．55
㉒ 末永蒼生『色彩学校へようこそ』（晶文社、１９９８）ｐ．１６２
㉓ 同 ｐ．１６１
㉔ 池上忠治監修、下山肇編『ムンク』（日本経済新聞社、１９９３）ｐ．40

(25)末永蒼生『色彩心理の世界』(ＰＨＰ研究所、１９９８)ｐ．43
(26)三木多聞「作品解説ムンク」『現代世界美術全集21』(集英社、１９７９)ｐ．１１５

著者略歴

片桐多恵子（かたぎり　たえこ）

東京女子大学文理学部英米文学科卒。英米文学者。中部女子短期大学教授・学長、中部学院大学人間福祉学部教授・副学長、岐阜大学監事、岐阜新聞社監査役、岐阜県児童福祉審議会委員長、岐阜県公安委員会委員長などを歴任。現在、中部学院大学教授、岐阜済美学院学院長などを務める。

画・加琳

カポーティを捕《つか》まえろ
人間《にんげん》探求《たんきゅう》の軌跡《きせき》

二〇二三年一二月二四日　初版第一刷発行

著者　片桐《かたぎり》多恵子《たえこ》

発行　株式会社文藝春秋企画出版部

発売　株式会社文藝春秋
〒一〇二―八〇〇八
東京都千代田区紀尾井町三―二三
電話〇三―三二八八―六九三五（直通）

装丁　アルビレオ

本文デザイン　落合雅之

印刷・製本　株式会社　フクイン

万一、落丁・乱丁の場合は、お手数ですが文藝春秋企画出版部宛にお送りください。送料当社負担でお取り替えいたします。
定価はカバーに表示してあります。

ISBN978-4-16-009055-2

Printed in JAPAN